When The Sacred Ginmill Closes

성스러운 술집이 문 닫을 때

옮긴이 박진세

출판 기획 일을 하고 있다. 옮긴 책으로 헨닝 망켈의 『피라미드』, 『리가의 개들』, 『얼굴 없는 살인자』 등이 있다.

WHEN THE SACRED GINMILL CLOSES

성스러운 술집이 문 닫을 때

로런스 블록 지음 | 박진세 옮김

피니스 아프리카에

케네스 라이켈에게

그리고 우린 또 하룻밤을 보냈지

시와 포즈의 밤을

누구나 혼자가 되리라는 걸 알리라

성스러운 술집이 문 닫을 때

데이브 반 론크

† 일러두기

본문의 모든 주는 옮긴이 주입니다.

1

모리시네 술집 창문이 꺼멓게 되었다. 폭발은 소리가 굉장했고, 창문들이 흔들릴 만큼 가까운 데서 일었다. 그 소리에 대화가 끊겼고, 웨이터는 술 쟁반을 어깨 위로 올리고 허공에 한 발을 올린 채 동상처럼 굳었다. 한차례 엄청난 소음이 먼지가 가라앉듯 사라지고 난 후에도 한동안 실내는 공손해지기라도 한 것처럼 침묵으로 남았다.

누군가가 "맙소사."라고 말했고, 사람들이 참았던 숨을 내뱉었다. 보비 루슬랜더가 담배에 손을 뻗으며 말했다. "폭탄 소리 같은데."

스킵 디보가 말했다. "체리밤도화선이 달린, 폭발력이 강한 폭죽이야."

"그게 다라고?"

"그 정도야." 스킵이 말했다. "체리밤은 중요한 병기야. 같은 화약을 종이봉투 대신 금속 케이스에 담으면 그건 장난감이 아니라 무기야. 이 작은 엄마 중 하나에 불을 붙였다는 걸 잊어버리고 있다간 넌 왼손으로 기본적인 것들을 많이 배워야 할걸."

“폭죽 이상으로 들렸어.” 보비가 주장했다. “다이너마이트나 수류탄이나 뭐 그런 거. 네가 알고 싶다면 염병할 제삼 차 대전처럼 들렸다고.”

“배우 아니랄까 봐.” 스킵이 애정 어린 말투로 말했다. “이 녀석, 사랑스럽지 않냐? 참호와 바람이 휘몰아치는 언덕에서 싸우며 진흙탕을 걷는 보비 루슬랜더. 수천 번의 전투에 참전해 전쟁의 상흔이 남은 베테랑.”

“술주정의 상흔이겠지.” 누군가가 말했다.

“염병할 배우라니.” 스킵이 손을 뻗어 보비의 머리를 헝클며 말했다. “‘대포의 굉음이 들리도다.’ 그 농담 알아?”

“내가 해 준 농담이잖아.”

“‘대포의 굉음이 들리도다.’ 우리가 격노한 포탄 소리를 들은 게 언제였지? 지난번 전쟁이었지.” 그가 말했다. “보비는 자기 정신과 의사의 메모를 가져왔어. ‘엉클 샘미국 정부를 뜻함, 총알이 보비를 미치게 하니 그의 불참을 용서하십시오.’”

“아버지 생각이었어.” 보비가 말했다.

“하지만 넌 아버지를 설득하려고 했잖아. 총을 달라고 하면서. 조국에 봉사하고 싶다면서.”

보비가 웃음을 터뜨렸다. 그의 여자 어깨에 한 팔을 두른 그는 자유로운 손으로 술잔을 들어 올리며 말했다. “난 단지 다이너마이트 소리처럼 들렸다는 거야.”

스킵이 머리를 저었다. “다이너마이트랑 달라. 폭발음은 다 달라. 다이너마이트는 크게 한 번 쾅 소리가 나고 체리밤 소리보다 낮아.

모두 다른 소리를 낸다니까. 수류탄 소리도 완전히 달라. 화음 같은 소리를 내지."

"광기의 화음." 누군가가 그렇게 말했고, 다른 누군가는 이렇게 말했다. "들어 봐. 시 같다니까."

"난 우리 술집 이름을 '편자와 수류탄Horseshoes & Hand Grenades'으로 지을 생각이었어." 스킵이 말했다. "거기에 이런 뜻이 있다는 걸 아는지 모르겠네. 편자와 수류탄에 다가가는 것만으로도 의미가 있다."

"좋은 이름이야." 빌리 키건이 말했다.

"내 파트너가 싫어했어." 스킵이 말했다. "빌어먹을 카사비안은 그게 술집 이름처럼 들리지 않고, 소호에서 사립학교에 다니는 애들한테 장난감을 파는 잡화점처럼 들린다나. 난 잘 모르겠어. 편자와 수류탄. 난 괜찮게만 들리는데."

"말똥과 딸딸이Horseshit & Hand Jobs." 누군가가 말했다.

"모두가 결국 그렇게 부르게 된다면 카사비안이 옳은지도 몰라." 그가 보비에게 말했다. "다양한 폭발음에 관해 얘기하고 싶다면 넌 박격포 소리를 들어 봐야 해. 언제 카사비안한테 박격포에 대한 얘길 들어 봐. 끔찍한 얘기야."

"그럴게."

"편자와 수류탄." 스킵이 말했다. "그런 이름을 붙였어야 했어."

대신 그와 그의 파트너는 그들의 술집을 미스 키티네Miss Kitty's라고 불렀다. 사람들은 그 이름을 〈건스모크Gunsmoke 1950년대 미국 서부극 드라마. 미스 키티는 그 드라마의 등장인물〉에서 따왔으리라고 추측했지만 그들은 사이공의 매음굴에서 영감을 얻었다. 나는 대개 56번가와 58번가 사이 9번가에 있는 지미 암스트롱네에서 마셨다. 미스 키티네는 56번가 바로 아래 9번가에 있었고, 내 취향보다 조금 더 크고 더 활기가 넘쳤다. 주말에는 거기에 가지 않았지만, 평일 밤늦게 사람이 별로 없고 소음이 한 단계 낮아졌을 때는 나쁘지 않은 곳이었다.

나는 그날 밤 일찍 거기에 있었다. 처음에는 암스트롱네에 갔었는데, 2시 반쯤에는 네 명만 남았다. 바 너머의 빌리 키건과 그 앞의 나와 좀 떨어진 곳에서 블랙 러시안을 마시고 있는 간호사 두 명. 빌리가 문을 닫고 간호사들이 비틀거리며 밤거리로 내몰린 다음 빌리와 나는 미스 키티네로 갔고, 4시 조금 못 되어 스킵도 문을 닫았다. 우리 소수 정예는 모리시네로 갔다.

모리시네는 아침 9시나 10시까지 문을 닫지 않을 것이었다. 뉴욕시의 술집은 새벽 4시, 토요일 밤에는 그보다 한 시간 더 이른 시각이 법정 폐점 시간이었지만 모리시네는 불법 시설이었고, 따라서 그런 규제에 얽매이지 않았다. 그곳은 11번가와 12번가 사이 51번가에 있는 4층짜리 벽돌 건물들 블록에 있는 벽돌집으로 2층에 있었다. 그 블록에 있는 집들의 3분의 1이 버려진 것으로, 창문은 판자로 덧대거나 깨져 있었으며, 어떤 집들은 출입구가 콘크리트 블록으로 막혀 있었다.

모리시 삼 형제가 그 건물 주인이었다. 그 건물을 사는 데는 돈이 많이 들지 않았을 터였다. 그들은 3, 4층에서 살았고, 1층은 아일랜드인 아마추어 극단에 내주었으며, 2층에서 폐점 시간 이후에 위스키와 맥주를 팔았다. 그들은 공간을 넓게 쓰려고 2층 내부의 벽들을 철거했다. 벽돌이 드러나도록 한쪽 벽을 벗겨 내고, 널찍한 소나무 바닥을 갈고 닦은 다음 우레탄을 깔고, 부드러운 불빛의 조명을 설치하고, 에어 링구스Aer Lingus 아일랜드 정부가 설립한 항공사. 지금은 민간 항공사 포스터와 '신과 죽은 세대의 이름으로 아일랜드 남자와 여자는……'으로 시작하는 피어스의 1916년 아일랜드 공화국 선언문일명 부활절 봉기 중 영국으로부터 독립을 선언한 선언문이 든 액자로 벽들을 장식했다. 한쪽 벽을 따라 작은 바가 있었고, 위 판이 정육점 도마인 널찍한 테이블들이 놓여 있었다.

우리는 두 테이블에 모여 앉았다. 스킵 디보와 암스트롱의 야간 바텐더 빌리 키건이 있었다. 그리고 보비 루슬랜더와 졸린 눈에 붉은 머리의 헬렌이라는 그날 밤 보비의 여자. 그리고 웨스트 포티즈에 있는 이탈리아 레스토랑의 바에서 일하는 에디 그릴로라는 친구와 CBS 텔레비전에서 음향 기술자인가 뭔가라는 빈스라는 친구.

나는 버번을 마시고 있었는데, 모리시네가 갖다 놓는 브랜드인 잭 다니엘스나 얼리 타임스였을 것이었다. 그들은 서너 종의 스카치위스키, 캐나디안 클럽 그리고 진과 보드카 각각 한 브랜드도 취급했다. 맥주 두 종은 버드와이저와 하이네켄. 코냑 한 종과 이상한 코디얼 두 종. 칼루아. 그해에는 많은 사람이 블랙 러시안보드카와 칼루아가 들어가는 칵테일을 마시고 있었기 때문이리라. 아이리시 위스키는 세 가지 브랜드가 있었다. 부시밀스와 제임슨 그리고 파워스라고 불리는 것이 있었는데, 아무도 파워스를 주문하지 않는 것 같아 보였지만 모리시 형제는 그것을 편애했다. 그들이 아일랜드 맥주도, 적어도 기네스는 취급하리라고 생각하겠지만 팀 팻 모리시는 전에 내게 병에 든 기네스는 팔고 싶지 않다면서 그건 끔찍한 것으로, 자신은 대서양 저편에만 있는 드래프트 스타우트만 좋아한다고 말했다.

모리시 형제들은 이마가 넓고 붉은색 수염이 무성한 덩치 큰 사내들이었다. 두 사람은 검은색 바지에 반짝반짝 빛나는 검은색 단화, 무릎까지 내려오는 도살업자 앞치마 차림이었다. 깨끗하게 면도한, 호리호리한 웨이터도 같은 차림이었지만 그에게 그것은 코스튬처럼 보였다. 나는 그가 사촌이리라 생각했다. 그가 이곳에서 일하려면 혈육이어야 했으리라는 생각이 들었다.

그들은 일주일 내내 새벽 2시경부터 9시나 10시까지 가게 문을 열었다. 한 잔에 3달러를 받았는데, 다른 바들보다 비싼 가격이었지만 영업시간 이후의 다른 가게들과 비교하면 적정한 가격이었고, 좋은 술을 따라 주었다. 맥주는 2달러였다. 칵테일은 대개 일반적인 술을 섞었고, 푸스카페다양한 색의 리큐어를 여러 층으로 쌓아 만든 음료를 주문할 만한 곳은 아니었다.

나는 경찰이 모리시 형제를 힘들게 한 적이 없었으리라 생각한다. 술집 앞엔 네온 간판이 없었지만 이웃이 모르는 비밀 장소도 아니었다. 경찰은 이곳이 여기에 있다는 것을 알았고, 그 특별했던 날 밤 나는 미드타운 노스에서 나온 순찰 경관 두 명과 브루클린에서 수년 전부터 알고 지낸 형사 한 명을 알아보았다. 흑인도 두 명 있었는데, 그 둘도 알아보았다. 그중 한 명은 권투 경기의 링 앞 관람석에서 여러 번 본 사람으로, 주 상원의원과 동행했던 사람이었다. 나는 모리시 형제가 가게 문을 열기 위해 뇌물을 먹였지만 가게는 뇌물 이상으로 강한 연줄인, 지역 정치 클럽하우스와 결부되어 있다고 확신했다.

그들은 술에 물을 타지 않았고, 늘 호기롭게 따라 주었다. 그게 사람들에게는 추천서 같은 것 아니겠는가?

밖에서 또 체리밤이 터졌다. 한두 블록 떨어진 더 먼 곳에서 터진 체리밤은 문을 흔들지도, 대화를 방해하지도 않았다. 우리 테이블의 CBS에 다니는 사내가 성미 급한 사람들을 비난했다. "사 일7월 4일은 미국 독립 기념일이 금요일 맞지? 오늘이 며칠이야, 일 일?"

"두 시간 전부터 이 일이야."

"그럼 아직 이틀이나 남았네. 뭐가 그리 급해?"

"사람들은 이 불꽃놀이를 하고 싶어서 몸이 근질댄다니까." 보비 루슬랜더가 말했다. "제일 나쁜 놈들이 누군지 알아? 빌어먹을 중국 놈들이야. 이 여잘 만난 지 좀 됐는데, 이 여잔 차이나타운 근처에 살아. 한밤중에 로만 캔들원통 속에 화약을 넣고 터뜨리는 불꽃놀이을 손에 넣을 수 있다면 체리밤이든 뭐든 손에 넣을 수 있을걸. 칠월뿐 아니라 일 년 내 어느 때라도. 폭죽이 터지는 걸 보니 저쪽 어딘엔간 죄다 아이들뿐일 거야."

"내 파트너는 우리 술집에 리틀 사이공이라는 이름을 붙이려고 했어." 스킵이 말했다. "난 녀석에게 말했지. 존, 젠장, 사람들이 우리 가게를 중국 레스토랑이라고 생각하고, 레고 파크에서 가족 동반으로 몰려와 무구가이판닭과 버섯과 다양한 채소를 함께 찐 광저우 요리과 B 메뉴에서 두 가지씩을 골라 주문할 거야. 그랬더니 녀석이 사이공과 중국이 무슨 상관이냐더군. 내가 녀석에게 말했지. 존, 그건 너도 알고 나도 알지만 레고 파크에서 온 사람들에겐 그게 그거고, 결국 뭐든 무구가이판이 돼 버리는 거야."

빌리가 말했다. "파크 슬로프브루클린 북서쪽에 있는 지역으로 유서 깊은 건물, 최고급 레스토랑, 바 등이 있다 사람들은 어때?"

"파크 슬로프 사람들이 어떠냐고?" 스킵이 얼굴을 찡그리며 그에 관해 생각했다. "파크 슬로프 사람들이라." 그가 말했다. "염병할 파크 슬로프 놈들."

보비 루슬랜더의 여자 친구 헬렌이 파크 슬로프에 사는 이모가 있다고 아주 진지하게 말했다. 스킵이 그녀를 보았다. 나는 글라스를 집어 들었다. 글라스는 비어 있었고, 수염이 없는 웨이터나 형제 중 한 명을 찾아 주위를 둘러보았다.

그러다가 문을 보고 있었는데, 그 문이 확 열렸다. 아래층에서 문을 지키던 동생이 그 문을 통해 테이블로 비틀거리며 다가왔다. 술이 쏟아지고 의자가 뒤집혔다.

두 남자가 그의 뒤를 따라 안으로 들어왔다. 한 남자는 175센티미터쯤 되었고, 다른 하나는 그보다 2센티미터쯤 작았다. 둘 다 마른 체형이었다. 둘 다 청바지에 테니스화를 신고 있었다. 키가 큰 쪽은 야구 재킷을 입고 있었고, 작은 쪽은 감색 나일론 윈드브레이커를 입고 있었다. 둘 다 야구 모자를 쓰고 입과 뺨이 가려지도록 얼굴에 선홍색 스카프를 두르고 있었다.

둘 다 손에 총이 들려 있었다. 한 명은 총신이 짧은 리볼버를, 한 명은 총신이 긴 자동 권총을 들고 있었다. 자동 권총을 든 자가 총을 들어 올리더니 주석으로 마감된 천장에 두 발을 쏘았다. 체리밤이나 수류탄이 터지는 소리처럼 들리지는 않았다.

둘은 급하게 들락거렸다. 한 명이 바 뒤로 돌아가 팀 팻이 야간 수익금을 넣어 두는 가르시아 와이 베가 시가 박스를 들고나왔다. 바의 카운터에는 북아일랜드에 수감된 IRA북아일랜드와 아일랜드의 통일을 위해 싸우는 비합법적 조직 대원의 가족을 위한 기금 모금이라는 글씨가 쓰인 유리병이 있었고, 그는 거기서 동전은 남겨 두고 지폐만 끄집어냈다.

그가 그러고 있는 동안 키가 더 큰 사내는 모리시 형제에게 총을 겨누고 그들에게 주머니를 비우게 하고 있었다. 그는 그들의 지갑에서 현금을 빼 가고, 팀 팻에게서 지폐 뭉치를 가져갔다. 키 작은 사내는 잠시 시가 박스를 내려놓고 뒤쪽 벽으로 가 잠긴 벽장이 드러나도록 모허 절벽아일랜드 클레어주 해안의 2백 미터 높이의 거대한 절벽이 그려진 에어 링구스 포스터를 벽에서 떼어 냈다. 그는 자물쇠를 쏘고 금고를 꺼내 겨드랑이에 낀 다음 돌아와 다시 시가 박스를 집어 들고 문밖으로 나가 계단을 뛰어 내려갔다.

그의 파트너는 그가 건물 밖을 나설 때까지 모리시 형제에게 계속 총구를 겨누고 있었다. 그는 팀 팻의 가슴 한가운데에 총을 겨누고 있었는데, 나는 순간 그가 쏘리라고 생각했다. 그의 총은 총신이 긴 자동 권총이었고, 그는 주석 천장에 총알 두 방을 박아 넣은 자였으며, 그가 팀 팻을 쏜다면 실수하지 않을 것 같았다.

그에 관해 내가 할 수 있는 일은 아무것도 없었다.

이내 그 순간이 지나갔다. 총을 든 자가 숨을 내쉬자 빨간 스카프가 부풀어 올랐다. 그는 문으로 뒷걸음치더니 밖으로 나가 계단으로 도망쳤다.

아무도 움직이지 않았다.

이내 팀 팻이 아래층에서 문을 지키던 형제와 잠깐 속삭이듯 회의했다. 잠시 뒤 그 형제가 입을 벌리고 있는 뒤쪽 벽장으로 걸음을 옮겼다. 그는 벽장문을 닫고 원래 있던 자리에 모허 절벽 포스터를 걸었다.

팀 팻이 다른 형제에게 뭐라고 말하더니 목을 가다듬었다.

"신사분들," 그가 큰 오른손으로 수염을 가다듬고 말했다. "신사분들, 잠시 여러분이 목격한 공연을 설명할 시간을 갖겠습니다. 우리의 두 좋은 친구가 푼돈을 빌리겠다고 이 안에 들어와서 우린 기쁜 마음으로 그 돈을 빌려줬습니다. 우리 중 누구도 그들을 알아챘거나 그들의 얼굴을 알아보지 못했고, 하느님의 은총으로 그들을 다시 만난다 해도 이 안에 있는 사람 누구도 알아차리지 못하리라 확신합니다." 넓은 이마를 누르던 그의 손끝이 다시 수염을 가다듬으려고 움직였다. "신사분들," 그가 말했다. "나와 내 형제들과 함께 술을 들어 주신다면 영광이겠습니다."

모리시 형제가 안에 있는 모두에게 한 잔씩 돌렸다. 내게 버번을. 빌리 키건에게는 제임슨, 스킵에게는 스카치, 보비에게 브랜디 그리고 그의 데이트 상대에게는 스카치 사워를. CBS 친구에게는 맥주, 바텐더 에디에게는 브랜디. 모두에게 술이 돌아갔다. 경찰들에게도, 흑인 정치가들에게도, 웨이터와 바텐더 그리고 올빼미족에게도. 아무도 일어나서 나가지 않았다. 술집에서 한 잔 돌렸기 때문도 아니고, 총을 들고 복면을 한 두 사내가 밖으로 나갔기 때문도 아니었다.

깨끗하게 면도한 사촌과 두 형제가 술을 내왔다. 흰 앞치마 위에 팔짱을 끼고 한쪽에 서 있는 팀 팻의 얼굴은 무표정했다. 모두에게 술을 돌린 뒤 형제 중 하나가 팀 팻에게 무슨 말을 속삭이더니 동전 한 움큼만 남은 유리병을 보였다. 팀 팻의 얼굴이 어두워졌다.

"신사분들," 그가 입을 열자 실내가 조용해졌다. "신사분들, 조금

전의 혼란으로 북아일랜드 정치범의 불행한 아내들과 자식들을 위한 돈, NORAD에 기부된 돈도 강탈당했습니다. 우리 손해는 우리, 나와 내 형제들이 지는 것이고, 우린 그에 대해 아무 말도 하지 않겠지만 음식을 살 돈이 없는 북아일랜드의 그들은……," 그는 심호흡을 하려고 말을 멈추었다가 낮은 목소리로 말을 이었다. "여러분께 유리병을 돌리겠습니다." 그가 말했다. "그리고 여러분 중 누가 기부에 관심을 가지신다면 신의 은총이 함께할 겁니다."

나는 아마 30분 이상은 더 머물러 있었던 것 같지 않다. 팀 팻이 산술 외에도 한 잔 더 마셨고, 그것으로 충분했다. 빌리와 스킵은 내가 일어났을 때 같이 일어났다. 보비와 그의 여자는 더 머물러 있을 생각이었고, 빈스는 이미 떠났으며, 에디는 다른 테이블로 자리를 옮겨 오닐 술집에서 웨이트리스로 일하는 키 큰 여자의 비위를 맞추려고 애쓰고 있었다.

하늘이 훤해 있었고, 고요한 이른 새벽 거리는 아직 비어 있었다. 스킵이 말했다. "뭐, 어쨌든 NORAD는 그다지 손해 보지 않았어. 프랭크와 제시가 그 유리병에서 꺼내 간 건 많지 않았을 테고, 손님들은 그걸 다시 채우려고 꽤 많은 돈을 내놨으니까."

"프랭크와 제시?"

"제발, 그 빨간 스카프들 말이야. 알잖아, 프랭크 제임스와 제시 제임스미국 서부 시대의 무법자 갱단. 놈들이 유리병에서 꺼내 간 건 일 달러와 오 달러짜리들이었고, 그 안에 다시 들어간 건 모두 십 달러와 이십 달러 지폐들이었으니까 북아일랜드의 불쌍한 아내들과 어린애들한텐 잘된 일이지."

빌리가 말했다. "모리시 형제가 얼마나 털린 것 같아?"

"젠장, 내가 어떻게 알겠어. 그 금고엔 보험증서하고 그들의 성스러운 어머니 사진들로 꽉 차 있었겠지만 그건 놀랄 일도 아니잖아? 그들은 데리와 벨파스트둘 다 북아일랜드의 도시의 용감한 친구들에게 많은 총을 보내기에 충분한 돈을 갖고 있었을 게 분명해."

"그 강도가 IRA였다고 생각해?"

"설마." 그가 말했다. 그는 담배꽁초를 하수구에 던졌다. "난 모리시 형제가 그렇다고 생각해. 그들의 돈이 가는 곳이 거기라고 생각해. 내 생각엔……,"

"어이, 친구들, 기다려, 응?"

우리는 돌아보았다. 토미 틸러리라는 남자가 모리시네 건물 현관 계단에서 소리치고 있었다. 그는 빵빵한 볼에 늘어진 턱살에 가슴도 배도 큼직한, 엄청 뚱뚱한 사내였다. 그는 여름용 빨간색 블레이저에 흰색 바지를 입고 있었다. 넥타이도 매고 있었다. 거의 언제나 넥타이를 매고 있었다. 옆에 있는 여자는 부분부분 빨간색으로 염색한 담갈색 머리에 키가 작고 날씬했다. 몸에 꽉 끼는 색 바랜 청바지에 소매를 걷어 올린 분홍색 셔츠 차림이었다. 여자는 매우 피곤해 보였고, 좀 취해 있었다.

그가 말했다. "캐럴린 알지? 당연히 알겠지." 우리 모두 여자에게 인사했다. 그가 말했다. "저 모퉁이에 차를 세워 놨어. 모두가 타기에 넉넉하지. 태워 줄게."

"멋진 아침입니다." 빌리가 말했다. "난 걷는 게 나을 것 같아요,

토미."

"오, 그래?"

스킵과 나도 똑같이 말했다. "술을 좀 깨려면." 스킵이 말했다. "긴장을 풀고 잘 준비를 해야죠."

"그래? 안 데려다줘도 돼?" 우리 모두 그렇다고 했다. "그럼 우리랑 차 있는 데까지 걷지 않겠어? 아까 일이 신경이 쓰여서 말이야."

"그러죠, 톰."

"멋진 아침이지? 뜨거운 하루가 되겠지만 지금은 아름다워. 맹세코 난 놈이 그 친구, 팀 팻을 쏠 거라고 생각했어. 막판에 그 친구 표정 봤지?"

"찰나의 순간이었죠." 빌리가 말했다. "무슨 일이든 일어날 수 있었어요."

"난 주거니 받거니 총질이 있겠거니 해서 뛰어들어 숨을 테이블을 찾고 있었다니까. 염병할 작은 테이블들하고는. 거긴 숨을 데가 많지 않다는 거 알지?"

"아주 많진 않죠."

"게다가 난 큰 타깃 아니겠어? 뭘 피우는 거야, 스킵, 카멜? 괜찮다면 한 개비만 줘. 난 이 담배를 피우는데, 이 시간쯤엔 아무 맛도 안 나더라고. 고마워. 내 상상인가, 아니면 그 안에 경찰 몇 명이 있었나?"

"몇 명 있었죠."

"그들은 근무 중이든 비번이든 총을 갖고 다니지 않나?"

그는 그 질문을 내게 했고, 난 그런 규정이 있다고 동의했다.

"자넨 그중 하나가 뭐든 시도하려 했으리라고 생각했겠군."

"강도들에게 총을 뽑았을 거라는 뜻입니까?"

"뭐든."

"그건 사람들을 죽이기 딱 좋은 방법이죠." 내가 말했다. "그렇게 사람이 많은 실내에서 총을 쏜다는 건."

"총알이 튈 위험이 있겠지."

"왜 그런 말을 하는 거죠?"

그가 퉁명스러운 내 목소리에 놀라 나를 보았다. "왜냐면, 벽돌 벽이니까." 그가 말했다. "놈이 주석 천장에 총을 쐈을 때도 총알이 튕길 수 있지 않았겠어?"

"그렇겠죠." 내가 말했다. 조수석에 승객을 태운 택시가 비번임을 나타내는 등을 켜고 지나갔다. 내가 말했다. "근무 중이든 비번이든 경찰은 누가 총을 쏘기 전에는 그런 상황에서 아무것도 할 수 없었을 겁니다. 오늘 밤 그 안엔 형사가 둘 있었는데, 아마 그들은 그 상황이 끝났을 때까지 총에 손을 대고 있었겠죠. 그 녀석이 팀 팻에게 총을 쐈다면 아마 놈은 총알을 피해 문밖으로 도망쳐야 했을 겁니다. 누가 놈을 명중시키지 않는다면."

"그들이 제대로 볼 수 있을 만큼 정신이 말짱했다면." 스킵이 끼어들었다.

"맞는 말이야." 토미가 말했다. "맷, 자네 몇 년 전 어느 술집에서 강도를 잡지 않았나? 누가 그러던데."

"그건 오늘과는 약간 다른 얘깁니다." 내가 말했다. "내가 움직이기도 전에 놈들이 이미 바텐더를 쐈죠. 그리고 난 실내에서 총을 난 사하지 않고 밖으로 놈들을 쫓아갔습니다." 난 그 일을 떠올리다가 그다음에 이어진 몇 마디 말을 놓쳤다. 다시 대화에 집중했을 때 토미는 자기도 돈을 빼앗기는 줄 알았다고 말하고 있었다.

"오늘 밤 그 안에 있던 사람들은," 그가 말했다. "밤에 일하는 사람들이었으니까 말이야. 자기들 가게를 닫고 현금을 갖고 있던 사람들. 놈들이 모자라도 돌려서 돈을 걷어 갈 거라고 생각하지 않았나?"

"놈들은 급했을 겁니다."

"내 수중엔 몇백 달러뿐이었지만 난 얼굴에 수건을 두른 놈에게 그걸 안 줬을 거야. 자네들은 강도를 안 당한 것에 안도감을 느낀 나머지, 그 뭐라더라, NORAD? 그걸 위해 유리병이 돌았을 때 정말 관대해지지 않았어? 난 두 번 생각하지 않고 그 과부들과 고아들을 위해 이십 달러를 냈네."

"다 사기예요." 빌리 키건이 의견을 냈다. "손수건을 두른 놈들은 그 형제들 친구고, 그들은 그 NORAD 기부를 위해 이 주마다 이 작은 공연을 하는 거죠."

"맙소사." 토미가 그 아이디어에 웃음을 터뜨리며 말했다. "그럴듯한데. 저게 내 차야. 리브. 큰 배가 모두를 쉽게 나르는 법이지. 마음이 바뀌었다면 자네들을 집까지 태워다 주지."

우리는 걷기로 한 결정에 따랐다. 그의 차는 좌석이 흰색 가죽으로 된 적갈색 뷰익 리비에라였다. 그는 캐럴린을 조수석에 태운 다음 빙 돌아 운전석 앞에 섰는데, 몸을 기울여 그를 위해 운전석 문을 여는 데 실패한 그녀에게 얼굴을 찌푸렸다.

두 사람이 차를 타고 떠나자 빌리가 말했다. "저 둘은 한 시, 한 시

반까지 암스트롱에 있었어. 오늘 밤에 그들을 다시 보리라고 기대하지 않았는데. 그가 오늘 밤은 브루클린으로 운전해서 돌아가지 않으면 좋겠군."

"두 사람이 사는 데가 거기야?"

"그가 사는 데." 그가 스킵에게 말했다. "여자는 이 근처에 살아. 그는 유부남이야. 반지를 끼지 않았어?"

"난 몰랐어."

"캐럴라인에서 온 캐럴린." 빌리가 말했다. "그는 늘 그 여자를 그렇게 소개해. 그녀는 분명 오늘 밤에 고주망태가 된 것 같지? 암스트롱을 나섰을 때 난 그가 분명 여자를 집에 데려다주는 거라고 생각했어. 그러고 보니 그랬던 것 같아. 그녀는 초저녁엔 정장을 입고 있었으니까. 안 그래, 맷?"

"기억 안 나는데."

"난 그랬다고 맹세할 수 있어. 출근복을 입고 있었다고 말이야. 어쨌든 지금 입고 있는 청바지와 셔츠 차림은 아니었다고. 그녀를 집에 데려가 그녀와 한바탕 뒹군 다음 술집들이 문을 닫았을 때쯤 목이 말라서 우리가 술집 문을 닫고 가는 우리의 단골 T. P. 모리시네로 간 거야. 어때, 맷? 나한테 탐정 자질이 있어?"

"잘하고 있어."

"그는 같은 옷이었지만 그녀는 바뀌었어. 이제 궁금한 건 그가 아내가 있는 집으로 갈 것인지, 캐럴린네서 자고 내일 회사에 같은 차림으로 나타날 건지야. 유일한 문제는 그걸 누가 관심 있어 한다는 거지?"

“나도 그걸 물을 참이었어.” 스킵이 말했다.

“그래. 난 토미가 물었던 걸 나 자신한테 묻고 있는 참이었어. 왜 놈들은 오늘 밤 손님들을 털지 않았지? 수백 달러를 갖고 다니는 사람이 많았을 텐데. 그 이상도 몇 명 있었을 테고.”

“그럴 가치가 없었겠지.”

“우리가 말하는 액수는 몇천 달러나 돼.”

“나도 알아.” 스킵이 말했다. “그 일을 제대로 하려면 이십 분은 더 걸렸을 테고, 술 취한 사람으로 가득 찬 술집 안에서 총을 휴대한 사람이 얼마나 있었는진 신만이 아시겠지. 그 안에 열다섯 정은 있었다는 데 돈을 걸어도 좋아.”

“진심이야?”

“진심일 뿐 아니라 그것도 적게 잡은 거야. 일단 경찰 서너 명이 있었어. 바로 우리 테이블에 에디 그릴로도 있었지.”

“에디가 총을 갖고 다닌다고?”

“에디는 꽤 덩치 큰 친구들과 어울릴뿐더러 그가 일하는 가게의 주인이 누군지 말도 하지 않아. 난 잘 모르지만 폴리스 케이지라는 데서 일하는 척이라는 사람이 있는데……,”

“누군지 알아. 그가 총을 갖고 다닌다고?”

“그렇든가 몸 상태가 변해서 영구 발기한 채로 다니든가. 정말이야, 많은 사람이 총을 갖고 다닌다고. 그 안에 있던 사람 중에 총 대신 지갑에 손을 뻗을 사람이 얼마나 있었겠냐고. 놈들이 들어왔다 나간 시간이 얼마나 되지, 최대 오 분? 놈들이 문을 박차고 들어와 천장에 총알을 박아 넣고 그 문으로 나간 다음 팀 팻이 얼굴을 찌푸린 채 팔짱을 끼고 서 있었을 때까지 오 분도 안 걸렸을 거야."

"일리 있는데."

"그리고 놈들이 사람들의 지갑에서 뭘 얻든 그건 푼돈일 뿐이야."

"그 금고 안에는 더 들어 있었다는 거야? 안에 뭐가 든 것 같아?"

스킵이 어깨를 으쓱했다. "이만 달러."

"정말?"

"이만이나 오만. 골라 봐."

"그게 IRA 돈이라며."

"음, 그들이 달리 어디에 그 돈을 쓰겠어, 빌? 그들이 얼마나 버는지는 모르겠지만 그들은 일주일에 칠 일 내내 괜찮은 사업을 해. 경비가 들기나 하겠어? 그들은 아마 빼돌린 세금으로 그 건물을 샀을 테고, 게다가 거기서 살면서 줘야 할 임금도 없어. 일 층의 극단이 약간의 수익을 내는 것처럼 꾸며서 형식적인 세금을 내지 않는 한 그들은 소득을 신고하지 않거나 세금을 내지 않는 게 틀림없어. 거기서 일주일에 일이만 달러는 긁어모을 텐데, 그들이 그걸 어디에 쓴다고 생각해?"

"몰래 영업하려면 뇌물을 줘야 해." 내가 끼어들었다.

"물론 뇌물과 정치 후원금이 들겠지만 일주일에 일이만 달러를 낼 가치는 없어. 그리고 그들은 큰 차를 몰지도 않고 다른 술집에 돈을 쓰러 나가지도 않아. 난 팀 팻이 귀여운 어린 여자에게 에메랄드를 사는 걸 본 적 없고, 그 형제들이 자신들의 아일랜드 코에 코카인을 넣는 것도 본 적 없어."

"아일랜드 코라." 빌리 키건이 말했다.

“난 팀 팻이 연설한 다음 한 잔씩 돌린 게 마음에 들었어. 내가 아는 한 모리시 형제가 손님들에게 한턱낸 건 오늘이 처음이야.”

“빌어먹을 아일랜드 놈.” 빌리가 말했다.

“젠장, 키건, 또 취했군.”

“하느님께 찬송을. 네가 맞아.”

“무슨 생각 해, 맷? 팀 팻이 프랭크와 제시를 알아봤다는?”

나는 그에 관해 생각했다. “모르겠어. 그가 말한 건 결국 ‘여기에 관여하지 마라. 우리가 해결할 것이다’라는 거였어. 정치적인 걸 수도 있어.”

“그게 분명해.” 빌리가 말했다. “민주당 개혁파가 뒤에 있다고.”

“어쩌면 신교도들.” 스킵이 말했다.

“재밌군.” 빌리가 말했다. “그들은 신교도처럼 보이지 않던데.”

“아니면 또 다른 IRA 파벌이나. 거기엔 파벌이 있겠지?”

“물론 넌 얼굴에 손수건을 두른 신교도들을 거의 못 봤겠지.” 빌리가 말했다. “그들은 대개 그걸 가슴 주머니에……,”

“젠장, 키건.”

“염병할 신교도들.” 빌리가 말했다.

“염병할 빌리 키건.” 스킵이 말했다. “맷, 우리가 이 망할 놈을 집에 데려다주는 게 좋겠어.”

“염병할 총들.” 빌리가 갑자기 원래의 화제로 돌아갔다. “술 한잔하러 나가잖아? 그럼 염병할 총들에 둘러싸일걸. 총 갖고 다녀, 맷?”

“아니.”

“정말?” 그가 몸을 지탱하려고 내 어깨에 손을 올렸다. “하지만 넌 경찰이잖아."

"경찰이었지."

"지금은 사적인 경찰. 청원경찰이자 서점 경비원. 총이 들었는지 가방을 검사하는."

"그들은 대개 전시용이야."

"그러니까, 내가 모던 라이브러리판『주홍 글씨』를 갖고 도망쳐도 총을 맞지 않는다는 뜻이야? 내가 그러기 전에 값을 치르라고 말해줘야 해. 정말 총을 안 갖고 다니는 거야?"

"또 하나의 환상이 깨졌군." 스킵이 말했다.

"네 친구, 그 배우는 어때?" 빌리가 그에게 물었다. "꼬마 보비는 총잡이야?"

"누구, 루슬랜더?"

"그가 뒤에서 널 쏠 거야." 빌리가 말했다.

"만약 루슬랜더가 총을 갖고 다니면," 스킵이 말했다. "그건 무대 소품일걸. 쏴도 소리가 나지 않는."

"뒤에서 총을 쏠 거라고." 빌리가 주장했다. "그 뭐냐, 보비 더 키드처럼."

"빌리 더 키드미국 서부 시대의 무법자겠지."

"내가 어떻게 말하든 내 마음 아니야? 그 친구가 그래?"

"걔가 뭘?"

"젠장, 총을 갖고 다니냐고. 우리가 하고 있던 얘기가 그거 아냐?"

"제발, 키건, 우리가 무슨 얘길 하고 있었는지 나한테 묻지 마."

"너희 둘 다 내 말을 듣고 있지 않았다는 거야? 젠장."

빌리 키건은 8번가 옆 56번가의 고층 건물에서 살았다. 그가 사는 건물에 닿았을 때 그는 똑바로 서서 도어맨에게 인사를 건넬 만큼 술이 깬 것처럼 보였다. "맷, 스킵." 그가 말했다. "또 보자고."

"키건은 술이 깼어." 스킵이 내게 말했다.

"녀석은 좋은 친구야."

"녀석은 그런 척하는 것만큼 취하지도 않았어. 녀석은 그냥 즐기고 있을 뿐이야."

"그래."

"알겠지만 우린 미스 키티 바 안쪽에 총을 두고 있어. 존과 내가 가게를 내기 전에 일했던 곳에서 강도를 당했거든. 난 이곳 이 번가에서 바텐더로 일하고 있었는데, 한 백인 녀석이 걸어 들어오더니 내 얼굴에 총을 들이대고 금전등록기에서 돈을 꺼내 갔어. 손님들도 당했고. 그때 술집에 대여섯 명뿐이었는데, 놈은 그 사람들 지갑도 털어 갔어. 내 기억이 맞는다면 시계도 털어 간 것 같아. 남다른 클라스였지."

"그런 것 같군."

"난 베트남전 영웅이었어. 염병할 특수부대였지. 난 겨눠진 총구를 보고 서 있던 적이 없었어. 털리는 동안엔 아무것도 느끼지 못하고 있다가 나중에 화가 나더군. 무슨 말인지 알겠어? 분노에 휩싸였다고. 나가서 총을 샀어. 그때 이후로 내가 일하고 있을 땐 그게 나와 함께 있어. 그 술집에서, 그리고 지금은 미스 키티에. 난 여전히 우리가 그 술집을 '편자와 수류탄'이라고 지었어야 했나 생각해."

"허가증은 있어?"

"총?" 그가 고개를 저었다. "등록되지 않은 거야. 술집에서 일하다 보면 어디로 총을 사러 가야 할지 아는 데 별문제가 없지. 난 이틀 동안 수소문하러 다녔고, 사흘째엔 백 달러에 손에 넣었지. 우린 가게를 연 후 강도를 한 번 당했어. 존이 일하던 중이었는데, 총은 건드리지도 않고 얼마가 들어 있었는지는 몰라도 금전등록기에 있던 걸 내줬지. 놈은 손님들을 털진 않았어. 존은 놈이 마약쟁이라고 생각했고, 놈이 문밖으로 나갔을 때까지 총은 생각도 못 했다더군. 어쩌면 총 생각을 했지만 그걸 꺼내 들지 않기로 했는지도 모르지. 나도 그랬을 거야. 아닐지도 모르지만. 정말 닥쳐 봐야 아는 거 아니겠어?"

"그래."

"넌 정말 경찰을 그만둔 뒤로 총을 갖고 다닌 적 없어? 습관이 된 후론 그거 없인 벌거벗은 것 같다던데."

"난 아니야. 오히려 짐을 내려놓은 것 같았지."

"오, 주님, 이제 짐을 내려놓으러 갑니다. 그래서 좀 가벼워진 것 같아, 응?"

"비슷해."

"그래. 그건 그렇고, 그는 아무 뜻 없이 한 말이야. 총알이 튄다는 얘기."

"응? 아, 토미."

"터프 토미 틸러리. 재수 없는 놈이지만 나쁜 놈은 아니야. 터프 토미라. 그를 그렇게 부르는 건 덩치 큰 남자를 타이니Tiny 아주 작다는 뜻라고 부르는 거나 같아. 분명 그는 아무 뜻 없이 한 말일 거야."

"네 말이 맞아."

"터프 토미. 그를 부르는 다른 말도 있어."

"텔레폰 토미."

"아니면 토미 텔레폰, 맞아. 그는 전화로 대단찮은 걸 팔아. 난 다 큰 남자가 그런 걸 하는 줄 몰랐어. 그런 건 주부들이 아르바이트로 하는 거라고, 시간당 삼십오 센트를 받고 하는 거라고 생각했어."

"수익성이 높을 수도 있어."

"분명. 그 차를 봤잖아. 우리 모두 그 차를 봤지. 그 여자가 그에게 문을 열어 주는 건 못 봤지만 그 차는 봤어. 우리 집에서 마지막으로 한 잔 더 할래? 나한테 스카치와 버번이 있어. 냉장고에 먹을 거도 좀 있을 거야."

"그냥 집에 가야 할 것 같아, 스킵. 어쨌든 고마워."

"무리도 아니지." 그는 담배에 불을 붙였다. 그는 내가 묵는 호텔에서 서쪽으로 길 건너편 몇몇 집 지나서 있는 파르크 벵돔고급 주거용 콘도미니엄에서 살았다. 그는 담배를 던졌다. 우리는 악수했다. 한 블록쯤 떨어진 곳에서 대여섯 발의 폭발음이 났다.

"맙소사." 그가 말했다. "저게 총소리야, 반 다스쯤 되는 작은 폭약이야? 뭔지 알겠어?"

"아니."

"나도 모르겠어. 폭죽이겠지. 시기를 고려하면. 아니면 모리시 형제가 프랭크와 제시를 잡았거나. 아니면 내가 모르는 뭔가나. 오늘이 이 일 맞지? 칠월 이 일?"

"그럴걸."

"올여름은 무슨 일이 날 거 같아." 그가 말했다.

2

이 모든 게 오래전에 일어났다.

1975년 여름이었고, 더 큰 맥락에서, 아주 중요한 일은 일어나지 않았던 계절로 기억된다. 닉슨의 사임은 그 전해였고, 다음 해에는 전당대회와 선거 캠페인, 올림픽, 독립 2백 주년을 맞이할 것이었다.

포드가 백악관에 있는 동안 그의 존재가 대단한 설득력이 있지는 않았지만 이상하게도 위안이 되었다. 그레이시 맨션Gracie Mansion 뉴욕 시장 공관에는 에이브 빔Abraham Beame 1974년부터 1977년까지 주재한 뉴욕 시장으로 1975년 뉴욕 재정 위기 당시 파산을 선언해야 했다이라는 친구가 있었는데, 나는 제리 포드가 미국 대통령이었다고 믿지 않은 것만큼이나 그가 정말 뉴욕 시장이었다고 믿은 적이 없었다.

포드는 뉴욕이 파산 위기에 직면했을 때 구제금융을 거부할 의사를 밝혔고, 뉴스 헤드라인은 다음과 같이 쓰였다. **'포드가 도시에 말하다: 뒈져라!'**

그 헤드라인은 기억하지만 그게 실행된 게 여름인지 그 전인지 그 이후인지 기억나지 않는다. 그 헤드라인을 읽은 기억은 분명하다. 「뉴스」를 놓치는 법은 거의 없었기 때문에. 밤에 호텔로 돌아오는 길에 새벽판 신문을 사거나 아침을 먹으며 이후에 나온 신문을 훑었다. 내가 따라잡아야 할 이야기가 있다면 가끔 「타임스」도 읽었고, 오후에는 대개 「포스트」를 집어 들었다. 국제 뉴스나 정치적 이슈나 스포츠와 지역 범죄를 빼곤 어떤 것에도 관심이 없었지만 적어도 세상에 무슨 일이 일어나고 있는지는 지엽적으로 알고 있었고, 그 모든 일들이 어떻게 그렇게 모두 잊혔는지 이상하다.

내가 기억하는 그때는 어땠는가? 음, 모리시네에서 강도를 당한 지 석 달 후 신시내티는 월드 시리즈에서 레드삭스에 승리할 것이었다. 여섯 번째 게임에서 피스크당시 레드삭스의 포수의 홈런이 터졌고, 피트 로즈당시 신시내티의 스위치히터는 7차전 내내 모든 인간의 운명이 매 투구에 걸려 있다는 듯 플레이했다. 뉴욕을 연고로 둔 팀 모두 플레이오프에 진출하지 못했는데, 성적이 어땠는지까지는 기억나지 않지만 난 내가 여섯 게임을 보러 갔다는 것은 기억한다. 난 몇 번 두 아들을 셰이 스타디움에 데려갔고, 몇 번은 친구들과 갔다. 셰이 스타디움은 그해에 보수되었고, 메츠와 양키스 모두 셰이가 홈구장이었다. 빌리 키건과 나는 양키스가 어떤 팀과 하는 경기를 보았던 기억이 나는데, 어떤 바보들이 필드 안에 쓰레기를 던져서 게임이 중단되었다.

그해 양키스에 레지 잭슨이 있었던가? 그는 1973년에는 찰리 핀리당시 오클랜드 애슬레틱스 구단주를 위해 오클랜드에서 뛰고 있었고, 그해 월드 시리즈에서 메츠가 형편없이 지고 있던 게 기억난다. 그런데 스타인

브레너당시 뉴욕 양키스 구단주가 그를 언제 양키스로 데려왔더라?

그 밖에 다른 건? 복싱은?

알리가 그해 여름에 싸웠던가? 나는 노턴과의 2차전을 텔레비전으로 봤는데, 알리는 턱이 부러져 링을 떠났다. 그건 1차전이던가? 그 후 나는 아주 가까이, 매디슨 스퀘어 가든의 링사이드에서 알리를 본 적이 있다. 어니 셰이버스가 지미 엘리스와 싸웠었고, 그는 일찌감치 1라운드에 지미 엘리스를 녹아웃시켰다. 맙소사, 엘리스를 골로 보낸 그 펀치를 기억한다. 내게서 두 줄 떨어진 곳에 있던 그의 아내 얼굴에 떠오른 표정이 기억난다. 하지만 그게 언제였더라?

확실히 1975년은 아니다. 그해 여름에 경기를 보러 간 건 확실한데. 누구의 경기를 봤는지 궁금하다.

그게 뭐가 중요하겠는가? 그게 중요한 것 같지는 않다. 그게 중요했다면 도서관에 가서 「타임스 인덱스」를 확인하거나 그해 「세계 연감」을 찾아보면 된다. 하지만 나는 내가 정말 기억할 필요가 있는 것들은 이미 모두 기억하고 있다.

스킵 디보와 토미 틸러리. 그들은 내가 1975년 여름을 생각할 때 보는 얼굴들이다. 그들은 그 계절 자체였다.

그들이 내 친구들이었던가?

그들은 친구였지만 조건부 친구였다. 두 사람은 술친구였다. 모르는 이들이 술을 마시러 모이는 장소 이외의 곳에서는 그들—요즘에는 다른 누구도—을 거의 보지 않았다. 물론 나는 그때 여전히 술을 마시고 있었고, 술이 나보다 나를 위해 더 많은 것을 해 주는(그렇게 보였거나) 때였다.

그 몇 해 전 내 세계는 콜럼버스 서클 남서쪽 몇 블록만을 에두르게 하는 것처럼 좁았다. 마치 내 세계 자체가 의지를 갖고 있는 것처럼. 나는 10여 년간의 결혼 생활을 결별하고 두 아이에게서 떠났고, 롱아일랜드의 사요싯에서 8번가와 9번가 사이 서57번가에 있는 호텔로 거처를 옮겼다. 거의 같은 무렵에 경찰 경험을 떠들 수 있을 만큼은 오래 있었던 그곳 뉴욕 경찰에서 떠났다. 혼자 먹고살며 사람들을 위해 해 주는 일로 사요싯에 부정기적으로 수표를 보냈다. 나는 사립탐정은 아니었다. 사립 탐정은 면허가 있어야 하고, 납세 신고를 한다. 따라서 사람들에게 호의를 베풀면 그들은 내게 돈을 주었고, 그래서 나는 늘 호텔비를 내고, 늘 술을 마셨고, 간헐적으로 애니타와 아이들에게 수표를 부칠 수 있었다.

말했듯이 내 세계는 지리적으로 축소되었고, 그 지역은 대개 내가 자는 방과 깨어 있는 시간 대부분을 보내는 술집들로 국한되었다. 그리 자주 가는 편은 아니었지만 그중에는 모리시네가 있었다. 나는 대개 한두 시에 잠자리에 들었다. 영업시간이 끝난 후 밤새도록 마시는 경우는 드물었지만 가끔은 술집이 문을 닫을 때까지 마시기도 했다.

스킵 디보의 술집, 미스 키티네가 있었다. 내 호텔과 같은 블록에는 퇴근 후 10시에서 10시 반까지 술을 마시는 사람들로 붐비는, 빨간색 보델로 벽지로 마감한 폴리스 케이지가 있었다. 그리고 머리 위에서 알전구가 빛나는 좁고 칙칙한 방이 있고, 손님들이 말없이 술을 마시는 맥고번 술집. 나는 힘든 아침에 해장술을 마시러 가끔 거기에 들렀고, 그곳의 바텐더는 술을 따를 때 보통 손을 떨었다.

내가 묵는 호텔과 같은 블록에 나란히 붙은 두 프랑스 레스토랑이 있었다. 그중 몽생미셸은 늘 자리가 4분의 3쯤 비어 있었다. 나는 몇 년 동안 몇 번, 여자들을 거기에 데려가 저녁을 먹었고, 가끔은 혼자 들러 바에서 술을 마셨다. 옆 가게는 평판이 좋았고 사업 수단이 더 나았지만 거기에는 발을 들일 생각조차 없었다.

10번가 위쪽에는 슬레이트라는 곳이 있었다. 거기에는 미드타운 노스와 존 제이 대학뉴욕 시립대학으로 범죄학 분야로 유명한 대학의 경찰들로 붐볐고, 그런 부류의 사람들과 어울리고 싶을 때면 거기에 갔다. 그곳 스테이크는 훌륭했고, 분위기는 편안했다. 브로드웨이와 6번가가 만나는 곳에는 저렴한 가격의 술 그리고 스팀 테이블테이블 상판 아래 뜨거운 물이 들어 있어 음식을 따뜻하게 유지해 주는 테이블에 괜찮은 콘비프와 햄이 나오는 마틴스 바가 있었다. 바 위에는 큼직한 컬러 TV가 있어서 야구 중계를 보기에 나쁘지 않은 곳이었다.

링컨 센터 맞은편에는 오닐스 벌룬O'Neal's Baloon이라는 술집이 있었는데, 그 당시 법으로는 어떤 곳을 술집saloon이라고 부르는 게 금지되어 있었다. 그곳 주인들은 간판을 주문했을 때 그 사실을 몰랐다. 그래서 그들은 첫 글자를 바꾸었고, 노상 그 이야기를 했다. 오후에 한 번 들른 적이 있었다. 그곳은 너무 유행에 민감했고, 밤에는 지나치게 흥겨웠다. 9번가와 57번가 모퉁이에는 안타레스 앤드 스피로라는 그리스 술집이 있었다. 콧수염을 무성하게 기른 남자들이 우조를 마시는 곳으로 내 취향은 아니었지만 매일 밤 집에 가는 길에 그곳을 지나쳤고, 가끔 잠깐 들러 한잔 마셨다.

57번가와 8번가 모퉁이에는 밤새 영업하는 신문 가판대가 있었다. 400델리카트슨 앞 보도에서 행상을 하는 쇼핑백 레이디쇼핑백에 전 재산을 넣고 떠돌이 생활을 하는 나이 든 여성에게서 신문을 사지 않으면 대개 거기서 신문을 샀다. 그녀는 신문 가판대에서 신문을 한 부에 25센트—그해에 신문들은 모두 25센트였던 것 같다. 「뉴스」는 20센트였거나—에 사서 같은 가격에 팔았는데, 그것은 생계를 유지하기에 어려운 방법이었다. 이따금 나는 그녀에게 1달러를 주고 거스름돈은 됐다고 말했다. 그녀의 이름은 메리 앨리스 레드필드였는데, 몇 년 후 누군가에게 칼에 찔려 죽었을 때까지는 이름을 몰랐다.

거기에는 레드 플레임이라는 커피숍이 있었고, 400델리카트슨이 있었다. 괜찮은 피자 가판대도 있었고, 아무도 한 번 이상 가지 않는 치즈 스테이크얇게 저민 스테이크에 녹인 치즈, 튀긴 양파를 얹은 샌드위치를 파는 곳도 있었다.

스파게티가 나오는 램프라는 술집도 있었고, 중국 음식점도 두어 곳 있었다. 스킵 디보가 열광한 태국 레스토랑도 있었다. 58번가에는 지난겨울에 막 문을 연 조이 패럴이라는 가게가 있었다. 그곳에는 엄청나게 많은 술집이 있었다.

뭐니 뭐니 해도 암스트롱이 있었다.

맙소사, 나는 거기서 살았다. 나는 잘 방과 갈 술집과 레스토랑 들이 있었지만 그곳에서 몇 년간은 지미 암스트롱 술집이 내겐 집이었다. 나를 찾는 사람들은 거기서 나를 찾으면 된다는 것을 알았고, 이따금 그들은 호텔에 전화하기 전에 암스트롱에 전화했다. 낮에 카운터를 보는 데니스라는 필리핀 친구가 11시쯤 그곳 문을 열었다. 빌리 키건은 7시쯤 교대하러 나와 손님 수와 기분에 따라 두서너 시에 문을 닫았다. (그것이 평일의 일상이었다. 주말에는 밤도 낮도 바텐더가 달랐고, 그들의 교대 시간도 짧았다.)

웨이트리스들은 자주 바뀌었다. 그들은 정식 일거리를 잡거나 남자 친구와 헤어지거나 새 남자 친구를 얻거나 로스앤젤레스로 자리를 옮기거나 수폴스사우스다코타주에 있는 도시의 집으로 돌아가거나 주방에서 도미니카 꼬마와 싸우거나 돈을 훔치다 해고되거나 그냥 그만두거나 임신을 했다. 지미 암스트롱은 그해 여름에 그다지 가게에 나오지 않았다. 그가 노스캐롤라이나에서 매입할 땅을 찾았던 게 그해였던 것 같다.

그곳을 어떻게 말해야 할까? 안으로 들어가면 오른편엔 긴 바, 왼편에는 테이블들이 있다. 테이블들에는 푸른색 테이블보가 덮여 있다. 어두운색 나무 패널로 마감한 벽. 벽에는 그림들 그리고 액자에 넣은 오래된 잡지의 광고들이 걸려 있다. 뒷벽에는 어울리지 않게 사슴 머리가 걸려 있었다. 내가 제일 좋아하는 테이블은 그걸 보지 않아도 되는 그 아래 오른쪽 자리였다.

사람들은 온갖 부류의 집단이었다. 길 건너 루스벨트 병원의 의사와 간호사 들. 포드햄 대학교의 교수와 학생 들. 텔레비전 방송국 사람들. CBS는 한 블록 떨어져 있었고, ABC는 가까운 데 있었다. 그리고 근처에 살거나 근방에 가게가 있는 사람들. 클래식 음악가 두 명. 작가 한 명. 신발 가게를 막 개업한 두 레바논계 형제.

젊은 친구들은 많지 않았다. 내가 처음 이 동네로 이사 왔을 때 암스트롱에는 멋진 재즈와 컨트리블루스가 구비된 주크박스가 있었지만 지미는 일찌감치 그것을 치우고 클래식 음악 테이프로 대체했다. 그것이 젊은 친구들을 가게에서 몰아내었고, 조금 주문하고 오래 머물면서 팁은 거의 주지 않는 젊은 친구들을 싫어하는 웨이트리스들을 기쁘게 했다. 소음 또한 한 단계 낮아져 장시간 술을 마시는 데 적합한 장소가 되었다.

그게 내가 거기에 있었던 이유였다. 나는 긴장을 유지하고 싶었지만 취하고 싶지는 않았다. 가끔 취했지만. 주로 버번을 탄 커피를 마시다가 밤의 끝으로 향할수록 아무것도 타지 않은 술로 옮겨 갔다. 거기서 신문을 읽을 수 있었고, 햄버거를 먹거나 제대로 된 식사를 할 수 있었고, 기분이 내키면 약간의 대화나 그 이상의 대화를 나눌 수도 있었다. 늘 하루 종일 거기에 죽치고 있는 것은 아니었지만 적어도 한 번 그 문을 들어서지 않는 날은 드물었고, 어떤 날들은 데니스가 문을 연 지 몇 분 안 된 때부터 빌리가 문을 닫을 준비를 할 때까지 거기에 있었다. 누구나 어디엔가 안식처가 있는 법이다.

술친구들.

나는 암스트롱에서 토미 틸러리를 알게 되었다. 그는 일주일에 사나흘 밤 암스트롱에 나타나는 단골이었다. 그를 언제 처음 알게 되었는지는 기억나지 않지만 술집 안에서 그의 존재를 의식하지 않기는 힘들었다. 그는 덩치 큰 사내였고, 목소리가 잘 전달되었다. 요란한 타입은 아니었지만 술이 몇 잔 들어가면 술집이 그의 목소리로 가득 찼다.

그가 비프스테이크를 잔뜩 먹고 시바스 리갈을 잔뜩 마시면 그 두 메뉴가 그의 얼굴에 드러났다. 그는 마흔다섯쯤 되었을 터였다. 턱살이 늘어지는 중이었고, 터진 모세혈관으로 뺨이 발그레했다.

나는 사람들이 왜 그를 터프 토미라고 부르는지 알지 못했다. 아마 그 별명의 의도가 반어적이라서일 거라는 스킵의 말이 맞는지도 몰랐다. 사람들은 그를 그의 직업 때문에 토미 텔레폰이라고도 불렀다. 그는 월스트리트 지역에 있는 무허가 금융 중개소에서 전화로 투자를 유치하는 전화 영업을 했다. 나는 그 직업군의 사람들이 직업을 자주 바꾸는 이유를 이해한다. 전화로 낯선 이에게 투자를 구슬리는 능력은 꽤 특별한 재능이었고, 그런 능력의 소유자들은 쉽게 일자리를 얻을 수 있어서 한 고용주에게서 다른 고용주에게로 마음대로 옮겨 다닌다.

그해 여름 토미는 태너힐 앤드 컴퍼니라는 회사에서 일하며 부동산 신디케이트 내의 유한책임 조합원이 되는 권리를 팔고 있었다. 나는 거기에 세제 우대와 어떤 배당도 받을 수 있을 것이었다. 토미는 나에게든 누구에게든 바에서는 어떤 것도 팔지 않았기 때문에 그것을 짐작으로 알았다. 나는 루스벨트 병원의 산부인과 레지던트가 그런 투자들에 관해 그에게 물으려고 했을 때 그 자리에 있은 적이 있었다. 토미는 그의 말을 웃어넘겼다.

"아니, 난 진지해요." 의사가 고집스럽게 말했다. "이제 돈을 벌고 있으니 그런 걸 생각해야 할 때요."

토미는 어깨를 으쓱했다. "명함 있습니까?" 의사는 없었다. "그럼 여기다 당신 전화번호와 내가 전화해도 되는 시간을 적어요. 설명을 원하신다면, 어떻게 하면 좋을지 전화로 알려 드리지. 하지만 미리 경고해 두건대, 난 전화상으론 저항하기 어려운 사람입니다."

몇 주 후에 그들은 우연히 마주쳤고, 그 레지던트는 토미가 전화하지 않았다고 따졌다.

“이런, 그러려고 했습니다.” 토미가 말했다. “일단 까먹지 않게 메모해 놓도록 하죠.”

그는 그런대로 괜찮은 술친구였다. 그는 여러 사투리로 농담했는데, 꽤 잘했고 나와 관련된 사투리에 나는 웃음을 터뜨렸다. 그 농담 중 어떤 것은 불쾌했겠지만 대개 저열하지는 않았다. 내가 경찰 시절의 이야기를 하며 기분이 우울할 때면 그는 훌륭한 청자聽者였고, 내가 한 이야기가 재미있을 때면 그의 웃음소리는 누구보다 컸다.

그는 대체로 좀 시끄럽고 좀 쾌활했다. 말이 좀 많아서 남의 신경을 건드리기도 했다. 말했듯이 그는 암스트롱을 일주일에 서너 밤쯤 찾았고, 대개는 그녀와 함께였다. 캐럴린 치텀. 캐럴라인에서 온 캐럴린. 그녀의 부드러운 남부 지방 억양은 술을 가미하면 더 향이 짙어지는 식재료용 허브처럼, 술이 들어가면 그 억양이 더 강해졌다. 때로 그녀는 그의 팔짱을 끼고 들어왔다. 어떤 때는 그가 먼저 오고 그녀가 나중에 그와 합류했다. 그녀는 토미와 같은 회사에서 일했고, 이 근처에서 살았기에 내 생각에는-추측이지만- 그 사내 연애가 토미를 암스트롱으로 이끌었을 터였다.

그는 내기를 좋아했다. 경마에 돈을 걸었고-대개는 구기 종목에, 가끔은 말에-, 돈을 따면 떠벌렸다. 그는 약간 지나칠 만큼 친근했다. 약간 지나칠 만큼 무분별하게 친절했고, 때로는 목소리에서 느껴지는 친근함이 착각이었다는 생각이 들 만큼 눈에 냉기가 어렸다. 그의 작은 눈은 차가웠다. 입가에는 부드럽고 나약한 데가 있었으나 그의 목소리에는 차가움도 나약함도 들어 있지 않았다.

그가 전화 통화에 얼마나 능숙한지 짐작이 갔다.

스킵 디보의 이름은 아서였지만 내가 알기로 그를 그렇게 부르는 사람은 보비 루슬랜더가 유일했다. 보비는 그 이름이 편한 것 같았다. 두 사람은 초등학교 4학년 이래로 친구였고, 잭슨하이츠의 같은 블록에서 자랐다. 스킵은 아서 주니어라는 세례명을 얻었고, 일찌감치 그 별명을 얻었다. "얘는 늘 학교를 빼먹곤skip 했지." 보비는 그렇게 말했지만 스킵에게는 또 다른 설명이 있었다.

"해군이었다는 걸 자랑스러워하는 삼촌이 있었어." 그는 전에 내게 그렇게 말했다. "엄마 동생. 내게 세일러복과 장난감 배를 사 주셨지. 나한텐 전 함대가 있었고, 삼촌은 날 선장skipper이라고 불렀어. 얼마 안 있어 모두 날 그렇게 불렀지. 그나마 괜찮은 별명이었어. 우리 반에 모두가 웜worm 벌레라는 뜻이라고 부르는 애가 있었으니까. 왜냐고는 묻지 마. 얘들이 아직도 걔를 그렇게 부른다고 상상해 봐. 걔가 아내랑 침대에 있다고 생각해 보라고. '오, 워미, 더 깊게 넣어 줘.'"

그는 서른서넛이었고, 키는 나와 비슷했지만 호리호리한 체형에 근육질이었다. 팔뚝과 손등에 정맥이 도드라져 보였다. 군살이 없는 얼굴은 얼굴뼈의 선을 따라 조각을 한 듯 뺨이 움푹 패어 있었다. 매부리코에 날카로운 푸른 눈은 조명 아래에서 살짝 녹색으로 보였다. 이 모든 게 결합해 그를 여자들에게 꽤 매력적으로 보이게 했고, 그가 원할 때면 집으로 데리고 갈 여자를 찾는 데 별문제가 없었다. 하지만 그는 혼자 살았고, 누구와도 꾸준한 관계를 유지하지 않았으며, 오히려 남자 친구들과 어울리는 것을 더 좋아하는 듯했다. 그는 누군가와 함께 살았거나 결혼한 적이 있었는데, 그것은 몇 년 전 이야기였고, 그는 누군가와 관계를 맺는 것을 꺼리는 것 같았다.

토미 틸러리는 터프 토미라고 불렀고, 그의 태도에는 어느 정도 터프가이의 자질이 있었다. 스킵 디보는 실제로 터프했지만 그것을 표면 아래에서 감지해야 했다. 그것은 겉으로 드러나 있지 않았다.

그는 군 복무를 했다. 그의 삼촌이 그를 해군으로 이끌었으리라고 생각할지 모르겠지만 육군 특수부대 그린베레에 있었다. 그는 고등학교를 졸업하자마자 입대해 케네디 재임 동안 동남아시아로 갔다. 1960년대 말에 제대하고 대학에 진학했다가 중퇴한 다음에는 어퍼이스트사이드의 바에서 경비 일을 했다. 몇 년 뒤 그와 존 카사비안은 모은 돈으로 폐점한 철물점의 장기 임차에 사인하고 그곳을 리모델링한 다음 미스 키티를 열었다.

이따금 그의 가게에서 그를 보았지만 그가 일을 하지 않을 때 빈번하게 들렀던 암스트롱에서 본 것만큼 자주는 아니었다. 그는 유쾌한 술친구이자 같이 있기에 편했고, 그리 동요하지도 않았다.

어쨌든 그에게는 뭔가가 있었는데, 냉철한 능력이 엿보이는 분위기 때문인지도 몰랐다. 그는 어떤 일이 닥쳐도 땀 한 방울 흘리지 않고 잘 처리할 수 있을 것 같은 분위기를 풍겼다. 뭐든 할 수 있는 사람, 빠른 결단을 내려 행동할 수도 있는 사람이라는 인상을 주었다. 어쩌면 베트남에서 녹색 베레모를 쓰면서 그 자질을 얻었거나, 그가 거기에 있었다는 사실을 내가 알았기 때문에 내가 그에게 그 자질을 부여했는지도 몰랐다.

나는 그런 자질을 범죄자들에게서 많이 보았다. 그런 자질이 있는 중범죄자를 몇 명 아는데, 그자들은 은행과 현금 수송차를 털었다. 이사 회사의 장거리 운전사가 있었는데, 그가 그런 사람이었다. 예정보다 일찍 일을 끝내고 돌아온 그는 애인과 침대에 있는 아내를 발견하고 둘 다 때려죽였다.

3

신문에는 모리시 술집 강도 사건에 관해 아무것도 실려 있지 않았지만 다음 며칠간 그 근방에서 많은 이야기가 들렸다. 팀 팻과 그의 형제들의 손실액에 관한 소문은 계속 증가 중이었다. 내가 들은 액수는 1만에서 10만 범위였다. 모리시 형제와 강도들만이 알 터였고, 양쪽 다 입을 다물 공산이 컸기에 처음에 들은 액수가 다음에 들은 액수보다 나아 보였다.

"놈들은 오만쯤 가져갔을 거야." 빌리 키건이 4일 밤 내게 말했다. "그게 물망에 오른 금액이야. 물론 거기에 있던 모두가 보긴 봤지. 모리시 형제들도 그렇고."

"무슨 말이야?"

"그 일이 있었을 때 거기에 있었다는 녀석을 적어도 세 명을 봤고, 난 그 녀석들이 거기에 없었다는 걸 맹세할 수 있다는 말이야. 하지만 녀석들은 어찌 된 셈인지 내가 모르는 사실을 가르쳐 주더라고.

강도 한 명이 가까이에 있던 어떤 여자를 때렸다는 거 알아?"

"설마."

"그러더니 이런 말도 하더라고. 오, 그리고 모리시 형제 중 한 명이 총을 맞았는데, 찰과상만 입었다고. 사건 현장에 있다는 건 충분히 흥분되는 일이지만 거기에 없었다면 훨씬 더 드라마틱한 게 되는 것 같아. 뭐, 1916년 그 봉기영국에 대한 아일랜드의 부활절 봉기를 뜻함 십 년 뒤에 사람들은 더블린에서 그 봉기에 참여하지 않은 남자를 찾기 어려웠다고 말하더라고. 그 영광스러운 월요일 아침, 서른 명의 용감한 남자가 우체국으로 행진하고 만 명의 영웅이 가두 행진을 했을 때. 어떻게 생각해, 맷? 오만이면 적당한 것 같지 않아?"

토미 틸러리가 거기에 있었고, 나는 그가 그 말을 해 줬으리라고 생각했다. 아마 그가 한 말이었을 것이었다. 나는 며칠 동안 그를 보지 못했고, 보았을 때 그는 강도에 관해 언급조차 하지 않았다. 그는 야구 베팅의 비밀을 알아냈다고 모두에게 말했었다. 메츠와 양키스의 상대 팀에 베팅하면 언제나 돈을 딸 것이라고.

다음 주 초 어느 날 오후 3시 무렵에 스킵이 암스트롱에 들러 뒤쪽 테이블에 있는 나를 발견했다. 그는 바에서 흑맥주를 주문한 다음 그걸 들고 나에게 왔다. 그는 내 맞은편에 앉더니 전날 밤 모리시 술집에 갔다고 말했다.

"난 너와 거기 간 후로 거기 간 적 없어." 내가 그에게 말했다.

"음, 나도 그때 이후로 어젯밤에 처음 간 거야. 천장을 고쳤더군. 팀 팻이 너를 찾던데?"

"날?"

"으음." 그가 담뱃불을 붙이며 말했다. "네가 들러 주면 고맙겠대."

"왜?"

"그 말은 하지 않았어. 넌 탐정 아니야? 아마 뭔가 찾고 싶은 모양이지. 그가 뭘 잃어버렸을 것 같아?"

"난 그 일에 끼고 싶지 않아."

"설마."

"내가 끼어들고 싶지 않은 게 딱 그거야. 아일랜드 관련 전쟁."

그가 어깨를 으쓱했다. "꼭 가야 하는 건 아니지. 밤 여덟 시 이후로 아무 때나 들러 달래."

"그들은 그전까진 잘 테니까."

"그들이 조금이라도 자긴 한다면."

그는 맥주를 들이켜고 핥은 윗입술을 손등으로 닦았다. 내가 말했다. "어젯밤에 거기 갔다고? 어땠어?"

"똑같았어. 천장을 고쳤다고 했잖아. 아주 잘했던데. 팀 팻과 그의 형제들은 언제나처럼 붙임성이 좋았어. 난 널 보게 되면 그 말을 전해 주겠다고 말했을 뿐이야. 가든 말든 알아서 해."

"갈 것 같지 않아." 내가 말했다.

하지만 다음 날 밤 10시에서 10시 반 사이에 대체 무엇 때문인지 궁금해서 거기에 갔다. 1층 극단은 브렌던 비언Brendan Behan 아일랜드 극작가의 〈이상한 녀석〉을 리허설 중이었다. 목요일 밤에 상연 예정이었다. 나는 위층 벨을 누르고 형제 중 누가 내려와 문을 열어 주길 기다렸다. 문을 연 사람이 2시에 문을 연다고 말했다. 나는 그에게 내 이름을 대고 팀 팻이 나를 보고 싶어 한다고 말했다.

"오, 그렇군요. 어두워서 당신인 줄 몰랐습니다." 그가 말했다. "들어와요. 당신이 여기 있다고 전할게요."

나는 2층 큰 방에서 기다렸다. 총알구멍을 덧댄 곳을 찾아 천장을 살피고 있을 때 들어온 팀 팻이 스위치를 켜 불을 더 밝혔다. 도살업자 앞치마를 뺀 평상복을 입고 있었다.

"와 줘서 기쁘군." 그가 말했다. "술 한잔하겠나? 버번 맞지?"

그가 술을 따랐고, 우리는 테이블에 앉았다. 그의 형제 중 하나가 그날 문에서 비틀거리며 들어왔을 때 쓰러뜨린 테이블일지도 몰랐다. 팀 팻이 조명을 향해 글라스를 들더니 글라스를 기울여 술을 좀 흘렸다.

그가 말했다. "자네들은 그 일이 있던 밤에 여기 있었지."

"맞아."

"그 멋진 젊은 친구 중 하나가 모자를 두고 갔는데, 불행히도 그 친구 엄마가 거기에 명찰을 꿰매 놓지 않아서 그에게 그걸 돌려줄 방법이 없군."

"그러게."

"그가 누구고 그를 어디서 찾을지만 알면 그가 자기 걸 정당하게 받을 수 있을지 알 텐데 말이야."

당신이 그럴 수 있다는 데 돈을 걸어도 좋아. 나는 생각했다.

"자넨 경찰이었지."

"지금은 아니야."

"자넨 뭔가 들었을지도 모르겠군. 사람이란 건 말을 하게 돼 있잖

아. 그리고 눈과 귀를 열어 놓는 사람에게 득이 될지도 모르지."

나는 아무 말도 하지 않았다.

그는 손끝으로 수염을 가다듬었다. "내 형제들과 난," 그가 내 어깨 너머 한 곳에 눈을 고정하고 말했다. "지난밤 우릴 방문한 두 녀석의 소재와 이름에 기꺼이 만 달러를 지불할 걸세."

"모자를 돌려주려고 말이지."

"왜 아니겠어. 우린 책임 의식이 있다고." 그가 말했다. "자네들의 조지 워싱턴은 손님에게 일 페니를 돌려주려고 눈길을 수 킬로 걷지 않았나?"

"그건 에이브러햄 링컨 같은데."

"그렇군. 조지 워싱턴은 다른 거였지. 그 벚나무 말이야. '아버지, 전 거짓말을 할 수 없어요.' 이 나라의 영웅들은 정직함에 일가견이 있지."

"예전엔 그랬지."

"그리고 워싱턴은 자기가 정직했다고 떠벌리지, 망할." 그가 큰 머리를 저었다. "뭐, 어쨌든," 그가 말했다. "우릴 도와줄 생각 있나?"

"내가 뭘 도울 수 있는지 모르겠는데."

"자넨 여기 있었고, 놈들을 봤어."

"놈들은 마스크를 하고 있었고, 머리엔 모자를 쓰고 있었지. 사실 난 놈들이 떠났을 때 두 놈 다 모자를 쓰고 있었다고 맹세할 수 있어. 다른 사람의 모자를 찾은 거 아니야?"

"어쩌면 그 녀석이 계단에 그걸 떨어뜨렸는지도 모르지. 뭔가 듣는다면, 맷, 알려 줄 거지?"

"왜 아니겠어?"

"자네도 아일랜드계지, 맷?"

"아니."

"난 자네 조상 중 하나가 아마 케리아일랜드 남서부에 있는 주 사람 아닐까 생각했네. 케리 사람은 질문에 질문으로 대답하는 걸로 유명하니까 말이야."

"난 놈들이 누군지 몰라, 팀 팻."

"뭔가 알게 되면……."

"뭔가 알게 되면."

"그 보수에 불만은 없겠지? 적정한 보수지?"

"불만 없어." 내가 말했다. "아주 적정한 보수야."

말이 적정이지 그것은 꽤 괜찮은 보수였다. 나는 다음에 스킵을 보았을 때 그에게 그 말을 해 주었다.

"그는 날 고용하고 싶어 하진 않았어." 내가 말했다. "보상금을 걸고 싶어 했지. 놈들이 누구고, 놈들을 손봐 줄 수 있는 데를 알려 주는 사람에게 만 달러."

"할 거야?"

"뭘, 놈들 사냥? 저번에 말한 것 같은데, 난 얼마를 받고 하라는 일은 하지 않아. 상금을 목적으로 여기저기에 머리를 디미는 일도."

그가 머리를 저었다. "만약 네가 별다른 노력 없이 알아냈다고 쳐 봐. 신문을 사려고 모퉁이를 돌았는데 놈들이 거기에 있었다고."

"내가 놈들을 어떻게 알아보지?"

“빨간 손수건을 두른 두 녀석을 얼마나 자주 보겠어? 아니, 진지하게, 놈들을 알아봤다고 쳐. 아니면 네 예전 지인이 그 정보를 알려 줬다고 쳐. 넌 정보원을 쓰곤 하지 않았어?”

“끄나풀.” 내가 말했다. “모든 경찰에겐 끄나풀이 있고, 그들 없인 아무 데도 조사하러 갈 수 없지. 하지만 난……,”

“어떻게 알았는지에 대해서는 일단 나중에 생각해.” 그가 말했다. “그런 일이 일어났다고 가정해 보라고. 어떻게 할래?”

“난……,”

“놈들을 팔아서 만 달러를 차지해.”

“난 놈들에 대해 아무것도 몰라.”

“좋아. 놈들이 쓰레긴지 복사사제의 미사 집전을 돕는 사람인지 모른다고 쳐. 무슨 차이야? 어느 쪽이든 피 묻은 돈이지, 안 그래? 모리시 형제가 그 녀석들을 찾아내면 놈들은 완전히 죽은 목숨이야, 안 그래?”

“팀 팻이 놈들에게 세례식 초대장을 보내고 싶어 하진 않겠지.”

“아니면 놈들에게 가톨릭 형제회에 가입하라고 부탁한다든지. 놈들을 팔 거지?”

나는 머리를 저었다. “그 대답은 할 수 없겠는데.” 내가 말했다. “그건 녀석들이 어떤 놈들인지, 내가 그 돈이 얼마나 필요한지에 달려 있을걸.”

“넌 팔 것 같지 않군.”

“나도 그럴 것 같지 않아.”

“안 팔 게 분명해.” 그가 말했다. 그가 담뱃재를 떨었다. “그럴 사람은 차고 넘치겠지만.”

"사람들은 그보다 적은 돈으로도 사람을 죽이니까."

"나도 그 생각을 하고 있었어."

"그날 밤 거기엔 경찰이 몇 명 있었어." 내가 말했다. "그들이 그 보상금에 대해 들었을 거라는 데 돈을 걸고 싶지 않아?"

"아니."

"경찰이 거기에 있던 강도들을 알아냈다고 해도 그는 체포할 수 없어. 범죄가 없었으니까, 안 그래? 신고된 게 없어. 목격자도 없고. 아무것도. 하지만 그는 그 두 놈팡이를 팀 팻에게 넘긴 다음 반년 치 연봉을 받고 돌아갈 수 있지."

"살인 방조라는 걸 알면서도 말이지."

"모두가 그럴 거라는 건 아니야. 하지만 너도 그 자식들이 쓰레기라는 걸 알아. 아마 사람들을 죽여 봤을 테고, 조만간 누군가를 죽일 게 분명한 놈들이지. 하지만 모리시 형제가 놈들을 죽일 거라고 결정한 것도 아니잖아. 겁 좀 주려고 뼈만 몇 개 분지르겠지. 돈을 되찾으려고 그 비슷한 짓을 할 거야. 무슨 변명이든 할 수 있지."

"그걸 믿는다고?"

"대부분의 사람은 자기들이 믿고 싶은 걸 믿지."

"그래." 그가 말했다. "그건 그렇지."

마음속으로 무언가를 결정하더라도 몸은 따로 움직이는 법이다. 나는 팀 팻의 문제에 관여하지 않을 생각이었지만 어느새 나도 모르게 전봇대 주변의 개처럼 냄새를 맡고 돌아다니고 있었다. 팀 팻의 문제에 손대지 않겠다고 스킵에게 장담한 그날 밤, 나는 72번가의 푸

건스 펍이라는 술집 뒤쪽 테이블에서 대니 보이 벨이라는, 색소결핍증에 걸린 키 작은 흑인에게 찬 스톨리츠나야보드카의 일종를 주문하고 앉아 있었다. 대니 보이는 늘 재미있는 친구이기도 했지만 모든 이를 알고 모든 걸 듣는 정보 브로커, 뛰어난 끄나풀이기도 했다.

당연히 그는 모리시네의 강도에 대해 들었다. 강탈당한 돈의 넓은 범위의 수치에 대해 들었고, 그는 그 올바른 수치가 5만에서 10만 사이라고 추측했다.

"그 돈을 누가 가져갔든," 그가 말했다. "그들은 그걸 술집에서 쓰고 있진 않아요. 내 감에 그건 아일랜드와 관계가 있어요, 매슈. 이곳 아일랜드계가 아닌 진짜 아일랜드인. 영국 서쪽에 있는. 웨스티즈 녀석들이 팀 팻을 턴 것 같진 않아요."

웨스티즈는 폭력배와 살인자로 느슨하게 조직된 폭력단으로, 대부분 아일랜드인이며 20세기 이래 헬스 키친에서 움직여 왔다. 어쩌면 더 오래전, 감자 기근1840년대 아일랜드 인구의 5분의 1을 아사시킨 대기근 이래로.

"모르겠는데." 내가 말했다. "그 정도의 돈이 걸려 있다면……,"

"그 둘이 웨스티즈였고 이 근방에 있는 녀석들이라면 여덟 시간 이내로 그 말이 퍼질 겁니다. 십 번가의 모두가 그 사실을 알 테죠."

"자네 말이 맞아."

"아일랜드와 관계있다는 게 내 추측입니다. 당신은 거기 있었으니 알 테죠. 그 마스크가 빨간색이었죠?"

"빨간 손수건."

"꼴사납군. 만약 그게 녹색이나 오렌지색이었다면 그건 아마 일종의 정치적인 어필이었을걸요. 난 그 형제들이 넉넉한 보상금을 걸었다는 걸 알아요. 그게 당신을 여기로 오게 한 거죠, 매슈?"

"오, 아니야." 내가 말했다. "확실히 아니야."

"짐작이 맞는지 알아보려고 발품을 파는 게 아니라고요?"

"전혀 아니야." 내가 말했다.

금요일 오후에 나는 암스트롱에서 술을 마시며 옆 테이블의 두 간호사와 대화에 빠져 있었다. 두 사람은 오늘 밤 오프오프브로드웨이 브로드웨이의 상업연극에 반대해 뉴욕을 중심으로 1960년대 중반에 시작된 전위적인 연극 운동으로, 주로 실험극을 공연한다 쇼 티켓을 갖고 있었다. 돌로레스는 갈 수 없었고, 프랜은 정말 혼자서 가고 싶은지 확신이 없었다. 게다가 그들은 여분의 티켓도 갖고 있었다.

그리고 아니나 다를까 그 연극은 〈이상한 녀석The Quare Fellow 사형을 하루 앞둔 밤에 교도소에서 일어나는 내용〉이었다. 연극은 모리시 술집 사건과 아무 상관 없는 것으로, 술집들 영업시간이 끝난 후에 여는 술집의 아래층에서 우연히 공연 중이었을 뿐이었다. 그리고 애초에 나는 그 연극을 보러 갈 생각이 없었다. 하지만 거기서 난 뭘 하고 있었을까? 얄팍한 나무 접의자에 앉아 더블린의 교도소에 수감된 죄수들에 관한 비언의 연극을 보며 대체 내가 관객석에서 뭘 하고 있는지 궁금했다.

이후 프랜과 나는 배우 두 명을 포함한 무리에 섞여 미스 키티네로 갔다. 배우 둘 중 한 사람은 아주 큰 녹색 눈에 날씬한 빨간 머리 여자로, 프랜의 친구 메리 마거릿이었고, 그게 프랜이 연극을 보러 가고 싶어 한 이유였다. 그게 프랜의 이유라지만 내 이유는 무엇인가?

테이블에서 그 강도 사건에 관한 이야기가 나왔다. 내가 그 화제를 꺼낸 것도 아니고 대화에 그다지 동참하지도 않았건만 프랜이 내가 전직 경찰이라고 말해서 사람들이 그 사건에 관한 내 직업적인 의견을 묻는 바람에 나는 전적으로 거기서 물러나 있을 수 없었다. 나는 될 수 있는 한 모호하게 대답했고, 내가 그 강도의 목격자라는 말은 피했다.

바 안쪽에 스킵이 있었는데, 금요일 밤의 손님들로 너무 바빠서 나는 그에게 인사의 의미로 손을 흔드는 것 이상은 할 수 없었다. 주말엔 늘 그렇듯 술집은 복작거렸고 소란했지만 일행 모두가 이곳에 왔기에 나도 따라온 것이었다.

프랜은 콜럼버스가와 앰스터댐가 사이의 68번가에서 살았다. 나는 그녀를 집에 바래다주었고, 그녀가 문간에서 말했다. "맷, 같이 있어줘서 고마워요. 그 연극 괜찮지 않았어요?"

"좋았어."

"어쨌든 메리 마거릿이 좋았던 것 같아요. 맷, 내가 들어오라고 하지 않으면 실망할 거예요? 난 지친 데다 내일 일찍 나가야 해요."

"괜찮아." 내가 말했다. "당신 말처럼 나도 그래."

"탐정 일?"

나는 머리를 저었다. "아빠 일."

다음 날 아침 애니타가 아이들을 롱아일랜드 레일로드에 태웠고, 나는 코로나에 있는 역으로 마중 나가 아이들을 데리고 셰이 스타디움으로 가 메츠가 애스트로스에 지는 경기를 보았다. 두 아들은 8월에 4주 동안 캠프에 갈 예정이라 신나 있었다. 우리는 핫도그와 땅콩과 팝콘을 먹었다. 아이들은 콜라를 마셨고, 나는 맥주를 두 캔 마셨다. 그날은 일종의 특별 홍보 행사가 있는 날이어서 아이들은 모자인지 페넌트인지를 받았는데, 어떤 것이었는지는 기억나지 않는다.

이후 나는 아이들을 데리고 지하철을 타고 시내로 돌아가 로이스 83번가의 극장으로 갔다. 영화가 끝난 뒤 우리는 브로드웨이에서 피자를 먹은 다음 택시를 타고 내가 묵는 호텔로 갔다. 내 방 아래층에 아이들을 위해 트윈베드룸을 잡아 놓았다. 아이들은 자러 갔고, 나는 내 방으로 올라갔다. 한 시간 뒤 녀석들의 방을 확인했다. 녀석들은 곤히 잠들어 있었다. 나는 다시 방문을 잠그고 길모퉁이에 있는 암스트롱으로 갔다. 오래 있지는 않았다. 아마 한 시간쯤. 이내 호텔로 돌아가 다시 아이들을 확인한 다음 위층으로 자러 갔다.

아침에 우리는 팬케이크와 베이컨과 소시지를 포함한 푸짐한 아침 식사를 하러 밖으로 나갔다. 나는 아이들을 워싱턴하이츠에 있는 아메리카 인디언 박물관에 데려갔다. 뉴욕시에는 박물관이 수십 군데 있었고, 아내를 떠나게 되면서 그곳 모두를 알게 되었다.

워싱턴하이츠에 있자니 기분이 이상했다. 몇 년 전 비번이었을 때 이 동네에서 술을 몇 잔 마시고 있었는데, 두 불량 청소년이 바를 털고 도망치는 와중에 바텐더를 쏘아 죽였다.

나는 녀석들을 쫓아 거리로 나왔다. 워싱턴하이츠에는 언덕이 많다. 놈들은 그 언덕 중 하나를 내달렸고, 나는 내리막을 향해 총을 쏴야 했다. 두 녀석 모두 맞혔지만 크게 빗나간 한 발이 어딘가에 맞고 튀어 에스트렐리타 리베라라는 꼬마를 죽였다.

그런 일들이 일어나곤 했다. 경찰이 사람을 죽이면 늘 청문회가 열렸고, 나는 적절하고 정당하게 행동한 것으로 밝혀졌다.

그러고 얼마 지나지 않아 나는 사표를 던지고 경찰을 떠났다.

그 사고가 내가 경찰을 그만둔 이유의 전부라고는 할 수 없다. 어떤 일이 다른 일로 이어졌다고 말할 수 있을 뿐이다. 나는 나도 모르게 아이의 죽음을 초래했고, 그 후로 나는 뭔가 달라졌다. 큰 불만 없이 살아왔던 내 삶이 더 이상 내게 어울려 보이지 않았다. 생각해 보면 그 삶은 그 전부터 나에게 어울리지 않았던 것 같다. 아이의 죽음이 오래전에 기한이 끝난 삶의 변화를 촉발한 것 같다. 하지만 그렇다고도 확실히 말할 수 없다. 무언가가 또 다른 무언가로 이어졌다는 것뿐.

우리는 기차를 타고 펜 스테이션으로 갔다. 나는 아이들에게 같이 시간을 보내서 얼마나 좋았는지 말했고, 녀석들은 그 시간이 얼마나 좋았는지 내게 말해 주었다. 아이들을 기차에 태우고 애들 엄마에게 전화해 녀석들이 기차에 탔다고 말했다. 그녀는 데리러 가겠다고 말한 다음 잠시 머뭇거리더니 내가 조만간 돈을 보내 주면 좋을 것 같다고 덧붙였다. 나는 조만간 보내겠다고 장담했다.

나는 전화를 끊고 팀 팻이 제안한 1만 달러를 생각했다. 그리고 머리를 저으며 그 생각에 미소를 지었다.

하지만 그날 밤 불안해진 나는 바들이 늘어선 빌리지를 헤매며 바마다 들러 한 잔씩 마시고 있었다. 서4번가로 가는 A 열차를 타고 맥벨 술집에서 시작해 서쪽으로 나아갔다. 지미 데이, 더55, 라이온스 헤드, 조지 허츠, 코너 비스트로. 아들들과 보낸 주말의 압박감에서 긴장을 풀고, 워싱턴하이츠에 갔다가 소환된 옛 기억에 가라앉은 마음을 풀기 위해 한두 잔 마시는 거라고 내 자신에게 되뇌었다.

하지만 나는 더 잘 알고 있었다. 나는 모리시 술집을 턴 두 녀석으로 이끌 단서를 찾으려고 애쓰며 현실성 없고 목적 없는 조사를 시작하고 있었다.

나는 신시아라는 게이 바에 있었다. 그곳 주인 케니가 리바이스 청바지와 골이 지게 짠 탱크톱을 입은 남자들에게 술을 내주며 가게를 보고 있었다. 키가 크고 호리호리한 체격에 금발로 염색한 케니의 성형한 얼굴은 스물여덟 이상으로는 보이지 않을 정도였는데, 그것은 케니가 지구에서 살아온 세월의 반쯤 되는 나이였다.

"매슈!" 그가 소리쳤다. "이제 긴장 풀어도 돼. 법과 질서가 그로브가에 찾아왔으니까."

물론 그는 모리시네 강도 사건에 대해 아무것도 몰랐다. 일단 그는 모리시 술집을 몰랐다. 술집 문이 닫힌 뒤 술을 마실 곳을 찾으러 빌리지를 떠나야 했던 게이는 없었다. 하지만 강도들은 쉽게 게이가 될 수도 있었고, 만약 그들이 훔친 돈을 다른 데다 쓰지 않았다면 크리스토퍼가 주변의 술집들에서 그 돈을 썼는지도 몰랐다. 어쨌든 그게 일하는 방식이었다. 정보를 캐러 돌아다니고 모든 정보원을 활용하는 것. 말을 던진 다음 뭐든 돌아오는 게 있는지 기다리는 것.

하지만 난 왜 이 짓을 하고 있을까? 왜 내 시간을 낭비하고 있지?

무슨 일이 벌어질지 나는 모른다. 내가 이 조사를 계속할지, 그만둘지. 어떤 결론에 도달할지, 결국 이미 사라진 자취를 외면할지. 난 어디에도 도달할 것 같지 않았지만 조사란 종종 그런 식으로, 운이 따를 때까지는 진전의 기미가 보이지 않아도 마지못해 하는 것이다. 어쩌면 진전이 있을지도 모른다. 어쩌면 아니거나.

대신 팀 팻 모리시와 그의 복수를 위한 탐색에서 내 마음을 빼앗는 다른 일들이 일어났다.

먼저, 누군가가 토미 틸러리의 아내를 죽였다.

4

화요일 밤 나는 스킵 디보가 아주 좋아하는 태국 레스토랑에 프랜을 데려갔다. 그다음 그녀를 집에 데려다주기 전에 입가심 술을 한잔하러 조이 패럴에 들렀다. 그녀의 집 건물 앞에서 그녀는 다시 전날과 같은 간청을 했고, 나는 그녀를 남겨 두고 두어 군데 술집에 들렀다가 암스트롱으로 걸음을 옮겼다. 뚱한 기분이었고, 익숙지 않은 음식으로 가득 찬 배 속은 아무 도움이 되지 못했다. 평소보다 많이 버번을 마시고 한두 시쯤에 거기서 나왔을 것이다. 집을 향해 먼 길을 가는 길에 나는 「데일리 뉴스」를 샀고, 속옷 바람으로 침대 끄트머리에 앉아 몇몇 기사를 빠르게 훑어보았다.

안쪽 페이지에서 빈집을 털러 들어온 도둑에게 살해된, 브루클린에 사는 여자에 관한 기사를 읽었다. 나는 피곤했고, 술을 많이 마셔서 그 이름을 알아채지 못했다.

하지만 다음 날 아침 잠에서 깬 나는 반쯤은 꿈, 반쯤은 기억으로 머리가 윙윙거렸다. 몸을 일으키고 앉아 신문에 손을 뻗어 그 기사를 찾았다.

47세 마거릿 틸러리는 브루클린의 베이 리지 지역 콜로니얼가 자택 2층 침실에서 칼에 찔려 죽었다. 보아하니 도둑이 집을 털 때 깬 것 같았다. 증권 세일즈맨인 그녀의 남편 토머스 J. 틸러리는 화요일 오후에 아내가 전화를 받지 않자 걱정이 되었다. 그는 가까이 사는 친척에게 전화했고, 친척은 온통 어질러진 집 안에서 죽은 여자를 발견했다.

'좋은 이웃입니다.' 이웃이 한 말이 인용되었다. '여기선 좀처럼 없는 일인데.' 하지만 경찰 소식통은 최근 몇 달간 지역 내 강도가 급증했음을 인용했고, 또 다른 이웃은 동네에 '나쁜 부류'가 있다고 간접적으로 언급했다.

흔한 이름이 아니다. 브루클린교 입구에서 멀지 않은 브루클린에 틸러리[Tillary]가[街]가 있는데, 그 이름을 전쟁 영웅이나 정당의 말단 당원의 이름에서 따왔는지 모른다. 혹은 그가 토미의 친척인지. 맨해튼 전화번호부에는 'e'가 들어간 틸러리[Tillery]가 몇 명 있다. 브루클린의 증권 세일즈맨 토머스 틸러리[Thomas Tillary]는 텔레폰 토미인 것 같았다.

샤워하고 면도한 다음 아침을 먹으러 나갔다. 나는 내가 읽은 것을 생각했고, 내가 그것을 어떻게 느꼈는지 이해하려고 했다. 그것은 내게 진짜처럼 보이지 않았다. 나는 그를 잘 몰랐고, 그녀를 전혀 몰랐으며, 그녀의 이름을 들어 본 적도 없었고, 브루클린 어딘가에 그녀가 존재한다는 것만 알았다.

나는 왼손 약지를 보았다. 반지도 없고 자국도 없는. 나는 수년간

결혼반지를 꼈었고, 사요싯에서 맨해튼으로 왔을 때 그것을 뺐다. 몇 달간 반지가 있던 자리에 자국이 남아 있었는데, 어느 날 그 자국이 사라진 것을 알아차렸다.

토미는 반지를 끼고 있었다. 아마 8분의 3인치 금반지. 그리고 내 기억엔 그의 오른손 새끼손가락에 고등학교 반지가 끼어 있었던 것 같다. 나는 레드 플레임에서 커피를 앞에 두고 앉아 그 기억을 떠올렸다. 오른쪽 새끼손가락에 고등학교 청석靑石 반지, 왼쪽 약지에 결혼 금반지.

나는 내가 어떻게 느꼈는지 알지 못했다.

그날 오후 나는 세인트폴 성당에 가서 마거릿 틸러리를 위해 촛불을 켰다. 경찰을 그만두고 많은 교회들을 찾았는데, 기도하거나 미사에는 참석하지 않았지만 가끔 들러 어두운 정적 속에 앉아 있었다. 가끔 최근에 죽은 사람들이나 내 마음속에 담아 둔, 죽은 지 오래된 사람들을 위해 촛불을 켰다. 왜인지는 몰랐지만 그게 내가 해야 할 일이라고 생각했고, 다음에 어느 교회를 방문하든 그곳의 헌금 함에 받은 돈의 10분의 1을 넣어야겠다고 느낀 이유도 몰랐다.

나는 뒤쪽 신자석에 앉아서 갑작스러운 죽음에 관해 잠깐 생각했다. 교회를 나서자 가랑비가 내리고 있었다. 비를 피해 9번가를 건너 암스트롱으로 갔다. 바 안쪽에 데니스가 있었다. 물을 타지 않은 버번을 시켜 그것을 한입에 털어 넣은 다음 한 잔 더 달라는 손짓을 하며 커피도 한 잔 달라고 했다.

커피에 버번을 부을 때 그가 내게 틸러리 소식을 들었느냐고 물었다. 나는 신문에서 그 기사를 봤다고 말했다.

"오후에 나온「포스트」에도 실렸어요. 대개 같은 기사뿐이에요. 사건이 일어난 건 그저께 밤인 것 같더라고요. 그저께 밤에 그는 집에 가지 않아서 어제 아침에 곧장 사무실로 갔나 봐요. 거기서 집에 못 간 걸 사과하려고 몇 번 전화했는데 연결이 되지 않아 걱정했나 보던데요."

"신문에 그렇게 나왔다고?"

"얼추요. 그저께 밤은 분명한 거 같아요. 내가 여기 있는 동안에는 오지 않았는데, 그저께 그를 봤어요?"

나는 머릿속을 더듬어 보았다. "그런 것 같은데. 그저께 밤에, 그래, 그가 여기에 캐럴린과 있었던 것 같아."

"그 딕시 벨미국 남동부의 여자들을 가리키는 말 말이군요."

"바로 그 여자."

"그녀가 지금 어떻게 느낄지 궁금한데요." 그는 엄지와 중지로 성긴 수염의 끝을 폈다. "아마 바람이 실현돼서 죄책감을 느낄걸요."

"아내가 죽길 바랐다고 생각하는 거야?"

"모르죠. 그게 유부남과 어울려 다니는 여자의 판타지 아니에요? 보세요, 난 결혼도 하지 않았는데 그런 걸 어떻게 알겠어요?"

이틀 만에 그 사건 기사는 눈에 띄게 줄었다. 목요일 자「뉴스」에 부고 기사가 났다. 토머스의 사랑하는 아내이자 고故 제임스 앨런 틸러리의 어머니이자 리처드 폴센 부인의 고모인 마거릿 웨일랜드 틸러리. 오늘 밤에 경야가 있을 것이고 다음 날 오후 브루클린 4번가와 베이 리지 모퉁이에 있는 월터 B. 쿡 장례식장에서 장례식이 있을 것이다.

그날 밤 빌리 키건이 말했다. “그 일 이후로 난 틸러리를 본 적 없어. 우리가 다시 그를 볼 수 있을지도 확실치 않아.” 그는 자신의 잔에 아무도 주문조차 하지 않는 제임슨 20년산 JJ&S를 따랐다. “다신 그녀와 함께 있는 그를 못 본다는 데 내기를 걸어도 좋아.”

“그 여자 친구?”

그가 끄덕였다. “둘이 같이 있을 때 브루클린에서 그의 아내가 칼에 찔려 죽었다는 사실이 두 사람 마음에 걸릴 테니까. 그가 돌아가야 할 곳인 집으로 돌아갔다면, 아아아. 바람이 나서 떡을 치고 시시덕거리는 것도 좋지만 아내가 살해당한 순간 바람을 피우고 있었다는 기억은 떠올리고 싶지 않겠지.”

나는 그에 관해 생각하고 고개를 끄덕였다. “오늘 밤이 경야야.” 내가 말했다.

“그래? 갈 거야?”

나는 머리를 저었다. “거길 누가 가겠어.”

문이 닫히기 전에 그곳에서 나와 폴리네에서 한 잔 마셨고, 미스키티에서 한 잔 더 마셨다. 신경이 날카로워 보이는 스킵은 저 멀리에 떨어져 있었다. 나는 바에 앉아 내 옆에 선 남자에게 적대감을 드러내 보이지 않고 무시하려고 애썼다. 그는 도시의 모든 문제가 이전 시장 탓이라는 것을 내게 말하고 싶어 했다. 나는 굳이 반대하지 않았지만 그에 관해 듣고 싶지 않았다.

나는 남은 잔을 들이켜고 문으로 향했다. 반쯤 걸어갔을 때 스킵이 내 이름을 불렀다. 내가 고개를 돌리자 그가 손짓했다.

나는 바로 돌아갔다. 그가 말했다. "말하기에 좋은 시간은 아니지만 너한테 빨리 말하고 싶은 게 있어."

"그래?"

"네 조언을 구하려고. 어쩌면 네게 일을 좀 맡길지도 몰라. 넌 내일 오후에 지미네 있을 거지?"

"아마." 내가 말했다. "장례식에 가지 않는다면."

"누가 죽었는데?"

"틸러리의 아내."

"오, 장례식이 내일이야? 갈 거야? 네가 그 남자와 그렇게 가까운 사인 줄 몰랐는데."

"안 가까워."

"그럼 왜 가게? 됐어, 내가 상관할 일이 아니지. 두 시에서 두 시 반쯤 암스트롱으로 갈게. 네가 그때 없으면 다른 때 보지, 뭐."

다음 날 2시 반쯤 그가 왔을 때 나는 거기에 있었다. 스킵이 들어와 문가에서 실내를 훑을 때 나는 막 점심을 먹고 앞에 커피를 두고 앉아 있었다.

"장례식에 안 갔네." 그가 말했다. "뭐, 장례식에 어울리는 날은 아니지. 막 헬스장에서 오는 길이야. 운동 끝나고 사우나에 앉아 있는 게 멍청하게 느껴지더군. 도시 전체가 사우나 같으니까. 뭘 마시는 거야? 네 단골 켄터키 커피?"

"그냥 커피."

“그건 아니지.” 그가 몸을 돌려 웨이트리스에게 손짓했다. “난 프라이어 다크,” 그가 그녀에게 말했다. “그리고 여기 있는 우리 아버지한텐 커피에 뭔가 넣어 줘.”

그녀가 내 술 한 잔과 그의 맥주 한 병을 가져왔다. 그가 글라스 한 쪽 면으로 천천히 맥주를 따르더니 거품을 살펴보고 한 모금 마시고 나서 글라스를 내려놓았다.

그가 말했다. “문제가 있는 것 같아.”

나는 아무 말도 하지 않았다.

“이건 비밀이야, 오케이?”

“물론이지.”

“넌 술장사에 대해 좀 알지?”

“소비자로서만.”

“설마. 이게 현금 장사인 거 알잖아.”

“알고말고.”

“많은 술집에서 신용카드를 받아. 우린 아니고. 무조건 현금. 아는 사람이라면 수표를 받거나 외상을 달아 놓거나, 뭐 그래. 어쨌든 기본적으론 현금 장사야. 우리 매출의 구십 프로가 현금일걸. 사실 그보다 더 높을 거야.”

“근데?”

그는 담배를 꺼내 엄지손톱에 그 끝을 톡톡 쳤다. “이걸 다 말하고 싶진 않은데,” 그가 말했다.

“그럼 하지 마.”

그가 담배에 불을 붙였다. “모두가 조금씩 빼돌려.” 그가 말했다.

"전체 수익을 장부에 기록하기 전에 수익의 일정 퍼센트를 빼. 그건 장부에 올라가지 않고, 은행에 입금되지 않아. 아예 존재하지 않는 돈이야. 신고하지 않는 일 달러는 이 달러의 가치가 있어. 거기에 붙는 세금을 내지 않으니까. 이해돼?"

"이해하기 전혀 어렵지 않아, 스킵."

"모두가 그래, 맷. 잡화점, 신문 가판대. 현금을 받는 모두가. 젠장, 그게 미국 방식이야. 그럴 수 있다면 대통령도 세금을 속일걸."

"최근 대통령이 그랬지."

"상기시키지 마. 그 빌어먹을 자식이 세금 사기에 똥물을 던졌어." 그가 담배를 힘껏 빨았다. "이 년 전 우리가 가게를 열었을 때 존이 장부를 적었어. 난 사람을 맡았지. 고용하고 해고하는 일. 녀석은 물건 구입과 장부를 맡고. 그런 식으로 잘해 왔어."

"그런데?"

"요점을 말하라는 거지? 젠장. 애초에 우린 장부를 두 개 적었어. 하나는 우리 거, 하나는 나라 거." 그가 어두워진 얼굴로 머리를 저었다. "난 이해가 안 돼. 가짜 장부 하나면 충분하다고 생각했는데, 걔는 일을 어떻게 하고 있는지 알려면 정직한 장부가 필요하다는 거야. 이해돼? 돈을 세면 일을 어떻게 하고 있는지 알지, 그걸 알려 줄 두 장부는 필요 없어. 근데 걔는 사업 수단이 있는 녀석이라 이런 것들을 잘 알기 때문에 난 좋다고 했어. 그러라고."

그는 글라스를 들어 올려 맥주를 조금 마셨다. "그것들이 사라졌어." 그가 말했다.

"그 장부들 말이군."

"존이 토요일 아침에 출근해서 일주일 치 부기를 작성해. 지난 토요일엔 모든 게 괜찮았어. 그저께 걔가 뭘 확인하려고 그 장부들을 찾았는데, 장부가 없어졌어."

"둘 다?"

"검은색 진짜 장부만." 그는 맥주를 마시고 손등으로 입을 훔쳤다. "걔는 신경안정제를 먹으며 하루를 버티고 혼자 끙끙 앓다가 어제 나한테 말했어. 그리고 나도 끙끙 앓는 중이야."

"그게 얼마나 안 좋은 거야, 스킵?"

"오, 젠장." 그가 말했다. "아주 안 좋지. 우린 그것 때문에 도망쳐야 할 수도 있어."

"정말?"

그가 끄덕였다. "그게 우리가 문을 연 이후 우리의 모든 기록이고, 우린 첫 주부터 수익을 올려 왔어. 모르겠어. 그냥 새 술집이 생긴 것뿐인데, 손님이 꽤 많았어. 그리고 우린 최대한 수익을 속여 왔고. 경찰이 그 장부들을 찾아내면 우린 염병할 감옥행이라고, 알겠어? 그건 실수 정도가 아니야. 모든 게 적혀 있어. 모든 숫자가. 그리고 거기 적혀 있는 숫자와 아주 다른 금액을 매년 신고해 왔어. 얘길 지어낼 수도 없어. 할 수 있는 건 그들에게 우릴 어디로 보낼지 묻는 것뿐이야. 애틀랜타 교도소인지, 레븐워스 연방 교도소인지."

우리는 잠시 말없이 앉아 있었다. 난 커피를 조금 마셨다. 그는 새 담배에 불을 붙이고 천장을 향해 연기를 내뿜었다. 무언가 목관악기를 사용하는 음악이 테이프덱에서 흘러나왔다.

내가 말했다. "내가 뭘 해 주길 바라는데?"

“그걸 가져간 놈을 찾아 줘. 그 장부들을 찾아 줘.”

“어쩌면 존이 실수로 그것들을 다른 데 뒀는지도 몰라. 그가……,”

그가 머리를 저었다. “어제 오후에 사무실을 온통 뒤집었어. 염병할 장부들은 없었다고.”

“그게 그냥 사라졌다고? 억지로 뜯긴 흔적도 없어? 어디에 뒀어? 자물쇠로 잠가서 보관했어?”

“잠겨 있었어. 가끔 걔가 잠그는 걸 잊어버리고 책상 서랍 안에 그냥 두기도 했지만. 부주의하게. 무슨 말인지 알지? 없어진 적이 한 번도 없으면 그걸 당연하게 여기잖아. 바쁠 때면 그걸 있던 곳에 갖다 두는 수고를 하지 않게 돼. 갠 토요일 날 서랍을 잠갔다더니 어쩌면 아닐지도 모른다더군. 그게 일상인데. 매주 토요일에 그 일을 하는데 말이야. 그 토요일을 다른 토요일과 어떻게 다르게 기억하겠어? 다를 게 뭐겠냐고? 그건 사라졌어.”

“그러니까 누가 가져갔다.”

“맞아.”

“만약 가져간 놈들이 그걸 국세청에 가져가면……,”

“그럼 우린 죽은 목숨이지. 끝이야. 그들은 우릴 그…… 이름이 뭐더라, 틸러리. 그 양반 아내 옆에 묻을 수도 있어. 장례식에 못 온다고 해서 걱정은 마. 난 이해할 테니까.”

“또 잃어버린 건 없어, 스킵?”

“없는 것 같아.”

“그렇다면 그걸 노린 거야. 누군가가 걸어 들어와서 그 장부들을 들고 사라진 거야.”

"빙고."

나는 머리를 굴려 보았다. "너한테 감정이 있는 사람이 있다면, 예를 들어 네가 해고한 누군가가, 그러니까……."

"그래, 나도 그 생각을 했어."

"만약 놈들이 연방 경찰에 간다면 양복 입은 남자 둘이 너희 가게에 찾아와 신분증을 내미는 걸로 눈치챌 수 있겠지. 그들은 너희 모든 기록을 가져갈 거야. 은행 계좌를 압수하고. 그리고 할 수 있는 걸 뭐든 할 거야."

"계속해 봐, 맷. 정말 날 행복하게 하는데."

"너희에게 뿔난 누군가가 아니라면 그건 돈을 노리는 누군가라는 뜻이야."

"그 장부를 팔아서 말이지."

"으음."

"우리에게."

"네가 이상적인 구매자니까."

"나도 그 생각을 했어. 카사비안도 같은 말을 했어. 앉아서 기다려라. 걔가 한 말이야. 앉아서 기다리면 그걸 가져간 놈이 접촉해 올 거고, 그때 가서 걱정해도 된다고. 그동안 그냥 앉아서 기다리라고. 앉아 있는 건 문제없어. 날 화나게 하는 건 기다리는 거야. 탈세도 보석으로 풀려날 수 있어?"

"그럼."

"그럼 보석으로 풀려나서 도망칠 수 있겠군. 이 나라를 떠야지. 내 남은 인생을 네팔에서 히피들에게 대마초나 팔며 사는 거야."

“아직 먼 얘기야.”

“그렇겠지.” 그가 담배를 골똘히 쳐다보더니 맥주잔의 남은 맥주에 그걸 던졌다. “난 사람들이 이러는 걸 싫어했어.” 그가 생각에 빠져 말했다. “그래서 맥주잔에 꽁초를 그대로 둔 채 맥주를 채워 줬지. 역겨워.” 나를 보는 그의 눈이 묻고 있었다. “이 일에 도와줄 수 있는 게 있어? 널 고용하겠다는 말이야.”

“뭘 할 수 있는지 모르겠어. 이 시점에서는.”

“그러니까 무슨 일이 있기까지 기다려야 할 뿐이로군. 그게 늘 내겐 어려운 부분이야. 늘 그랬지. 난 고등학교 때 트랙을 달렸어. 사십 킬로를. 그땐 더 가벼웠지. 난 열세 살 때부터 담배를 피워서 골초였지만 그 나이 땐 뭐든 할 수 있고, 그게 문제가 되지도 않아. 아이들에게 문제가 되는 건 아무것도 없지. 그게 걔들이 영원히 살 거라고 항상 생각하는 이유야.”

그가 담뱃갑에서 새 담배를 반쯤 뽑았다가 도로 넣었다. “난 경주를 좋아했지만 경기가 시작되길 기다리는 게 싫었어. 토하는 애들도 있었을걸. 난 토한 적은 없지만 그런 기분을 느끼곤 했어. 오줌을 누고 났는데도 오 분 뒤에 다시 오줌을 눠야 할 것 같았지.” 그가 그 기억에 머리를 저었다. “전투에 나가길 기다리던 해외에서도 똑같았어. 난 전투에 나가는 게 싫은 적은 없어. 많은 생각이 들긴 했지만. 지금 생각하면 싫은 기억도 있어. 하지만 실제 그 상황에서는 다른 얘기야.”

“이해해.”

“잠깐, 그렇긴 해도 그건 살인이었지.” 그가 의자를 뒤로 밀었다.

"얼마를 줘야 하지, 맷?"

"무슨 돈? 난 아무것도 안 했는데."

"조언해 준 값."

난 그 생각을 떨쳐 냈다. "이 술을 사." 내가 말했다. "그거면 돼."

"그래." 그가 말했다. 그가 자리에서 일어났다. "나중에 네 도움이 필요할지도 몰라."

"얼마든지." 내가 말했다.

그는 나가는 길에 멈춰 서서 데니스와 이야기를 나누었다. 나는 커피 잔을 양손으로 감쌌다. 내가 커피를 다 마셨을 때쯤 두 테이블 건너에 있던 여자가 계산하고 신문을 남겨 둔 채 나갔다. 나는 신문을 읽으며 커피 한 잔을 더 시키고 커피를 달콤하게 해 줄 버번 한 잔도 주문했다. 웨이트리스를 불렀을 때는 오후 손님들이 술집을 메우는 중이었다. 나는 그녀에게 1달러를 건네며 내 장부에 술값을 달아 달라고 말했다.

"달 게 없어요." 그녀가 말했다. "그 신사분이 계산했어요."

그녀는 새로 왔고, 스킵의 이름을 알지 못했다. "그러지 않아도 됐는데." 내가 말했다. "어쨌든 그가 간 다음에 한 잔 더 마셨어. 내 장부에 달아 줘, 알았지?"

"데니스에게 말하세요." 그녀가 말했다.

그녀는 내가 대답도 하기 전에 누군가의 주문을 받으러 갔다. 나는 바로 가 데니스에게 손가락을 까딱했다. "저 여자가 내 테이블에 계산할 게 없다는데." 내가 말했다.

"사실을 말한 거예요." 그가 미소 지었다. 그는 보는 많은 것이 즐

겁다는 듯 자주 미소를 지었다. "디보가 계산했어요."

"그 친군 그러지 말았어야 해. 어쨌든 난 그 친구가 간 다음에 한 잔 더 마셨고, 저 여자에게 내 장부에 달아 놓으라고 했더니 자네에게 말하라고 하더군. 가게 방침이 바뀐 거야? 내 외상 장부는 없어진 건가?"

그의 미소가 더 커졌다. "장부를 원하시면 언제든 상관없지만 사실, 당신은 이제 장부가 없어요. 디보 씨가 다 계산했거든요. 깨끗하게 지워졌죠."

"내 장부에 달린 게 얼마였지?"

"팔십몇 달러요. 그게 중요하다면 정확한 액수를 알아봐 드릴 수도 있어요. 그럴까요?"

"아니."

"그가 당신 장부를 계산하라고 오늘 수표로 백 달러를 줬어요. 리디의 팁과 내 영혼의 피로를 풀어 줄 값을 포함해서요. 당신이 마지막으로 마신 건 포함되지 않았다고 말할 수도 있겠지만 옳고 그름에 관한 내 불가해한 감각이 그건 됐다고 말하네요." 또 한 번의 큰 미소. "그러니까 당신은 우리에게 빚진 게 없어요." 그가 말했다.

나는 더 말하지 않았다. NYPD에서 내가 배운 게 하나 있다면 사람들이 주는 것은 받는 것이었다.

5

나는 호텔로 돌아가 내게 온 편지와 메시지가 있는지 확인했다. 둘 다 없었다. 안티과에서 온, 움직임이 나긋나긋한 흑인 프런트 직원이 자신은 더위를 개의치 않긴 한데 바닷바람이 그립다고 말했다.

나는 내 방으로 올라가 샤워했다. 방은 더웠다. 에어컨이 있긴 했지만 냉각 기능 어딘가에 문제가 있었다. 그것은 더운 공기가 돌게 했고, 뭔가 화학약품 같은 냄새를 풍기며 더위와 습도에 거의 도움이 되지 못했다. 에어컨을 끄고 위쪽 창을 열었지만 바깥 공기가 더 낫지는 않았다. 나는 기지개를 켰고, 한 시간쯤 잠이 들었던 것 같았다. 잠에서 깼을 땐 다시 샤워할 필요가 있었다.

샤워하고 난 다음 프랜에게 전화했다. 룸메이트가 받았다. 이름을 대고 프랜이 전화를 받으러 올 시간만큼 기다렸다.

나는 저녁 식사 그리고 상황이 된다면 저녁 식사 후의 영화를 제안했다. "오, 미안하지만 오늘 밤은 안 돼요, 맷." 그녀가 말했다. "다른 약속이 있어요. 다음번에 어때요?"

나는 전화한 것을 후회하며 전화를 끊었다. 거울을 보고, 어쨌든 꼭 면도가 필요한 것은 아니라고 결정한 다음 옷을 입고 저 밖으로 나갔다.

거리는 뜨거웠지만 몇 시간 내로 시원해질 것이었다. 그러기 전까지는 도처에 술집들이 있었고, 그곳의 에어컨들은 모두 내 방의 것보다는 잘 작동했다.

이상하게 술에 취하지 않았다. 나는 뚱한 기분에 짜증이 나고 화가 났는데, 그런 기분은 늘 술을 빨리 마시게 했다. 하지만 따분했고, 그래서 여러 술집을 전전했다. 들어가서 주문도 안 하고 나온 술집도 몇 군데 있었다.

어느 시점에서는 싸울 뻔하기까지 했다. 10번가의 어느 술집에서 이가 두 개 빠진 빼빼 마른 주정뱅이가 나에게 부딪혀 와 내게 술을 쏟았을 때 그는 사과도 하지 않았다. 별일도 아니었다. 그는 싸울 거리를 찾고 있었고, 나는 그에게 그럴 기회를 베풀 준비가 거의 되어 있었다. 그때 그의 친구 중 하나가 뒤에서 그를 감싸 안았고, 또 한 명은 그와 나 사이에 발을 들이밀었다. 나는 정신을 차리고 거기서 나왔다.

나는 57번가를 향해 동쪽으로 걸었다. 흑인 창녀 두 명이 홀리데이 인 앞 보도에서 호객하고 있었다. 평소 같지 않게 그들에게 신경이 쓰였다. 흑단 가면 같은 얼굴의 여자가 내게 도전적인 눈길을 보냈다. 나는 화가 치밀었는데, 누구에게 혹은 무엇에 화가 치미는지는 알 수 없었다.

9번가 쪽으로 암스트롱을 향해 반 블록 올라갔다. 거기에 있는 프랜을 보고도 놀라지 않았다. 북쪽 벽을 향해 놓인 테이블에 앉아 있는 그녀를 예상하기라도 한 것처럼. 그녀는 나를 등지고 있었고, 내가 들어온 것을 알아차리지 못했다.

그녀의 테이블은 2인용이었고, 파트너는 내가 모르는 사람이었다. 금발에 눈썹도 같은 색인 그는 정직한 얼굴을 한 젊은이로, 어깨에 견장 같은 게 달린 회청색 반소매 셔츠를 입고 있었다. 그런 걸 사파리 셔츠라고 부르는 것 같았다. 그는 파이프를 피우며 맥주를 마시고 있었다. 그녀의 술은 특대형 스템드글라스가늘고 긴 손잡이가 있는 글라스에 든 빨간색 무언가였다.

아마도 테킬라 선라이즈. 테킬라 선라이즈가 유행인 해였다.

나는 바로 갔고, 거기에 캐럴린이 있었다. 테이블은 만석이었지만 바는 반쯤 차 있었는데, 금요일 밤 이 시간치고는 비어 있는 편이었다. 그녀의 오른편 문 쪽에 맥주를 마시는 두 사람이 야구 이야기를 하며 서 있었다. 그녀의 왼편으로는 빈 스툴 세 자리가 연이어 비어 있었다.

나는 그 가운데에 앉아 버번을 더블로, 그리고 물을 주문했다. 빌리가 날씨에 관한 말을 하며 가져다주었다. 술을 한 모금 마시고 캐럴린을 힐끗 보았다.

그녀는 토미든 누구든 기다리는 사람이 없는 것 같았고, 몇 분 전에 잠깐 들른 것 같지도 않았다. 무릎까지 오는 노란색 바지에 라임색 민소매 블라우스를 입고 있었다. 연갈색 머리가 매력적인 작은 얼굴을 감싸도록 빗겨 있었다. 낮은 잔에 어두운 빛깔의 뭔가를 마시고 있었다.

적어도 테킬라 선라이즈는 아니었다.

나는 버번을 좀 마시고 나도 모르게 프랜을 힐끗 보고 나서 내 안달에 짜증이 났다. 그녀와 두 번 데이트했는데, 서로 대단히 끌리지는 않았고, 마술적인 화학 반응도 없었다. 단지 이틀 밤을 그녀의 집 앞에서 헤어졌을 뿐이었다. 그리고 나는 오늘 저녁에 그녀에게 전화했다. 느지막이. 그녀는 다른 약속이 있다고 했고, 여기서 다른 약속과 함께 테킬라 선라이즈를 마시고 있었다.

그걸로 내가 화날 게 뭐지?

그녀는 그에게 내일 일찍 나가야 한다고 말하지 않을 게 분명했다. 저 허여멀건 사냥꾼은 현관문 앞에서 잘 자라는 인사를 하지 않아도 될 게 분명했다.

오른쪽에서 "당신 이름을 잊어버렸어요."라고 하는 부드러운 피드몬트미국 동남부에 걸친 구릉 지역 사투리가 섞인 목소리가 들렸다.

나는 고개를 들었다.

"우린 전에 인사를 나눈 것 같은데," 그녀가 말했다. "당신 이름이 기억 안 나네요."

"매슈 스커더입니다." 내가 말했다. "그리고 당신 말이 맞습니다. 토미가 우릴 소개했죠. 당신은 캐럴린이고요."

"캐럴린 치텀. 그를 봤어요?"

"토미요? 그 일이 있은 뒤론 못 봤습니다."

"나도요. 당신들은 장례식에 갔나요?"

“아니요. 가려고는 했는데 못 갔습니다.”

“왜 가죠? 그녀를 만난 적도 없지 않나요?”

“없죠.”

“나도요.” 그녀가 웃음을 터뜨렸다. 그 웃음에 유쾌함은 별로 없었다. “놀랍게도 난 그녀를 만난 적 없어요. 오늘 오후에 갈까 했죠. 하지만 안 갔어요.” 그녀는 잇새로 아랫입술을 물었다. “맷. 나한테 술 한 잔 사는 게 어때요? 아니면 내가 사든가. 그건 그렇고 내가 소리치지 않아도 되게 내 옆으로 오겠어요?”

그녀는 달콤한 아몬드 향이 나는 술인 아마레토를 온더록스로 마시고 있었다. 디저트 같은 맛이지만 위스키만큼이나 독한 술이었다.

“그가 장례식에,” 그녀가 말했다. “오지 말라더군요. 장례식장은 브루클린 어딘데, 거긴 내게 완전히 외국이에요. 브루클린은요. 하지만 회사 사람들이 많이 갔어요. 거길 어떻게 가야 하는지 알 필요도 없었는데. 회사 사람들과 차를 타고 갔을 수도 있죠. 다른 사람들처럼 조의를 표하러요. 하지만 그는 안 된다고, 좋아 보이지 않을 거라고 하더군요.”

그녀의 드러난 팔이 금발 머리에 가볍게 쓸렸다. 그녀에게서 머스크 향이 살짝 나는 꽃향기 향수 냄새가 났다.

“그는 좋아 보이지 않을 거랬어요.” 그녀가 말했다. “고인에 대한 예의 문제라고요.” 그녀는 들어 올린 글라스를 응시했다.

그녀가 말했다. “예의. 그 사람이 신경 쓰는 예의가 뭐죠? 그가 예의에 대해 뭘 그리 많이 알죠? 죽은 사람에 대한, 산 사람에 대한? 난 회사 사람 중 하나였을 뿐일 거예요. 우린 둘 다 태너힐에서 일하고, 누구나 아는 것처럼 우린 친구일 뿐이죠. 맙소사, 우린 모두 친구일 뿐이에요."

"당신이 그렇다면."

"음, 빌어먹을." 그녀는 그 말을 한두 음절 길게 힘주어 말했다. "그와 자지 않았다는 뜻은 아니에요. 분명 그런 뜻은 아니에요. 하지만 웃음과 좋은 시간이 전부였어요. 그는 유부남이고 매일 밤 아내가 있는 집으로 갔죠." 그녀는 아마레토를 조금 마셨다. "젠장, 그게 좋아요. 정말이에요. 제정신이라면 누가 새벽의 빛 속에 토미 틸러리가 옆에 있길 바라겠어요? 젠장, 매슈, 내가 이걸 쏟았나요, 마셨나요?"

그녀가 마시는 속도가 좀 빠르다는 데 우리는 의견이 일치했다. 우리는 달콤한 술들이 사람을 갑자기 취하게 한다고 서로에게 장담했다. 그녀는 이 멋진 뉴욕의 아마레토가 취하게 했다고 주장했다. 그것은 자신이 마셔 온 버번 같지 않다고. 버번이라면 자기가 어디에 있는지는 안다고.

나도 버번파派라고 말하자 그녀는 기뻐했다. 동맹은 그보다 더 약한 유대 위에서 구축되어 왔고, 그녀는 내 술을 한 모금 마시는 것으로 우리의 유대를 봉인했다. 나는 그녀에게 내 잔을 내밀었고, 그녀는 잔이 흔들리지 않도록 작은 손을 내 손에 올리고 천천히 그 술을 마셨다.

"버번은 비열해요." 그녀가 말했다. "무슨 말인지 알겠어요?"

"이런, 그게 신사의 술이라고 생각했는데요."

"버번은 진흙탕에 빠져들길 좋아하는 신사들을 위한 술이에요. 스카치는 조끼를 입고 넥타이를 매는 사립학교고요. 버번은 내 안의 짐승이 나오게 할 준비가 된, 추잡한 쇼를 할 준비가 된 졸업생이에요. 뜨거운 밤에 엉덩이를 붙이고 앉아 땀을 흘리더라도 개의치 않는 게 버번이죠."

아무도 땀을 흘리지 않았다. 우리는 그녀의 아파트에 현관과 부엌보다 30센티미터쯤 낮게 설계된 거실에 놓인 그녀의 소파에 앉아 있었다. 그녀가 사는 건물은 서9번가에서 몇 집을 사이에 두고 57번가에 있는 아르데코풍 아파트였다. 길모퉁이 술집에서 사 온 메이커스 마크 한 병이 유리와 철로 된 그녀의 커피 테이블에 서 있었다. 틀어놓은 에어컨은 내 방에 있는 것보다 조용했고 더 효과적이었다. 우리는 온더록스 잔으로 마셨지만 얼음은 신경 쓰지 않았다.

"당신이 경찰이었다고 말한 사람이 토미던가?"

"토미일 겁니다."

"지금은 탐정이고요?"

"어떤 면에서는요."

"그러니까 강도는 아니군요. 오늘 밤 내가 강도에게 칼에 찔리면 재밌겠죠? 그가 나와 있다가 아내가 살해됐으니, 그가 그녀와 있다면 내가 살해되겠죠. 그가 지금 그녀와 함께 있는 것 같진 않네요. 그래요. 그녀는 지금 땅속에 있으니까요."

그녀의 아파트는 작았지만 안락했다. 가구들은 선이 깔끔하게 떨어졌고, 벽돌 벽에 걸린 팝아트 그림들은 단순한 알루미늄 액자에 들어 있었다. 창밖으로 저 멀리 모퉁이에 있는 파르크 벵돔의 녹색빛을 띤 구리 지붕이 보였다.

“여기에 강도가 들면,” 그녀가 말했다. “난 그녀보단 승산이 있을 거예요.”

“당신을 보호해 줄 내가 있어서요?”

“음,” 그녀가 말했다. “나의 영웅이랄까.”

그때 우리는 키스했다. 나는 그녀의 턱을 들어 올려 키스했고, 쉽게 포옹으로 이어졌다. 그녀의 향수를 들이마셨고, 부드러운 그녀를 느꼈다. 우린 잠시 서로에게 매달렸다가 떨어지며 동시에 술을 향해 손을 뻗었다.

“나 혼자서도,” 그녀가 술을 따는 것만큼이나 쉽게 대화의 물꼬를 텄다. “스스로 보호할 수 있어요.”

“가라테 검은 띠군요.”

“내 지갑에 어울리는 구슬 벨트예요. 아니, 난 여기에 있는 걸로 스스로 보호할 수 있죠. 기다려 봐요. 보여 줄게요.”

현대적인 무광 흑색 계단식 테이블 한 쌍이 소파 옆에 놓여 있었다. 그녀가 내 쪽에 있는 테이블 서랍에서 뭔가를 찾으려고 내 위로 몸을 구부렸다. 그녀는 내 무릎 위로 몸을 뻗으며 얼굴을 숙였다. 노란색 바지와 녹색 블라우스 사이로 황금빛 피부가 보였다. 나는 그녀의 엉덩이에 손을 올렸다.

“당장 손 떼요, 매슈! 뭘 찾는지 잊어버렸잖아요.”

“상관없어요.”

“아니 이게 아닌데. 여기 있군요. 볼래요?”

일어나 앉은 그녀의 손에는 총이 있었다. 그것은 테이블과 똑같이 검은색 무광 마감으로 된 것이었다. 리볼버로 32구경으로 보였다. 총열이 3센티미터인 새카만 작은 권총.

"다시 집어넣어야 할 것 같군요." 내가 말했다.

"총을 어떻게 다뤄야 하는지 알아요." 그녀가 말했다. "총이 가득한 집에서 자랐죠. 라이플, 산탄총, 권총. 아빠와 오빠들 모두 사냥을 했어요. 메추라기, 꿩, 오리 들을요. 난 총을 잘 알아요."

"총알이 들어 있습니까?"

"그렇지 않다면 무슨 의미겠어요? 강도를 조준하고 '빵'이라고 말로 할까요. 그는 이걸 내게 주기 전에 장전했어요."

"토미가 줬습니까?"

"네." 그녀가 거실 저편 가상의 강도를 향해 팔을 쭉 뻗어 총을 겨누었다. "빵. 장전된 총뿐, 여분의 총알은 주지 않았어요. 그래서 강도를 쏘면 다음 날 총알을 더 달라고 해야 할 거예요."

"왜 그가 당신에게 총을 줬죠?"

"오리 사냥용이 아닌," 그녀가 웃음을 터뜨렸다. "호신용으로요." 그녀가 말했다. "이 도시에서 혼자 사는 여자가 가끔 얼마나 불안한지 말했더니 이걸 가져왔죠. 사실 그는 그 여잘 위해 호신용으로 이걸 샀다고 했어요. 그 여잔 필요 없다고, 만지지도 않았대요." 그녀가 말을 멈추고 키득거렸다.

"뭐가 그렇게 재밌습니까?"

"오, 그들이 말한 모든 게요. '아내는 만지지도 않아.' 난 못된 여자예요, 매슈."

"그게 뭐 어떻다고요."

"버번은 비열하다고 했잖아요. 사람의 마음속에서 짐승을 꺼내죠.

키스해도 돼요."

"총은 치워도 됩니다."

"총을 든 여자한테 키스하는 게 무서운가요?" 그녀는 왼쪽으로 몸을 굴려 서랍에 총을 넣고 서랍을 닫았다. "난 침대 옆 테이블에 저걸 둬요." 그녀가 설명했다. "그럼 급하게 필요할 때 손쉽게 꺼낼 수 있죠. 여기 있는 이게 침대로 바뀌어요."

"못 믿겠군요."

"못 믿겠다고요? 내가 그걸 증명해 주길 원해요?"

"그게 좋을 것 같군요."

그래서 우리는 성인 남녀가 둘만 있을 때 하는 것을 했다. 소파가 펼쳐져 침대로 변했고, 우리는 밀짚 그물에 든 두 와인병에 꽂힌 촛불만 남겨 두고 거실 불을 끈 채 그 위에 누웠다. FM 라디오의 음악이 흘렀다. 아담한 그녀의 육체. 열정적인 입, 완벽한 피부. 그녀는 교성을 몇 번이나 지르며 능숙하게 몸을 움직이다가 마지막에 소리를 질렀다.

이내 우리는 이야기를 나누며 버번을 조금 더 마셨고, 이윽고 그녀는 잠에 떨어졌다. 나는 그녀에게 시트와 담요를 덮어 주었다. 나는 잘 수도 있었지만 옷을 챙겨 입고 내 집으로 갔다. 제정신이라면 새벽의 빛 속에 누가 맷 스커더를 옆에 두고 싶어 하겠는가?

집에 가는 길에 작은 시리아 델리에 들러 몰슨 에일 두 병을 산 다음 점원에게 마개를 따 달라고 했다. 내 방으로 올라가 창틀에 발을 올리고 앉아 한 병을 마셨다.

나는 틸러리를 생각했다. 그는 지금 어디 있을까? 그녀가 죽은 집에? 친구나 친척 들과 있을까?

나는 아내가 강도에게 살해되는 동안 바나 캐럴린의 침대에 있었을 그를 생각했고, 그가 그에 관해 어떻게 생각하는지 궁금했다. 그가 그에 관해 생각이나 한다면.

그리고 문득 두 아들과 사요싯에 있는 애니타를 생각했다. 순간 그녀가 보이지 않는 위험에 위협당해 쫓기고 있다는 생각에 사로잡혔다. 그게 근거 없는 공포라는 것을 알았다. 그리고 잠시 후에 왜 그런 생각에 쫓겼는지 알았다. 내가 호텔로 가져온 무언가 때문이었다. 캐럴린 치텀의 향기와 함께 내 몸에 달고 온 무언가 때문에. 나는 토미 틸러리의 죄책감을 대신 짊어지고 있었다.

뭐, 알 게 뭔가. 난 그의 죄책감이 필요 없다. 내 죄책감만으로도 충분했다.

6

주말은 조용했다. 아들 녀석들과 통화했지만 녀석들은 오지 않았다. 토요일 오후 나는 암스트롱 술집에서 멀지 않은 골동품 가게의 공동 경영자 중 한 명과 동행함으로써 1백 달러를 벌었다. 우리는 택시를 타고 동74번가에 있는 그의 전 애인 아파트로 가 옷가지와 그 밖의 소지품들을 챙겼다. 전 애인은 15킬로그램에서 20킬로그램쯤 과체중이었고, 격렬하게 욕을 해 댔다.

"이걸 믿을 수가 없군, 제럴드." 그가 말했다. "정말 보디가드를 데려온 거야, 아니면 이 사람이 나를 대체할 여름 애인이야? 어느 쪽이 됐든 아양을 떨어야 할지, 모욕감을 느껴야 할지 모르겠는데."

"오, 바로 알게 될 거야." 제럴드가 그에게 말했다.

웨스트사이드로 돌아오는 택시 안에서 제럴드가 말했다. "난 정말 저년을 사랑했어, 매슈. 왜 그랬는지 모르겠군. 도와줘서 고마워, 매슈. 시간당 오 달러에 어설픈 녀석을 고용할 수도 있었지만 이 바닥에서 자기 존재는 다르니까. 그가 헨델 램프1885년 헨델 회사에서 제작하기 시작한 유리 램프가 자기 거라고 기억할 준비가 되어 있는 거 봤어? 내가 그를 처음 만났을 때 그는 헨델을 몰랐어. 그게 램프든 작곡가든. 그가 아는 거라곤 혼들뿐이었지. 그게 무슨 말인지 알아, 혼들? 가격을 흥정한다는 뜻이야. 내가 지금 우리가 합의한 백 달러 대신 자기에게 오십 달러를 주려고 하는 것 같은. 그냥 농담이야, 자기. 자기한테 당연히 백 달러를 지불할 거야. 자긴 백 달러의 가치를 하니까."

일요일 밤 보비 루슬랜더는 나를 암스트롱에서 찾아냈다. 그는 스킵이 나를 찾고 있다고 말했다. 그는 미스 키티에 있었다. 시간이 있다면 들르지 않을 이유가 뭐겠는가? 나는 그때 시간이 있었고, 보비는 나와 함께 미스 키티를 향해 걸었다.

약간 시원해졌다. 최악의 폭염이 토요일을 강타했고, 비가 조금 내려 거리를 식혀 주었다. 우리가 신호가 바뀌길 기다리고 있을 때 소방차가 우리를 지나쳐 질주했다. 사이렌 소리가 잦아들었을 때 보비가 말했다. "정신 나간 사업이야."

"응?"

"걔가 말할 거야."

길을 건널 때 그가 말했다. "걔의 그런 모습을 본 적 없다니까. 무슨 말인지 알지? 걘 늘 끝내주게 쿨해, 아서는."

"그 친구를 아서라고 부르는 사람은 너뿐이야."

"아무도 그러지 않지. 우리가 어렸을 때도 걔를 아서라고 부르는 사람은 없었어. 걔한텐 어울리지 않는 이름이지? 모두가 걜 스킵이라고 부르지만 난 걔의 가장 친한 친구야. 난 걜 이름으로 부르지."

우리가 미스 키티에 들어서자 스킵이 보비에게 바의 행주를 던지며 자리를 맡아 달라고 했다. "저 녀석은 형편없는 바텐더지만," 그가 큰 소리로 말했다. "아주 많이 훔치진 않아."

"그건 네 생각이지." 보비가 말했다.

우리는 뒷방으로 갔고, 스킵이 문을 닫았다. 거기에는 낡은 책상 두 개, 회전의자 두 개, 등받이가 곧은 의자 한 개, 옷걸이, 파일 캐비닛 그리고 나보다 더 큰 오래된 모슬러 금고가 있었다. "저기다 장부들을 뒀어야 해." 그가 금고를 가리키며 말했다. "우린 너무 똑똑해서 탈이야. 나와 존은. 회계감사가 가장 먼저 찾아볼 데가 저기겠지? 그래서 저기에 든 거라곤 현금 천 달러, 몇 가지 쓸데없는 서류, 이 가게 임차 서류, 동업자 계약서, 걔의 이혼 서류 같은 잡동사니야. 대단해. 우린 저 쓰레기를 지켰고, 누군가가 장부를 들고 가게에서 걸어 나가게 놔뒀어."

그가 담배에 불을 붙였다. "금고는 우리가 이곳을 빌렸을 때부터 여기 있었어." 그가 말했다. "여기가 철물점이었을 때부터. 저 금고의 가치보다 철거 비용이 더 들어서 우리가 인수한 거지. 엄청난 녀석이지? 필요하다면 저기다 시체를 넣을 수도 있어. 아무도 저기서 뭔가를 훔칠 방법이 없지. 장부를 훔친 놈이 전화했어."

"오?"

그가 끄덕였다. "돈을 요구해 왔어. '난 너희 물건을 갖고 있고, 넌 그걸 돌려받을 수 있어.'"

"놈이 가격을 말했어?"

“아니. 연락하겠다더군.”

“목소리를 알겠어?”

“아니. 가짜 목소리 같았어.”

“무슨 말이야?”

“놈의 진짜 목소리 같지 않았다고. 어쨌든 난 모르는 목소리였어.” 그가 깍지를 끼고 관절이 부서져라 팔을 뻗었다. “다시 전화할 때까지 난 이 근처에 눌러앉아 있어야 해.”

“그 전화를 언제 받았어?”

“몇 시간 전에. 일하고 있는데 놈이 여기로 전화했어. 저녁의 시작이 좋군.”

“적어도 놈은 그걸 국세청에 보내는 대신 너한테 연락했어.”

“그래, 나도 그 생각을 했어. 이걸로 우리에게도 뭔가 할 기회가 생겼어. 놈이 가면서 십 센트 동전을 떨어뜨렸다면 우리가 할 수 있는 건 허리를 구부려 그걸 줍는 것뿐이야.”

“파트너랑 얘기해 봤어?”

“아직. 집에 전화했는데, 없던데.”

“그렇다면 꼼짝없이 앉아 있어야겠군.”

“그래. 대체 근무지. 유유자적하게 대체 뭘 해야 하지?” 책상 위에 갈색을 띤 액체가 3분의 1쯤 든 텀블러가 놓여 있었다. 그는 마지막 담배 한 모금을 빤 다음 꽁초를 거기다 던졌다. “역겹군.” 그가 말했다. “난 절대 네가 그러는 걸 보고 싶지 않아, 맷. 담배 안 피우지?”

“아주 가끔.”

“그래? 가끔 한 대 피우고 빠지진 않는다고? 헤로인을 그런 식으로 하는 어떤 녀석을 알지. 그에 관해서라면 너도 아는 녀석이야. 하지만 요 조그만 놈들은," 그가 담뱃갑을 톡톡 쳤다. "이것들은 약보다 더 중독적이야. 지금 하나 줄까?"

"됐어."

그가 자리에서 일어났다. "내가 중독되지 않는 것들이라면," 그가 말했다. "일단 그렇게 좋아하지 않는 것들이지. 어이, 와 줘서 고마워. 기다리는 것 외엔 할 일이 없지만 너한테 상황을 알려 주고 싶었어. 어떻게 돌아가는지 네가 알게."

"괜찮아." 내가 말했다. "어쨌든 넌 이걸로 나한테 빚진 게 아무것도 없다는 걸 알면 좋겠어."

"무슨 말이야?"

"이것 때문에 내 술집 외상 장부의 돈을 내지 말란 말이야."

"화났어?"

"아니."

"그냥 그러고 싶었어."

"고맙지만 그럴 필요 없었어."

"그래, 그렇겠지." 그가 어깨를 으쓱했다. "소득을 속이면 인심이 좋아지는 법이야. 그래서 쓰지 않아도 되는 데 돈을 쓰는 거지. 잊어버려. 그래도 내가 한잔 살 순 있지? 내 술집에서?"

"그럼."

"자, 그럼," 그가 말했다. "루슬랜더가 가게를 거덜내기 전에."

암스트롱에 갈 때마다 나는 캐럴린과 마주치지 않을까 생각했고,

마주치지 않아 실망스럽기보다는 안도했다. 그녀에게 전화할 수도 있었지만 그것이 적절한 행동이 아니라는 것을 직감했다. 금요일 밤은 우리 둘 다 분명히 원했던 것뿐이었고, 우리 둘에게 그게 그 자체로 완벽해 보였고, 그래서 나는 기꺼이 그렇게 했다. 부가적인 이득으로, 프랜 때문에 괴로웠던 게 무엇이든 그것을 끝냈고, 그것은 구식 성적 끌림 이상으로 복잡한 게 아닌 것처럼 보이기 시작했다. 매춘부와 30분을 보내는 것과 마찬가지일 터였다. 즐거움의 정도는 덜할지라도.

나는 토미와도 마주치지 않았다. 그것에 역시 안도했고, 결코 실망스럽지 않았다.

월요일 아침에 「뉴스」를 읽었다. 틸러리 강도 살해 용의자로 젊은 히스패닉계 두 명이 선셋 파크에서 연행되었다. 신문은 상투적인 사진을 실었다. 깡마른 두 젊은이. 그들의 머리는 더부룩했고, 그중 한 명은 카메라에서 얼굴을 숨기려 하고 있었다. 다른 한 명은 도전적으로 히죽거리고 있었다. 그리고 둘 다 어깨가 넓고 근엄한 얼굴의 양복을 입은 아일랜드계 남자와 수갑으로 연결되어 있었다. 사진 밑에 어떤 사람이 경찰인지 알려 주는 설명이 달려 있었는데, 정말 사족이었다.

그날 오후 암스트롱에 있을 때 전화가 울렸다. 데니스가 씻고 있던 글라스를 내려놓고 전화를 받았다. "몇 분 전에 여기 있었는데요." 그가 말했다. "그가 나갔는지 보죠." 그가 손으로 송화구를 막고 묻듯이 나를 보았다. "아직 여기 있는 거예요?" 그가 물었다. "아니면 내가 딴 데 보고 있는 사이 나간 거예요?"

"누군데?"

"토미 틸러리."

여자가 남자에게 무슨 말을 할지, 남자가 그 말을 어떻게 받아들일지는 결코 모를 일이다. 그다지 알고 싶지는 않았지만 얼굴을 맞대고 아느니 전화상으로 아는 편이 나았다. 나는 끄덕였고, 데니스가 바 너머로 전화를 넘겼다.

내가 말했다. "맷 스커더입니다, 토미. 아내분 일은 안됐군요."

"고맙네, 맷. 젠장, 그게 일 년 전 일 같은 느낌이야. 실제로 일주일 좀 넘었나?"

"적어도 그 개자식들은 잡혔더군요."

잠시 말이 끊겼다. 이내 그가 말했다. "맙소사, 신문 못 봤군, 응?"

"물론 봤죠. 두 라틴계 녀석들 사진이 실렸던데요."

"오늘 아침 자 「뉴스」를 읽은 모양이군."

"대개는요. 왜요?"

"오늘 오후 자 「포스트」는 읽지 않았고 말이야."

"네. 왜, 무슨 일 있습니까? 그들이 무혐의로 풀려났습니까?"

"깨끗해." 그가 그렇게 말하고 콧방귀를 뀌었다. 이내 그가 말했다. "자네가 알 거라고 생각했는데. 내가 「뉴스」의 그 기사를 보기도 전에 경찰들이 오늘 아침 일찍 들러서, 난 그 체포 건도 몰랐어. 빌어먹을. 자네가 알고 있었다면 이야기가 더 쉬웠을 텐데."

"무슨 말인지 모르겠군요, 토미."

"그 두 라틴계 녀석들 말이야. 깨끗하냐고? 젠장, 타임스스퀘어 지하철 화장실만큼 깨끗해. 경찰이 놈들의 거처를 수색했는데, 여기저기서 우리 집 물건들이 나왔네. 내가 신고한 보석이며, 경찰에게 알려 준 일련번호가 붙은 스테레오며 모든 게. 내 이니셜이 들어간 것도. 내 말은 그런데 놈들이 어떻게 깨끗하냐는 거야, 젠장."

"그래서요?"

"그래서 놈들은 도둑질은 시인했지만 살인은 안 했다는군."

"그런 놈들은 늘 그렇게 말해요, 토미."

"끝까지 들어 보겠나, 응? 놈들은 도둑질은 시인했지만, 놈들 말에 따르면 그건 진짜 도둑질이 아니었네. 내가 놈들에게 그 모든 걸 준 거지."

"그리고 놈들은 한밤중에 그걸 가지러 왔을 뿐이고요."

"그래, 맞아. 아니, 놈들 이야기는 내가 보험금을 탈 수 있게 도둑질처럼 보여야 했다는 거야. 내가 놈들이 가져간 것보다 더 큰 손해배상을 청구할 수 있도록. 그게 놈들과 나 모두에게 좋다는 거지."

"실제 손해액은 얼맙니까?"

"젠장, 나도 몰라. 내가 피해 신고한 물건들의 두 배가 놈들의 집에 있었다는 거야. 그중에는 피해 신고를 한 며칠 후에 생각난 것도 있지만 경찰이 찾았을 때까지 내가 몰랐던 것도 있었네. 그리고 놈들이 가져간 건 보험 적용도 안 되는 거야. 페그아내 마거릿의 애칭의 모피도 있어. 보험에 들 참이었는데, 그러지 못했지. 그리고 아내의 보석 일부. 그것도 마찬가지야. 주택종합보험이 있는데, 놈들이 가져간 모든 게 적용되진 않아. 아내의 이모가 물려준 순금 반지 세트도 가져갔어. 난 정말 우리가 그걸 갖고 있었는지도 몰랐네. 그것도 보험 적용이 안 돼."

"그렇다면 보험 사기처럼 보이진 않는군요."

"그럼, 물론 아니지. 어떻게 그럴 수 있겠나? 어쨌든 중요한 건, 놈들 말로는 자기들이 집에 들어왔을 때 집이 비어 있었대. 페그가 집에 없었다는 거지."

"그래서?"

"그래서 내가 놈들을 덫에 빠뜨렸다는 걸세. 놈들이 집에 침입해서 모든 걸 털어 간 다음 내가 페그와 집에 왔고, 내가 여섯 번인지 여덟 번인지, 몇 차례인지 모르지만 아내를 칼로 찌르고 그 일이 도둑이 든 동안 일어난 것처럼 보이게 했다는 거지."

"당신이 아내를 찔렀다는 걸 그 도둑들이 어떻게 증명했습니까?"

"못 했지. 놈들이 한 말은 자기들 짓이 아니고, 자기들이 거기 있었을 땐 아내가 집에 없었고, 내가 도둑질을 하게 시켰다는 거야. 나머지는 경찰이 꿰맞췄고."

"그들이 뭘 했습니까, 당신을 체포했습니까?"

"아니. 그들이 내가 머물고 있는 호텔로 찾아왔어. 이른 시각에. 내가 막 샤워를 마치고 나왔을 때. 놈들이 나에게 뒤집어씌우려고 한 건 고사하고 그 라틴계 놈들이 체포됐다는 것도 이제 막 안 참이야. 그들은 나와 얘기하고 싶었을 뿐이었지. 경찰들 말이야. 처음엔 그냥 얘기를 나누다가, 이내 그들이 내게 뒤집어씌우려는 게 뭔지 이해되기 시작했네. 그래서 난 내 변호사 없인 더 이상 아무 말도 하지 않겠다고 했고, 변호사에게 전화했어. 그는 아침을 먹다 말고 헐레벌떡 와서는 나에게 한마디도 하지 말라고 했네."

“그래서 당신을 연행하거나 피의자 조서를 쓰진 않았고요?”

“그래.”

“하지만 당신 말을 완전히 믿지도 않고요?”

“조금도. 캐플런이 한마디도 하지 말라고 해서 정말 아무 말도 하지 않았네. 경찰이 날 연행하지 않은 건 아직 그러기엔 충분치 않았기 때문이지만 캐플런 말로는 그들이 그럴 수 있다면 사건으로 몰고 갈 작정일 거라는 거야. 그들은 나더러 동네를 뜨지 말라더군. 그게 믿기나? 내 아내가 죽었는데 「포스트」 헤드라인은 ‘강도 살해에서 남편이 신문받다’야. 대체 그들은 내가 어쩔 거라고 생각하는 거지? 몬태나에서 염병할 송어 낚시라도 할 줄 아는 거야? ‘동네를 뜨지 말라.’니. 염병할 텔레비전에서나 들은 말이야. 실생활에서 그런 말을 들을 거라곤 생각도 못 했네. 그들도 텔레비전에서 들었겠지.”

나는 그가 용건을 말하길 기다렸다. 오래 기다리지 않아도 되었다.

“내가 전화한 이유는,” 그가 말했다. “캐플런은 우리가 탐정을 고용해야 한다고 생각하네. 그는 그 자식들이 주위 사람들에게 떠들고 다녔을 거라는군. 친구들에게 자랑했을 거라고. 그래서 어쩌면 살인범이 놈들이라는 걸 증명할 수 있을지 모른다고. 그는 경찰이 너무 바쁘면 날 의심하는 동안에는 놈들의 유죄를 밝히는 데 전력을 기울이지 않을 거라는군.”

나는 공적인 자격이 없다고 설명했다. 허가증도 없어서 신고도 하지 못한다고.

“그건 괜찮아.” 그가 고집을 피웠다. “난 캐플런에게 내가 원하는 건 내가 믿을 수 있는 사람이고 날 위해 일해 줄 사람이라고 말했네.

난 알리바이를 댈 수 있는 데다 경찰이 내가 그랬다고 한 짓을 할 수 있는 곳에 있을 수 없었기 때문에, 맷, 그들이 날 연행할 수 있으리라 생각하지 않아. 하지만 이 빌어먹을 게 길어질수록 나한텐 안 좋아. 이 사건을 깨끗하게 해결하고 싶네. 모든 게 그 라틴계 개자식들의 짓이고 나와는 아무 상관 없다는 기사가 뜨길 원해. 날 위해서, 나와 사업을 하는 사람들을 위해서, 내 친척과 페그의 친척 들을 위해서, 날 지지하는 모든 멋진 사람들을 위해서 말일세. 옛날의 그 〈아마추어 시간Amateur Hour 아마추어 공연자들의 재능을 선보인 라디오 프로그램〉 기억하나? '엄마, 아빠, 이디스 이모, 피아노 선생님 펠턴 씨, 그리고 날 지지해 준 모든 멋진 사람에게 감사하고 싶습니다.' 이보게, 캐플런의 사무실에서 나와 그 친구를 만나서 그 친구가 하는 말을 들어 보고 내 부탁 좀 들어주게. 그리고 푼돈이라도 챙겨 가. 어때, 맷?"

그는 믿을 수 있는 누군가를 원했다. 캐럴라인에서 온 캐럴린이 내가 어느 정도 믿을 수 있는 사람인지 말했을까?

나는 뭐라고 대답했을까? 나는 '예스'라고 말했다.

7

나는 기차를 타고 브루클린까지 한 정거장을 간 다음 버러 홀에서 몇 블록 떨어진 코트가에 있는 드루 캐플런의 사무실에서 토미 틸러리를 만났다. 사무실 옆에는 레바논 레스토랑이 있었다. 길모퉁이에는 중동 수입품을 특별히 취급하는 가게가 있었고, 그 옆의 골동품 가게에는 중고 오크 가구와 황동 램프와 침대 틀이 흘러넘치고 있었다. 캐플런의 사무실 건물 앞에는 다리가 없는 흑인이 바퀴 달린 단상에 누워 있었다. 그 한쪽 옆에 뚜껑이 열린 담배 박스에는 1달러 지폐 두 장과 동전 여러 개가 담겨 있었다. 그는 뿔테 선글라스를 쓰고 있었고, 그 앞 손으로 쓴 간판에는 '선글라스에 속지 마시오. 장님이 아니라 다리가 없을 뿐이오.'라고 쓰여 있었다.

캐플런의 사무실 벽은 나무 패널로 마감되어 있었고, 가죽 의자와 길모퉁이 가게에서 샀을지 모를 오크 캐비닛 들이 있었다. 그의 이름과 두 파트너의 이름이 금색과 흑색의 구식 서체로 현관문 반투명 유리에 프린트되어 있었다. 그의 방 벽에 걸린 액자로 그가 아델피 대학에서 문학 학사, 브루클린 로스쿨에서 법학 학사 학위를 받았음을 알 수 있었다. 빅토리아 시대 오크 책상 위에 놓인 합성수지 큐브 안에는 아내와 어린 자식들 사진이 들어 있었다. 책상 위에는 철도 레일에 쓰이는 못 모양의 청동 문진이 있었다. 책상과 맞닿은 벽에 걸린 괘종시계가 째깍거리며 오후를 가리켰다. 캐플런은 가는 회색 줄무늬 인조섬유 양복에 노란 점이 찍힌 넥타이를 맨 보수적인 멋쟁이였다. 그는 학위를 막 딴 30대 초반으로 보였다. 그는 나보다 작았고, 당연히 토미보다 훨씬 작았지만 잘 가꾼 몸이 늘씬했다. 검은 머리에 검은 눈, 면도를 깔끔하게 했고, 미소 지을 때 입꼬리가 살짝 한쪽으로 처졌다. 악수하는 손아귀 힘은 보통이었지만 나를 보는 재는 눈빛은 계산적이었다.

토미는 회색 플란넬 바지, 빨간색 블레이저 차림에 흰 로퍼를 신고 있었다. 푸른 눈의 눈가 그리고 입가에 긴장이 엿보였다. 안색도 좋지 않았는데, 불안이 피를 몸 안쪽으로 끌어들인 것처럼 피부에 누런 빛만 남겨 놓았다.

"우리가 당신에게 바라는 건," 드루 캐플런이 말했다. "그들, 에레라와 크루스의 바지 주머니에서 열쇠를 찾아 펜 역에 있는 로커에서 그들의 지문과 그녀의 피가 묻은 칼을 찾아내는 겁니다."

"그렇게 되지 않으면 재미없는 겁니까?"

그가 미소를 지었다. "그걸로 다칠 사람은 없다고 해 두죠. 아니, 정확히 말해 우린 그 정도로 안 좋은 상황은 아닙니다. 경찰이 쥔 건 열대지방에서 온 이래 문제만 일으킨 두 라틴계에게서 얻은 불확실한 증언뿐이죠. 그리고 경찰은 토미에게 좋은 동기가 있는 것 같다고 보는 것 같습니다."

"어떤?"

나는 그렇게 물으며 토미를 보고 있었다. 그는 내 시선을 피했다. 캐플런이 말했다. "삼각관계와 돈에 쪼들리는 상황이요. 지난봄 마거릿 틸러리의 이모가 죽어서 그녀에게 유산이 들어왔습니다. 그 재산은 아직 공증을 거치지 않았지만 그 가치는 오십만 달러가 넘을 겁니다."

"세금을 떼면 그만큼은 안 돼." 토미가 말했다. "훨씬 적지."

"거기다 생명보험이요. 토미와 아내분 모두 생명보험을 들었고, 서로 수혜자로 돼 있습니다. 둘 다 배액 보상이라 십오만 달러가," 그는 책상 위의 종이를 참고했다. "사고사일 경우 삼십만 달러가 됩니다. 이 시점에서 우리에겐 칠팔십만 달러의 살인 동기가 있는 것처럼 보이기 시작하는 거죠."

"내 변호사 말은," 토미가 말했다.

"동시에 여기 있는 토미는 돈에 약간 쪼들리고 있습니다. 그는 도박에 운 나쁜 해를 보내고 있고, 노름꾼들에게 빚을 져서 아마 그들이 그에게 약간의 압력을 가하고 있는 것 같고요."

"대단한 액수는 아니야." 토미가 끼어들었다.

"난 경찰의 관점에서 얘기한 겁니다. 알겠습니까? 그는 이 도시에서 빚을 좀 지고 있고, 뷰익의 할부금도 남아 있습니다. 게다가 회사에 여자도 있고, 그 여자와 술집들을 다녔죠. 가끔은 집에도 안 들어가고……,"

“그런 적은 거의 없네, 드루. 난 거의 항상 집에 들어갔어. 잘 시간이 거의 없었을 때도 최소한 집에서 샤워하고 옷 갈아입고 페그와 아침을 먹었어.”

“아침이 뭐였습니까? 덱사밀우울증 치료제 상표명?”

“가끔은. 난 나가야 할 회사가 있고, 해야 할 일이 있으니까.”

캐플런이 책상 끄트머리에 앉아 발목을 꼬았다. “그게 동기가 될 겁니다.” 그가 말했다. “경찰이 굳이 신경 쓰지 않는 게 두 가지 있죠. 첫째, 그가 아내를 사랑했다는 것, 그리고 얼마나 많은 남편이 바람을 피웁니까? 사람들이 말하는 게 뭐죠? 구십 퍼센트가 자기들의 바람을 인정하고 십 퍼센트가 그에 대해 거짓말을 한다는 거? 둘째, 그는 빚이 있지만 심각한 상황은 아니라는 것. 그는 수년간 많은 돈을 벌었지만 기복이 심했고, 최근 몇 년간은, 한 달은 풍족했고, 그다음 달은 쪼들렸습니다.”

“거기에 익숙해져.” 토미가 말했다.

“게다가 그 유산 액수가 행운처럼 들리지만 대단한 액수는 아닙니다. 오십만 달러는 상당한 금액이지만 토미가 말한 것처럼 세금을 떼고 나면 그렇게 많지 않고, 그 일부는 그가 수년간 살아온 집의 소유권이 포함돼 있습니다. 집안의 가장에게 걸린 액수로 십오만 달러는 그리 많은 돈도 아니고, 그와 똑같은 보험을 아내에게 들게 하는 건 드문 게 아닙니다. 많은 보험회사가 그런 식으로 보험증서를 유도하죠. 그들은 그게 타당하게 균형에 맞는 것처럼 들리게 해서, 수입에 의존하지 않는 사람에겐 그런 보험이 필요 없다는 사실을 간과하게 합니다.” 그가 양손을 펼쳤다. “어쨌든 그 계약은 십 년 이상 된 겁니다. 그건 그가 지난주에 가서 준비한 게 아닙니다."

그는 책상에서 몸을 일으켜 창가로 갔다. 토미는 책상에서 레일에 쓰이는 못을 집어 들어 손바닥에 놓고 괘종시계 추의 리듬에 맞춰 의식적으로든 무의식적으로든 그것을 두드리고 있었다.

캐플런이 말했다. "살인자 중 한 명인 앤절 에레라는, 그는 앙헬이라고 발음하는 것 같습니다만, 틸러리 집에서 삼월인가 사월에 잡일을 했습니다. 봄맞이 청소요. 그는 시급을 받고 지하실과 다락방에서 잡동사니들을 끄집어내는 단순한 일을 했죠. 에레라의 말에 의하면 그 일을 계기로 토미에게 가짜 도둑질을 부탁받았다는 겁니다. 상식적으로, 그게 에레라와 그의 친구 크루스가 그 집을 알았고, 그 안에 뭐가 있으며 어떻게 들어가는지 안 방법입니다."

"그들이 어떻게 했습니까?"

"뒷문의 작은 창을 깬 뒤 손을 넣어 자물쇠를 열었습니다. 그들 말로는 토미가 문을 열어 두고 갔고, 나중에 그 유리창을 깨야 했다는 겁니다. 그들은 되도록 집 안을 어지럽히지 않았다고도 했습니다."

"사이클론이 지나간 것 같았다고." 토미가 말했다. "난 집에 가야 했지. 보기만 해도 구역질이 나더군."

"그들 말로는 토미가 아내를 살해하고 그렇게 해 놨다고 합니다. 잘 보면 맞는 게 하나도 없죠. 시간이 전혀 맞지 않습니다. 그들은 자정 무렵에 그 집에 들어갔고, 검시관은 사망 시각을 오후 열 시에서 새벽 네 시 사이로 추정합니다. 지금 여기 있는 토미는 그날 밤 사무실에서 집으로 가지 않았습니다. 그는 다섯 시 넘어서까지 일하고 친구를 만나 저녁을 먹은 다음 그녀와 밤까지 여러 공공장소를 다녔습니다." 그는 의뢰인을 힐끗 보았다. "그가 그리 신중하게 행동하지 않은 게 다행이었달까요. 그가 그녀의 아파트에서 블라인드를 내리고 시간을 보냈다면 그의 알리바이는 훨씬 빈약했을 겁니다."

"난 페그에 관한 한 신중했네." 토미가 말했다. "브루클린에서 난 가정적인 남자였어. 도시에서 내가 한 일로 그녀는 상처받지 않았을 거야."

"자정 이후 그의 시간은 해명하기가 어렵습니다." 캐플런이 말을 이었다. "그 시간 중 일부에 대해 유일하게 입증이 가능한 건 그 여자 친구죠. 한동안 두 사람은 그녀의 아파트에서 블라인드를 내린 채 함께 있었으니까요."

블라인드를 꼭 내릴 필요 없었지. 나는 생각했다. 거긴 아무도 안을 들여다볼 수 없으니까.

"덧붙이자면 그녀가 입증할 수 없는 시간이 있었습니다."

"그녀는 잠이 들었지만 난 잠이 오지 않더군." 토미가 말했다. "그래서 술집에라도 가려고 옷을 입고 나갔네. 하지만 오래 나가 있지 않았고, 내가 돌아갔을 땐 그녀가 깨어 있었어. 내게 헬리콥터가 있었다면 그 시간에 베이 리지에 갔다 올 수 있었겠지. 뷰익으론 어림도 없어."

"중요한 건," 캐플런이 말했다. "그 시간 내로 그럴 수 있었다고 해도, 여자 친구와의 알리바이를 무시하고 그가 공공장소에 있었다는 시간만으로 어떻게 그가 아내를 살해할 수 있었겠습니까? 라틴계 녀석들이 왔다 간 다음인, 사망 추정 시각인 새벽 네 시 전에 그가 집에 몰래 들어갔다고 치죠. 그녀는 그 시간 내내 어디 있었죠? 크루스와 에레라 말로는 집에 아무도 없었습니다. 그럼 그가 그녀를 어디서 찾아내 죽였다는 겁니까? 그가 그녀를 밤새 트렁크에 넣고 돌아다녔다고요?"

"그가 그놈들이 오기 전에 그녀를 죽였다면요." 내가 제의했다.

"그래서 내가 이 친구를 고용하려는 걸세." 토미가 말했다. "나한텐 촉이 있다고. 무슨 말인지 알겠지?"

"그건 생각할 수 없습니다." 캐플런이 말했다. "일단 시간상 무리예요. 그는 그 여자와 공공장소에 있었던 여덟 시 전부터 자정이 지난 다음까지 알리바이가 확고합니다. 검시관은 그녀가 열 시에는 분명 살아 있었다고 합니다. 열 시가 가장 빠른 사망 추정 시간이죠. 게다가 그런 시간에 대해선 생각하지 않아도 당신의 가설은 생각할 수 없습니다. 집 안에 들어가 집을 턴 그들이 침실에서 죽은 여자를 어떻게 못 봤겠습니까? 그들은 그 방에 들어갔고, 그들이 훔친 물건 중에는 그 방에서 나온 것도 있었죠. 난 경찰이 거기서 그들의 지문을 발견했을 거라고 봅니다. 뭐, 경찰은 그 방에서 마거릿 틸러리 시체도 발견했죠. 시체는 못 알아차릴 만한 게 아니니까요."

"시체가 숨겨져 있었겠죠." 나는 스킵의 커다란 모슬러 금고를 생각했다. "놈들이 들여다볼 수 없게 잠긴 벽장 같은 데."

그가 머리를 저었다. "사인은 자상이었습니다. 도처에 많은 피가 뿌려져 있었습니다. 침대와 침실 카펫은 젖어 있었고요." 우리 둘 다 토미를 보지 않았다. "따라서 그녀는 다른 어딘가에서 살해된 게 아닙니다." 그가 결론지었다. "그녀는 바로 거기서 살해됐고, 그게 에레라가 한 짓이 아니라면 크루스가 한 짓이고, 어느 쪽이든 토미는 아닙니다."

나는 거기서 구멍을 찾아보았지만 하나도 찾을 수 없었다. "그렇다면 당신이 내게 원하는 게 뭔지 모르겠는데요." 내가 말했다. "토미에 대한 혐의는 꽤 엷어 보이는데요."

"너무 엷은 거라는 건 없죠."

"그럼……,"

"문제는," 그가 말했다. "이런 일로 법정에 서게 되면 이긴다 하더라도 진 거나 마찬가지라는 겁니다. 그의 남은 일생 사람들이 그에 대해 기억하는 건 아내 살해 혐의로 법정에 섰다는 거니까요. 무죄 선고를 받는 건 관심 밖이죠. 사람들은 유대인 변호사가 판사를 매수했거나 배심원을 속였다고만 생각할 겁니다."

"그래서 내가 기니 변호사를 고용한다면," 토미가 말했다. "사람들은 그가 판사를 협박하고 배심원을 두들겨 팼다고 생각하겠지."

"게다가," 캐플런이 말했다. "배심이 어디로 움직일진 전혀 알 수 없습니다. 강도를 당하는 동안 토미가 다른 여자와 있었다는 게 그의 알리바이라는 걸 잊지 마십시오. 그 여자는 회사 동료입니다. 배심원들은 그걸 완벽한 알리바이로 간주할 수도 있죠. 하지만 배심원들이 어떻게 나올지에 대한 「포스트」 기사를 읽었습니까? 그들은 그 알리바이를 믿지 않을 겁니다. 여자 친구가 그를 위해 거짓말을 하고 있다고 생각할 테니까요. 그리고 그들은 아내가 살해당하는 동안 딴 여자와 놀아난 것에 대해 그에게 쓰레기라는 딱지를 붙일 거고요."

"그렇게 말하니," 토미가 말했다. "죄책감이 밀려드는군."

"게다가 그는 배심원들에게 동정심을 끌어내기 쉬운 타입이 아닙니다. 그는 풍채 좋고 잘생긴 멋쟁이입니다. 술집에서는 인기를 얻을지 모르지만 법정에서 얼마나 호감을 얻을까요? 그는 전화로 증권을 파는 세일즈맨입니다. 사람들에게 전화를 걸어 투자 방법을 조언해 주는 완벽하게 좋은 직업이죠. 멋집니다. 그건 주식 정보로 백 달러를 잃었거나 전화상으로 잡지 구독을 한 광대들이 그에게 적의를 품고 법정에 걸어 들어오게 될 거라는 뜻입니다. 분명히 말씀드리지만 난 법정까지 가고 싶지 않습니다. 법정에서 이길 거라는 건 압니다. 아니면 최악의 경우, 항소심에서 이기겠죠. 하지만 그럴 필요가 있을까요? 이건 애초에 있어선 안 될 사건이고, 난 그들이 대배심에 기소장을 보내기도 전에 이걸 정리해 버리고 싶습니다."

"그럼 나한테 원하는 게……,"

"찾아낼 수 있는 건 뭐든 찾아 주십시오, 맷. 크루스와 에레라의 신빙성을 떨어뜨릴 수 있는 건 뭐든. 난 뭘 찾을지 모릅니다. 피든 피 묻은 그들의 옷이든, 그런 걸 찾는다면 좋을 겁니다. 요점은 난 뭐가 나올지 모른다는 거고, 당신은 경찰이었고 지금은 탐정이니 거리든 술집이든 가서 냄새를 맡을 수 있을 거라는 겁니다. 브루클린을 잘 압니까?"

"어느 정도는. 가끔 거기서 일하기도 했습니다."

"그렇다면 당신 방식을 찾을 수 있겠죠."

"그런대로. 하지만 스페인어를 할 줄 아는 사람이 낫지 않겠습니까? 보데가bodega 스페인계 잡화점 혹은 술집에서 맥주를 살 정도는 되지만 유창함과는 거리가 멉니다."

"토미는 믿을 수 있는 사람을 원한다며 당신을 부르는 일에 매우 단호했습니다. 그가 맞는 것 같군요. 인간관계가 '메 야모 마테오 이 코모 에스타 우스테me llamo matteo y como está usted 나는 마테오인데, 잘 지내세요?' 같은 스페인 말보다 훨씬 가치 있죠."

"그건 사실이야." 토미 틸러리가 말했다. "맷, 난 자넬 믿을 수 있고, 그건 큰 가치가 있어."

나는 당신이 믿는 건 전화를 거는 당신 손가락뿐이라고 말하고 싶었지만 왜 보수를 준다는 사람에게 굳이 그런 말을 하겠는가? 그의 돈이든 다른 누구의 돈이든 돈은 돈이었다. 내가 그에게 호감이 있는지는 확실치 않았지만 의뢰인을 좋아하지 않는다 해도 불행할 일은 없었다. 그런 것은 신경 쓰이지 않는다. 내가 받는 보수보다 나를 고용한 고용인에게 내가 주는 게 모자라게 느껴지는 것은.

그리고 나는 그에게 내가 얼마나 줄 수 있을지 알 수 없었다. 그가 엮인 사건은 내 도움이 없더라도 해결이 될 만큼 헐거워 보였다. 결국 일주일이면 모든 게 해결될 일을 캐플런이 자신의 높은 수임료를 정당화하기 위해 호들갑을 떠는 게 아닌지 궁금했다. 그럴 가능성도 있었고, 내가 상관할 일도 아니었다.

나는 돕게 돼서 기쁘다고 말했다. 뭔가 쓸 만한 것을 찾아낼 수 있길 바란다고도 말했다.

토미는 내가 그러리라고 확신한다고 말했다.

드루 캐플런이 말했다. "이제 보수를 말씀드려야겠군요. 일당에 경비를 포함한 금액을 선금으로 드릴까요, 시급으로? 왜 머리를 젓는 겁니까?"

"난 면허가 없습니다." 내가 말했다. "공적인 자격이 없죠."

"문제없습니다. 장부상에 당신을 컨설턴트로 기재할 테니까요."

"난 장부에 오르고 싶은 마음이 전혀 없습니다." 내가 말했다. "난 내 시간이나 지출을 기록해 두지 않습니다. 내 지출은 내 주머니에서 치르죠. 난 현금을 받습니다."

"보수를 어떻게 책정합니까?"

"그 자리에서 생각난 액수를 말합니다. 일이 끝났을 때 부족하다는 생각이 든다면 또 그때 말하죠. 동의할 수 없다면 안 줘도 됩니다. 그 일로 누구든 법정으로 끌고 갈 생각은 없죠."

"무계획적인 사업 방식 같군요." 캐플런이 말했다.

"이건 사업이 아닙니다. 친구들에게 호의를 베푸는 거죠."

"그리고 그들에게 돈을 받고요."

"호의에 대한 보답으로 돈을 받는 게 잘못된 겁니까?"

"그런 건 아닙니다." 그는 골똘히 생각하는 표정이었다. "이 호의에 얼마를 드리면 되겠습니까?"

"어떤 일이 될지 잘 모르겠군요." 내가 말했다. "오늘은 천오백 달러면 될 것 같습니다. 일이 길어져서 더 받아야 할 것 같다고 생각되면 알려 드리죠."

"천오백. 그리고 물론 토미는 그걸로 자신이 얻을 게 정확히 뭔지 모르고요."

"네." 내가 말했다. "나도 모릅니다."

캐플런은 눈을 가늘게 떴다. "보수가 비싼 것 같군요." 그가 말했다. "난 그 돈의 삼분의 일이면 시작으로 충분하리라 생각했는데요."

난 내 골동품상 친구가 한 말을 생각했다. 혼들이라고 했던가? 캐플런은 그것을 하고 있었다.

“그렇게 많은 건 아닙니다.” 내가 말했다. “그 액수는 보험금의 일 퍼센트고, 나를 고용하는 이유에는 보험 건도 포함된 거 아닙니까? 보험회사는 토미가 무죄일 때까지 그 돈을 지불하지 않을 겁니다.”

캐플런은 조금 놀란 것처럼 보였다. “그건 사실이지만,” 그는 인정했다. “그게 당신을 고용하는 이유인지는 모르겠군요. 어쨌거나 보험회사는 조만간 지불할 겁니다. 당신 보수가 그렇게까지 비싼지 몰랐군요. 선금치고는 좀 큰 금액인 것 같아서 말입니다. 그리고……,”

“돈 얘긴 그만하게.” 토미가 끼어들었다. “그 금액이면 괜찮은 것 같아, 맷. 단지 문제는 지금은 돈이 부족해. 현금으로 천오백 달러는…….”

“어쩌면 당신 변호사가 대신 내 줄 수도 있겠죠.” 내가 제안했다.

캐플런은 그것이 비정상이라고 생각했다. 그들이 그에 관해 의논하는 동안 나는 대기실에 나가 있었다. 접수 담당자는 잡지 「페이트」를 읽고 있었다. 19세기 브루클린 시내를 묘사한, 색을 입힌 동판화 한 쌍이 고풍스러운 액자에 들어 있었다. 캐플런이 문을 열고 내게 들어오라고 손짓했을 때 나는 그것들을 보고 있었다.

“토미는 보험금과 아내의 재산을 담보로 대출을 받을 수 있을 겁니다.” 그가 말했다. “그동안 내가 당신에게 천오백을 드리죠. 영수증 발행에 이의는 없겠죠?”

“전혀요.” 내가 말했다. 나는 돈을 세었다. 백 달러짜리가 열두 장, 오십 달러짜리가 여섯 장. 모두 사용된 돈으로, 일련번호가 이어진 것이 아니었다. 모두가 어느 정도 현금을 가지고 다니는 것 같았다.

변호사조차.

그가 영수증을 썼고, 나는 거기에 서명했다. 그는 내 보수를 두고 조금 고지식하게 군 것을 사과했다. “변호사들은 아주 관습적인 사람이 되려는 훈련을 하죠.” 그가 말했다. “나는 가끔 변칙적인 절차에 적응하는 데 시간이 걸립니다. 내가 공격적이 아니었길 바랍니다.”

“전혀요.”

“그렇다면 다행이군요. 난 당신의 움직임에 대한 서면 보고나 상세한 설명은 바라지 않겠지만 지금 뭘 하고 있고, 뭘 알게 됐는지는 알려 주겠습니까? 알려 줄 건 많으면 많을수록 좋습니다. 도움이 될 게 뭔지 알 수 없으니까요.”

“그렇죠.”

“분명 그래 주시리라 믿겠습니다.” 그가 나를 문가로 배웅했다. “그건 그렇고,” 그가 말했다. “당신 보수는 보험금의 일 퍼센트의 반입니다. 내가 말한 것 같은데, 보험증서에 배액 보상 조항이 있고, 살인은 사고로 간주됩니다.”

“압니다.” 내가 말했다. “그 이유가 늘 궁금했죠.”

8

68분서는 베이 리지와 선셋 파크 언저리에 걸쳐 있는 3번가와 4번가 사이 65번가에 있다. 그 거리 남쪽으로 주택단지가 생길 것 같았다. 그 건너편에 있는 경찰서는 정육면체 모양에 캔틸레버 구조라, 움푹 들어간 데가 있어서 큐비즘 시대의 피카소 그림처럼 보였다. 그 건물은 이스트할렘의 23분서를 떠오르게 했는데, 나중에 같은 건축가가 두 건물을 설계했다는 사실을 알았다.

그때는 그 건물이 생긴 지 6년째였는데, 현관의 명판에는 건축가, 경찰국장, 시장 그리고 도시 행정에 큰 위업을 남긴 몇몇 주요 인물의 이름이 새겨져 있었다. 나는 그 앞에 서서 명판이 내게 특별한 메시지라도 된다는 듯 그 모든 문구를 읽었다. 이내 나는 안내 데스크로 가 캘빈 노이만 형사를 보러 왔다고 말했다. 당직 경관이 전화를 걸더니 이내 내게 형사반을 가리켰다.

건물 내부는 깔끔하고 널찍하고 조명이 밝았다. 하지만 그렇다고 느낀 것은 한참 후의 일이었다.

형사실은 회색 금속 파일 캐비닛들, 일렬로 늘어선 녹색 로커 그리고 등을 맞대게 놓인 1.5미터 너비의 철체 책상들이 두 줄로 늘어서 있었다. 아무도 보지 않는 텔레비전이 한쪽 구석에 있었다. 네댓 책상은 공석이었다. 워터쿨러 앞에서 양복 입은 남자가 셔츠 차림의 남자와 이야기를 나누고 있었다. 유치장에서는 어느 술주정뱅이가 음정이 맞지 않는 스페인어 노래를 부르고 있었다.

나는 앉아 있는 형사 한 명을 알아보았지만 이름이 생각나지 않았다. 그는 고개를 들지 않았다. 방 저편의 한 남자는 낯이 익었다. 나는 모르는 남자에게 다가갔고, 그가 반대쪽 두 책상 건너에 있는 노이만을 가리켰다.

그는 보고서를 쓰고 있었고, 나는 그가 타이핑을 마칠 동안 서 있었다. 그가 고개를 들더니 말했다. "스커더?" 그리고 의자를 가리켰다. 그는 회전의자를 돌려 나를 보고 타이프라이터를 향해 손짓했다.

"아무도 말해 주지 않죠." 그가 말했다. "형사가 되면 이 염병할 타이핑을 하면서 시간을 보내야 한다는 걸. 이 일이 얼마나 사무직인지 아무도 깨닫지 못한다니까요."

"그게 이 일에 향수를 느끼기 어려운 부분이죠."

"난 이 일이 그리울 것 같지 않은데." 그가 있는 대로 입을 벌리고 하품했다. "에디 콜러가 당신을 높이 평가하더군요." 그가 말했다. "당신이 말한 대로 그에게 전화했죠. 그가 당신이 확실하다더군요."

"에디를 압니까?"

그는 머리를 저었다. "하지만 경위라는 직함이 뭔진 알죠." 그가 말했다. “당신에게 알려 줄 건 많지 않지만, 어쨌든 환영합니다. 브루클린 강력반에서는 이런 협조를 얻지 못할 겁니다.”

“왜죠?”

“그들이 이 사건을 처음 맡았습니다. 애초에 백사 분서로 연락이 갔는데, 그건 잘못된 거죠. 우리가 맡았어야 합니다만 그런 일은 자주 일어납니다. 그때 백사 분서와 마찬가지로 브루클린 강력반도 연락에 응했고, 그들이 그 친구들에게서 그 사건을 뺏어 갔죠.”

“당신은 이 사건에 언제 관여했습니까?”

“내 끄나풀이 고속도로 밑 삼 번가의 술집과 빵집 들에서 이야기를 주워듣고 알려 줬을 때요. 엄청나게 비싼 밍크코트가 나왔는데, 위험한 물건이니까 그냥 두라는 얘기를 들려주더군요. 음, 칠월은 선셋 파크에서 모피 코트를 팔긴 이상한 때입니다. 자기 마누라가 그날 밤 그걸 입을 수 있는지 시험해 보려고 한 녀석이 그걸 샀죠. 그래서 미겔리토 크루스가 집 안 한가득 상표가 달리지 않은 물건을 갖고 있고, 그걸 팔려고 한다는 정보를 내 끄나풀이 가져온 거죠. 그가 밍크와 그 밖에 여러 물건을 얘기해서 바로 콜로니얼가의 틸러리 사건을 떠올렸습니다. 그걸로 수색영장을 받아 내기에 충분했죠.”

그는 손으로 머리를 쓸었다. 연갈색 머리였는데, 태양이 탈색한 덥수룩한 부분은 더 옅은 갈색이었다. 그때 경찰들은 머리를 좀 더 길게 기르기 시작했었고, 더 젊은 경찰들은 턱수염과 콧수염을 기르기 시작했다. 하지만 노이만은 깨끗이 면도했고, 부러져 불완전하게 붙은 코를 빼면 그의 이목구비는 균형이 잡혀 있었다.

“그 물건은 크루스의 집에 있었습니다.” 그가 말했다. “그는 오십일 번가 위쪽에 삽니다. 고와너스 고속도로 반대편에요. 원하신다면 어딘가에 주소를 적은 쪽지가 있을 겁니다. 그곳을 알고 있다면 아시겠지만 부시 터미널 창고 옆의 꽤 황량한 블록입니다. 빈 부지, 판자를 댄 집들이 많죠. 판자를 떼 낸 곳엔 쓰레기들이 넘쳐 납니다. 크루스가 사는 곳은 그렇게 나쁘진 않았습니다. 가신다면 알 겁니다."

"그는 혼자 삽니까?"

그가 머리를 저었다. "아부엘라abuela하고요. 할머니요. 영어를 못하는 작고 늙은 부인으로, 아마 집에만 있을 겁니다. 아마 바로 옆 동네에 있는 마리엔 하임이라는 시설에 들어가게 되겠죠. 푸에르토리코에서 온 늙은 부인은 영어를 배우기도 전에 독일 이름의 집에 들어가게 되는 겁니다. 그게 뉴욕이죠. 안 그렇습니까?"

"크루스의 집에서 틸러리의 물건을 찾았습니까?"

"오, 그럼요. 의심의 여지가 없죠. 레코드플레이어의 일련번호가 일치했습니다. 놈은 부인하려고 했죠. 새로운 변명거린 없나? '오, 나 이거 거리에서 산 거예요. 술집에서 만난 사람한테. 이름도 모르는 사람이에요.' 우린 놈에게 말했죠. '그렇겠지, 미겔리토. 하지만 이 물건이 있던 집의 여자가 살해됐어. 그러니 일급 살인을 면하긴 어려워 보이는데.' 그러자 도둑질은 인정했지만 자기가 거기 있었을 땐 죽은 여자는 없었다고 주장하더군요."

"여자가 거기서 살해됐다는 건 알았을 겁니다."

"물론이죠, 누가 그녀를 죽였든 간에요. 신문에 났으니까요. 처음엔 그 기사를 못 봤다더군요. 그다음엔 그 집 주소도 모른다고 했죠. 놈들이 얼마나 말을 잘 바꾸는지 당신도 알 테죠."

“에레라는 어디서 왔습니까?”

“둘은 사촌인가 그렇습니다. 에레라는 공원에서 몇 블록 떨어지지 않은 오 번가와 육 번가 사이 사십팔 번가의 가구 딸린 방에서 삽니다. 어쨌든 거기서 살았죠. 지금은 둘 다 브루클린 교도소에 있고, 북부로 옮길 때까지 거기 있을 겁니다.”

“둘 다 전과가 있습니까?”

“둘 다 없습니다. 놀랍지 않습니까?” 그가 씩 웃었다. “전형적인 쓰레기들인데 말이죠. 갱단 일로 체포되는 어린애들도 있는데. 둘 다 일 년 반 전에 절도 혐의를 받았는데, 판사는 수색을 정당화할 이유가 없다고 판단했죠.” 그가 머리를 저었다. “지켜야 할 망할 규칙들이라니. 어쨌든 놈들은 한 번은 불기소되었고, 다음에 강도 혐의로 체포됐을 때도 양형 거래로 무단침입으로 바뀌어 집행유예로 풀려났습니다. 그다음에 또 강도 혐의로 체포됐지만 증거가 사라졌죠.”

“사라져요?”

“잃어버렸는지 서류가 잘못 철해졌든지 뭔지 모르겠습니다. 이 도시에선 누구든 감옥에 가는 게 기적이라니까요. 감옥에 가려면 사력을 다해야 하죠.”

“그러니까 강도 짓을 꽤 했군요.”

“그런 것 같습니다. 대개는 좀도둑질이지만. 문을 따고 들어가 라디오를 훔쳐서 도망친 다음 길거리에서 오에서 십 달러를 받고 파는 거죠. 크루스가 에레라보다 더 나쁜 놈입니다. 에레라는 가끔 옷 가게에서 손수레를 밀거나 점심 배달 같은 최저 임금 일을 했죠. 미겔 리토는 일해 본 적이 없을 겁니다.”

"하지만 둘 다 살인을 한 적은 없고요."

"크루스는 했습니다."

"오?"

그가 끄덕였다. "술집에서 싸웠죠. 놈과 또 다른 쓰레기가 여자를 놓고 싸웠죠."

"신문에 난 적은 없었는데요."

"법정으로 가지 않았습니다. 놈은 기소되지 않았습니다. 죽은 녀석이 먼저 깨진 병을 들고 크루스를 쫓았다고 하는 증인이 여남은 명 있었습니다."

"크루스가 사용한 무기는요?"

"칼이요. 놈은 그게 자기 게 아니라고 했고, 누군가가 그에게 그걸 건넨 걸 봤다고 맹세할 준비가 돼 있는 목격자들이 있었죠. 우린 살인죄는 말할 것도 없고 불법 흉기 소지죄도 입증할 수 없었습니다."

"하지만 크루스는 대개 칼을 가지고 다녔고요?"

"녀석이 속옷을 입지 않고 집을 나설 가능성이 더 클 겁니다."

드루 캐플런에게 1천5백 달러를 받은 다음 날 이른 오후였다. 그날 아침 나는 우편환으로 그 돈을 사요싯에 보냈다. 8월 집세를 미리 지불했고, 술집 외상 장부 두어 개를 해결한 다음 선셋 파크로 가는 지하철을 탔다.

물론 선셋 파크는 베이 리지 위쪽 자치구 서쪽 끝, 그린우드 묘지 남서쪽의 브루클린에 있다. 이즈음 선셋 파크에는 브라운스톤 건물이 느는 추세였다. 맨해튼의 비싼 집세에서 도망친 젊은 도시 전문직

들이 오래된 연립주택들을 재건축해 동네가 고급화되고 있었다. 과거 상류층으로 이동하는 젊은 층은 아직 그 장소를 발견하지 못했고, 라틴계와 스칸디나비아계가 주류였다. 전자는 대개 푸에르토리코인들이었고, 후자는 노르웨이인들이었다. 그 균형은 점차 유럽에서 중남미 제도로, 백인에서 유색인으로 이동했지만 그것은 오랫동안 진행되어 온 과정이었고, 서두를 일은 없었다.

방문지인 68분서로 가기 전에 나는 주요 도로인 4번가 내의 한 블록을 벗어나지 않으며 간간이 성미카엘 성당을 보고 내 위치를 확인하면서 조금 걸었었다. 3층 이상의 건물이 거의 없었고, 2백 미터 높이의 계란형 성당 지붕은 먼 데서도 눈에 띄었다.

나는 지금 길 오른편 고가도로 그늘 안에서 3번가 북쪽으로 걷고 있다. 크루스가 사는 동네 근처에서 바 두 군데에 들렀는데, 무언가 질문을 하기 위해서라기보다 동네의 분위기를 알고 싶어서였다. 한 곳에서는 버번을 한 잔 마셨고, 다른 데에서는 맥주를 마셨다.

미겔리토 크루스가 할머니와 살았던 블록은 노이만이 묘사한 대로였다. 넓은 공터가 몇 군데 있었는데, 그중 한 곳은 펜스가 쳐져 있었고, 개방된 나머지는 돌무더기가 흩어져 있었다. 한 군데에서는 꼬맹이들이 타 버린 폭스바겐 잔해에서 놀고 있었다. 전면을 가리비 모양 벽돌로 마감한 3층 건물 네 채가 3번가보다 2번가에 가까운 블록의 북쪽에 나란히 서 있었다. 그 네 채에 인접한 건물은 양쪽 모두 허물어져 있었고, 스프레이로 낙서가 된 아랫부분을 제외하고는 노출된 벽돌이 생생히 드러나 있었다.

크루스는 2번가에 가장 가까운 건물, 강에서도 가장 가까운 건물에 살았다. 건물 현관에는 금이 많이 가 있었고, 타일들이 사라져 가고 페인트가 벗겨져 가는 중이었다. 우편함 여섯 개가 한쪽 벽에 부착되어 있었고, 자물쇠는 부서졌다가 수리되었다가 다시 부서져 있었다. 초인종도 현관문의 자물쇠도 없었다. 나는 문을 열고 두 번째 계단참으로 올라갔다. 계단통에서는 음식 냄새, 설치류 냄새, 지독한 지린내가 풍겼다. 가난한 사람들이 사는 모든 낡은 건물에서 나는 냄새였다. 벽 속에서 죽은 쥐, 아이와 술주정뱅이의 오줌 냄새가. 크루스가 사는 건물이 특별히 더 심하다고는 할 수 없었다.

크루스의 할머니는 꼭대기 층에 살았는데, 완벽하게 깔끔한 기차칸식 아파트한 줄로 이어진 각 방이 다음 방으로 가는 통로가 되는 싸구려 아파트에는 성화聖畫와 불을 밝힌 양초로 가득했다. 영어를 할 줄 아는지 몰라도 그녀는 그 티를 내지 않았다.

내가 노크하는데도 복도 반대편 집에서 아무도 나와 보지 않았다.

나는 한 집 한 집 노크했다. 크루스의 집 바로 아래 2층에 있는 집에는 다섯 명 정도로 보이는 여섯 살 미만의 아이들과 사는, 아주 검은 피부의 히스패닉계 여자가 있었다. 첫 번째 방에 텔레비전과 라디오가 켜져 있었고, 또 다른 라디오가 부엌에 켜져 있었다. 아이들은 끝도 없이 부산을 떨었는데, 그중 둘은 내내 울거나 소리를 질러 댔다. 여자는 충분히 협조적이었지만 영어가 서툴렀고, 거기서는 무엇에도 집중하기가 불가능했다.

복도 건너편 집은 내 노크에 답이 없었다. 하지만 안에서 텔레비전 소리가 들렸고, 나는 계속 노크했다. 마침내 문이 열렸다. 속옷 바람의 엄청나게 뚱뚱한 남자가 문을 열더니 내가 안으로 따라 들어오리라는 듯 말없이 몸을 물렸다. 그는 지난 신문과 빈 팹스트 블루 리본 맥주 상표 캔 들이 굴러다니는 방들을 거쳐 그가 안락의자에 앉아 퀴즈 프로를 시청하는 방으로 나를 데려갔다. 텔레비전 화면의 색이 기이하게 왜곡되어 있어서 패널들의 얼굴이 한순간 빨갰다가 다음 순간 녹색으로 바뀌었다.

그는 백인으로, 숱이 많은 머리는 예전엔 금발이었겠지만 지금은 거의 회색으로 변해 있었다. 뚱뚱한 몸 때문에 나이를 추측하기 어려웠지만 마흔에서 예순 사이일 듯했다. 며칠간 면도를 하지 않은 것 같았다. 몇 달간 목욕하지 않았거나 침대 시트를 갈지 않았는지도 몰랐다. 그에게서 악취가 풍겼고 아파트에서도 악취가 풍겼지만, 어쨌든 나는 거기서 그에게 질문을 했다. 내가 이 집에 들어섰을 때 여섯 병들이 맥주 팩에 세 병이 남아 있었는데, 그는 한 병씩 마셔 치우더니 맨발로 소리 나지 않게 방들을 지나 냉장고에서 새 여섯 병들이 팩을 가져왔다.

그는 자신의 이름이 일링, 폴 일링이라고 했고, 텔레비전으로 크루스에 대해 들었으며, 끔찍한 일이지만 놀랄 일은 아니라고 생각한다고 했다. 전혀. 그는 평생 여기서 살았다고 했고, 이곳이 전에는 좋은 동네였다고 했다. 품위 있는 사람들, 자신들을 존중하고 이웃들을 존중한 사람들이 살았던. 하지만 이제는 잘못된 길로 접어들었고, 거기서 뭘 기대할 수 있겠는가?

"이들은 동물처럼 살죠." 그가 내게 말했다. "믿을 수 없을 만큼."

앙헬 에레라의 가구 딸린 방이 있는 건물은 4층 빨간 벽돌집으로,

1층에는 코인 세탁소가 있었다. 20대 후반의 두 남자가 세탁기에 비스듬히 기대서서 갈색 종이봉투에 든 캔 맥주를 마시고 있었다. 나는 에레라의 방이 어디인지 물었다. 그들의 얼굴에 드러난 표정과 어깨 모양으로 보아 둘은 내가 경찰이라고 생각하는 것 같았다. 그중 한 명이 4층에 가 보라고 했다.

복도에 떠도는 여러 냄새 가운데 마리화나 악취가 풍겼다. 3층 계단참에 눈이 초롱초롱한 키 작은 흑인 여자가 서 있었다. 앞치마 차림의 그녀는 접힌 「엘 디아리오」 스페인어 신문을 들고 있었다. 나는 그녀에게 에레라의 방을 물었다.

"이십이 호요." 그녀가 그렇게 말하며 위층을 가리켰다. "하지만 방에 없어요." 그녀의 눈이 내 눈과 마주쳤다. "그가 어디 있는지 알아요?"

"네."

"그럼 그가 여기 없는 것도 알겠네요. 방문이 잠겨 있어요."

"열쇠 있습니까?"

그녀가 날카로운 눈빛으로 나를 보았다. "경찰이에요?"

"경찰이었죠."

그녀가 예상 밖의 큰 웃음을 터뜨렸다. "어쩌다가요, 해고됐어요? 사기꾼이 죄다 감옥에 있어서 할 일이 없어진 거예요? 에레라의 방을 보고 싶다고요. 따라와요. 보여 드릴게요."

싸구려 맹꽁이자물쇠가 22호 문에 걸려 있었다. 그녀는 갖고 있는 열쇠 중 세 개를 시도해 보고 나서 네 번째에 맞는 열쇠를 찾아 문을 열고 먼저 방으로 들어갔다. 좁은 철제 침대 틀 바로 위 천장의 알전구에 줄이 늘어져 있었다. 그녀가 그것을 당기자 창문의 블라인드가 올라가 방이 조금 밝아졌다.

나는 창밖을 내다본 다음 방을 거닐며 벽장과 작은 책상 속 내용물을 조사했다. 책상 위에는 잡화점에서 파는 액자에 든 사진들과 액자에 들어 있지 않은 스냅사진 여섯 장이 있었다. 두 여자와 아이 몇 명. 한 사진에는 파도타기를 하는 사람들을 배경으로 수영복을 입은 남녀가 태양을 향해 눈을 가늘게 뜨고 있었다. 나는 그 사진을 여자에게 보였고, 그녀는 그 남자가 에레라라고 확인해 주었다. 신문의 크루스 그리고 둘을 체포한 경찰과 찍힌 사진으로 그를 보았는데, 그는 스냅사진의 모습과 완전히 달라 보였다.

여자는 에레라의 여자 친구였다. 다른 몇몇 사진에서 아이와 함께 있는 여자는 푸에르토리코에 있는 에레라의 아내였다. 여자는 에레라가 좋은 남자라고 했다. 그는 예의가 발랐고, 방을 깨끗하게 썼고, 술을 많이 마시거나 밤중에 라디오를 크게 틀지도 않았다. 그리고 어린 자식들을 사랑했고, 보낼 수 있을 때면 푸에르토리코의 집으로 돈을 보냈다.

4번가에는 대개 한 블록에 교회가 하나씩 있었다. 노르웨이 감리교, 독일 루터교, 스페인 제7일안식교 그리고 하나는 세일럼교라고 불렸다. 내가 갔을 때는 그곳들 모두 문이 닫혀 있었고, 성미카엘 성당도 마찬가지였다. 내 십일조는 어느 교회에나 열려 있었지만 가톨릭이 내 십일조 대부분을 차지한 이유는 단지 그들이 문을 더 오래 열어 놓기 때문이었다. 하지만 내가 에레라의 방을 떠났을 즈음에는 아니었다. 한잔하러 길모퉁이의 바에 들렀을 때 성미카엘 성당은 개신교 교회만큼이나 굳게 닫혀 있었다.

두 블록 떨어진 곳 보데가와 마권 판매소 사이에, 십자가에 못 박힌 수척한 그리스도가 유리창에 그려진 작은 교회가 있었다. 안의 작은 제단 앞에는 등받이 없는 벤치가 두 개 있었고, 그중 하나에 검은 옷을 입은 두 추레한 여자가 미동도 없이 조용히 붙어 앉아 있었다.

나는 조용히 안으로 들어가 남은 벤치에 잠시 앉아 있었다. 150달러의 십일조가 준비되어 있었고, 더 당당하고 오래된 교회에 그 돈을 주는 것만큼이나 이 작고 어둠침침한 교회에 주는 것도 기쁠 터였다. 하지만 눈에 띄지 않고 줄 방법이 없었다. 여기에는 헌금 함도, 헌금을 할 수 있게 생긴 그릇도 없었다. 그 돈을 주려고 담당자를 찾아서 이목을 끌고 싶지 않았고, 벤치 위에 돈을 둬 누구든 그것을 집어 가게 하는 것도 편치 않았다.

나는 걸어 들어갔을 때보다 가난해지지 않은 채 걸어 나왔다.

선셋 파크에서 그날 저녁을 보냈다.

내가 하고 있는 것이 일인지도 잘 모르겠고, 토미 틸러리에게 조금이나마 도움이 되고 있다는 생각조차 들지 않았다. 길을 걷다가 바 몇 군데에 들렀지만 특별히 누구를 찾지도, 그다지 질문도 하지 않았다. 4번가 동쪽 60번가에서 맥주 냄새를 풍기는 피오르라는 어두침침한 술집을 발견했다. 벽에 바다와 관련한 장식품들이 많았는데, 시간이 흐르면서 되는대로 모아 놓은 것 같았다. 그물, 구명구 그리고 뜬금없이 미네소타 바이킹스 풋볼 팀 페넌트까지. 바 한쪽 구석에는 소리를 낮춘 흑백 TV가 켜져 있었다. 앞에 작은 술잔과 맥주잔을 놓은 노인들이 간간이 이야기를 나누며 밤을 보내고 있었다.

나는 거기서 나와 집시가 모는 택시를 잡아타고 베이 리지의 콜로니얼가로 갔다. 토미 틸러리가 사는 집, 그의 아내가 죽은 집을 보고 싶었다. 하지만 주소가 확실치 않았다. 쭉 뻗은 콜로니얼가에는 대개 벽돌집이 늘어서 있었고, 나는 토미의 집이 개인 주택이라고 확신했다. 아파트 건물 중간중간에 그런 집들이 있었지만 주소를 받아 적지 않아서 어느 교차로에 있는 집인지 확신이 없었다. 칼에 찔려 죽은 여자의 집을 찾는다고 택시 기사에게 말했지만 그는 내 말을 전혀 이해하지 못했고, 예상치 못한 순간에 내가 어떤 짓을 할지도 모른다는 듯 나를 경계하는 것 같았다.

나는 조금 취한 것 같았다. 하지만 맨해튼으로 돌아가는 길에 술이 깨었다. 나를 태우는 것이 내키지 않은 기사는 10달러의 요금을 책정했고, 나는 동의한 다음 좌석에 몸을 묻었다. 그는 고속도로를 탔고, 가는 길에 성미카엘 성당이 보여 교회가 24시간 문을 열어 놓지 않는 것은 옳지 않다고 기사에게 말했다. 그는 대꾸하지 않았다. 나는 눈을 감았고, 눈을 떴을 때는 택시가 내가 묵는 호텔 앞에 대여 있었다.

프론트에 내게 온 메시지가 몇 개 있었다. 토미 틸러리가 두 번 전화했고, 그는 내가 전화해 주길 바랐다. 스킵 디보는 한 번 전화했다.

토미에게 전화하기에는 너무 늦은 시간이었다. 아마 스킵에게도. 뭘 하기에도 충분히 늦은 밤이었다.

9

다음 날 다시 지하철을 타고 브루클린에 갔다. 선셋 파크 역을 지나쳐 베이 리지가에서 내렸다. 지하철역 출구는 마거릿 틸러리의 장례를 치른 장의사 바로 건너편이었다. 장례식은 북쪽으로 3킬로미터 떨어진 그린우드 묘지에서 치러졌다. 나는 몸을 돌려 눈으로 장례 행렬 루트를 따르듯 4번가 위쪽을 올려다보았다. 이내 베이 리지가를 서쪽에 두고 바다 쪽으로 걸었다.

3번가에서 왼쪽을 보자 저 멀리 브루클린과 스태튼섬 사이의 좁은 수로를 가로지르는 베라자노 다리가 보였다. 전날 갔던 동네보다 훨씬 좋은 동네를 죽 걸어서 콜로니얼가에서 오른쪽으로 돈 다음 틸러리의 집이 보일 때까지 걸었다. 호텔에서 나서기 전에 주소를 찾아보았기 때문에 쉽게 찾았다. 그 집은 내가 전날 밤 보았던 집인지도 몰랐다. 택시를 타고 있던 동안의 기억은 확실치 않았다. 베일을 통해 보듯 희미했다. 아울스 헤드 공원 남서쪽 모퉁이에서 길을 건너면 바로 있는 그 집은 큰 3층 벽돌집이었다. 알루미늄 골조 차양이 달린 넓은 포치와 가파른 지붕. 나는 포치로 이어지는 계단을 올라 초인종을 눌렀다. 안에서 벨 소리가 울렸다.

아무도 나오지 않았다. 문을 밀어 보았지만 잠겨 있었다. 자물쇠는 따기 어려워 보이지 않았지만 억지로 딸 이유가 없었다. 자동차 진입로가 집의 왼편에 있었다. 진입로는 역시 잠겨 있는 옆문과 맹꽁이자물쇠가 걸린 차고로 이어져 있었다. 강도들이 깨뜨린 옆문의 유리창에는 골이 진 상자에서 오린 직사각형 카드보드지가 은박 테이프로 붙어 있었다.

나는 잠시 길 건너 공원에 앉았다. 이내 길 또 다른 편, 틸러리의 집을 관찰할 수 있는 장소로 자리를 옮겼다. 강도를 상상해 보려 했다. 크루스와 에레라는 차가 있었고, 그들이 그것을 어디에 주차했는지 궁금했다. 그들이 침입한 문에 가까운, 눈에 띄지 않는 진입로? 아니면 좀 더 도망치기 쉬운 길가? 차고는 열려 있었는지도 몰랐다. 어쩌면 차고 안에 차를 넣어서 아무도 진입로에서 차를 못 봤는지도 몰랐다.

나는 콩, 밥, 뜨거운 소시지로 점심을 먹었다. 오후 서너 시에 성미카엘 성당에 닿았다. 그 시간에는 문이 열려 있었고, 통로 쪽 신자석 끄트머리에 한동안 앉아 있다가 촛불을 켰다. 내 150달러가 마침내 헌금 함에 들어갔다.

나는 누구나 할 법한 일을 했다. 대개 주위를 걸어 다니며 문을 두드리고 질문을 했다. 그리고 에레라와 크루스의 집에 다시 갔다. 전

날 이야기를 나눈 크루스의 이웃이 아닌 다른 이웃들과 이야기를 나누었고, 에레라의 셋방 건물에서도 다른 세입자들과 이야기를 나누었다. 나는 칼 노이만을 만나러 68분서로 걸음을 옮겼다. 그가 자리에 없어서 경찰서의 다른 형사들과 이야기를 나누었고, 그중 한 명과 밖에서 커피를 마셨다.

전화를 두어 통 걸었지만 대개는 돌아다니며 사람들을 만나 이야기를 나누면서 내가 하는 일에 의문을 품지 않으려 애쓰며 수첩에 이것저것을 적는 게 내 일이었다. 어느 정도 정보를 모았지만 거기다 어떤 것을 더해야 할지 말지 알지 못했다. 정확히 뭘 찾아야 하는지 몰랐고, 찾을 게 있는지도 몰랐다. 받은 즉시 대부분을 써 버린 보수를 나 자신에게, 토미에게, 그의 변호사에게 정당화해 보일 셈으로 아마 정보를 모으고 충분한 행동을 수행하려 하고 있다고 생각했다.

초저녁 때쯤에는 이만하면 충분하다고 생각했다. 기차를 타고 집으로 갔다. 프론트에 토미 틸러리의 사무실 전화번호가 적힌 메시지가 있었다. 나는 그 쪽지를 주머니에 넣고 길모퉁이의 암스트롱으로 걸음을 옮겼다. 스킵이 나를 찾는다고 빌리 키건이 말했다.

"모두가 날 찾고 있군." 내가 말했다.

"모두가 찾는다니 좋은데." 빌리가 말했다. "내 삼촌은 네 개 주에서 지명수배됐었지. 너한테 온 전화 메시지가 있어. 어디에다 뒀더라?" 그가 내게 쪽지를 건넸다. 또 토미 틸러리지만 이번엔 다른 번호였다. "뭐라도 마실래, 맷? 아니면 메시지를 확인하러 들른 거야?"

브루클린에서 충분히 참았다. 대개는 빵집과 보데가에서 커피를, 바에서 맥주를 조금 마셨다. 나는 빌리에게 버번 더블을 따르게 했고, 그것은 금방 사라졌다.

"오늘 널 찾았어." 빌리가 말했다. "우리 몇 명이 경마장에 갔었어. 너도 같이 가고 싶어 하지 않을까 해서."

"일해야 했어." 내가 말했다. "어쨌든 난 말에 별 관심 없어."

"재밌다니까." 그가 말했다. "심각하게 빠지지만 않는다면."

토미 틸러리가 남긴 전화번호는 머리 힐에 있는 호텔 교환대였다. 그가 연결되었고, 나는 호텔에 들러도 될지 물었다. "어딘지 알지? 렉싱턴 삼십칠 번지?"

"찾을 수 있을 겁니다."

"아래층에 작고 조용한 바가 있네. 브룩스 브라더스 양복을 빼입은 쪽발이 회사원들로 꽉 차 있지. 그들은 스카치를 마실 때마다 서로 사진을 찍어 준다니까. 그런 다음 미소를 짓고 한 잔 더 시키지. 자네도 좋아할 거야."

나는 택시를 잡아타고 그곳으로 갔고, 그의 말은 그리 과장이 아니었다. 오늘 밤 어둑하고 안락한 칵테일 라운지의 손님은 대개 일본인들이었다. 토미는 바에 혼자 있었고, 내가 다가가자 그가 내 손을 잡고 흔들더니 내게 바텐더를 소개했다.

우리는 테이블로 우리 술을 가져갔다. "미친 곳이야." 그가 말했다. "저거 보여? 자넨 저 카메라들을 내 농담이라고 생각했겠지? 난 저 친구들이 그 사진으로 뭘 할지 궁금하다니까. 저 친구들이 찰칵거리는 걸 보면 사진을 보관하는 방 하나가 필요할걸."

"저 카메라에는 필름이 없습니다."

"장난을 치고 있다고?" 그가 웃음을 터뜨렸다. "필름이 없는 카메라라. 젠장, 저들은 진짜 쪽발이가 아닌지도 모르지. 여기서 한 블록 떨어진 파크가에 블루프린트라는, 내가 자주 가는 데가 있는데, 술집 같지 않은 곳이지. 더티 딕인가 뭔가 하는. 하지만 난 여기 머물고 있어서 자네가 날 쉽게 찾을 수 있겠다 싶었네. 여기 괜찮나, 아니면 다른 데로 갈까?"

"여기도 괜찮습니다."

"그래? 지금까지 탐정에게 일을 맡겨 본 적이 없어서. 될 수 있으면 일을 편하게 하도록 하고 싶네." 그의 씩 웃는 얼굴이 진지한 얼굴로 바뀌었다. "궁금했을 뿐이야." 그가 말했다. "자네도 알겠지만 수사에 진전이 있는지 말이야. 뭐든 알아냈는지."

나는 몇 가지 알아낸 것을 말했다. 그는 술집에서의 칼부림 이야기를 들었을 때 매우 흥분했다.

"훌륭해." 그가 말했다. "그걸로 우리의 작은 갈색 형제들은 끝장이겠지?"

"어째서 말입니까?"

"놈은 칼잡이야." 그가 말했다. "그리고 이미 누군가를 죽이고 잘 모면했지. 맙소사, 그건 대단한 정보야, 맷. 자네에게 일을 맡긴 게 잘한 짓인 줄 알았다니까. 캐플런에게 말했나?"

"아니요."

"그게 자네가 할 일이야. 이건 그가 써먹을 수 있을 만한 정보지."

나는 과연 그럴지 궁금했다. 우선 드루 캐플런은 탐정을 고용하지 않고도 미겔리토 크루스의 살인 혐의 불기소 건에 대해 알았어야 했다. 내게는 그 정보가 법정에서 엄청난 무게를 지니지도 그런 문제가 소환되지도 않을 것 같았다. 어쨌든 캐플런은 일단 자신과 자신의 의뢰인이 법정까지 가지 않을 정보를 찾고 있다고 말했고, 나는 그런 정보를 어떻게 알아내야 할지 알 수 없었다.

"자네가 알아낸 모든 걸 드루에게 알려 주게." 토미가 확인하듯 말했다. "사소해 보이는 거라도 알려 주라고. 그럼 그게 그가 갖고 있는 정보와 맞아떨어질지도 모르고, 그가 딱 원했던 걸지도 몰라. 무슨 말인지 알겠지? 아무리 별거 아닌 것처럼 보이는 걸지라도."

"압니다."

"그렇겠지. 하루에 한 번 그에게 전화해서 자네가 알아낸 건 뭐든 알려 줘. 자네가 보고서를 제출하지 않는 건 알지만 괜찮다면 정기적으로 보고해 주겠나?"

"그러죠."

"좋아." 그가 말했다. "아주 좋아, 맷. 이걸 몇 잔 더 마시자고." 그가 바로 가더니 막 따른 술을 가져왔다. "그럼 자넨 내가 살던 동네를 보고 왔겠군, 응? 어땠나?"

"크루스와 에레라가 사는 동네보다 훨씬 마음에 들더군요."

"맙소사, 나도 그랬길 바라네. 집도 보고 왔나? 우리 집을?"

나는 끄덕였다. "감을 잡으려고요. 열쇠를 갖고 있습니까, 토미?"

"열쇠? 집 열쇠를 말하는 건가? 내가 내 집 열쇠를 갖고 있어야 하지 않겠나? 왜? 그곳 열쇠가 필요하나, 맷?"

"괜찮으시다면요."

"맙소사, 모두가 거길 드나들었어. 경찰들, 보험회사 직원, 그 라틴계 놈들은 말할 것도 없고." 그가 주머니에서 열쇠고리를 꺼내 거기서 하나를 빼 내게 건넸다. "그게 현관 열쇠야." 그가 말했다. "옆문 열쇠도 필요하나? 거기로 놈들이 들어갔지. 놈들이 들어가려고 유리창을 깬 곳엔 보드지를 대 놨네."

"오늘 오후에 봤습니다."

"그렇다면 열쇠가 왜 필요한데? 그냥 보드지를 뜯어내고 들어가면 돼. 안에 들어가면 베갯잇에 넣어 훔쳐 갈 만한 게 있는지 봐 주게."

"그들이 그렇게 했습니까?"

"놈들이 어떻게 했는지 누가 알겠어? 그게 텔레비전에 나오는 도둑들이 쓰는 방법 아닌가? 맙소사, 저것 좀 봐. 저 친구들은 카메라를 바꿔서 또 서로 사진을 찍어 주고 있군. 이 호텔에 저 친구들이 많이 묵고 있네. 그들이 여기에 오는 이유가 저거지." 그는 테이블 위에 올려놓은 깍지 낀 손을 내려다보았다. 새끼손가락에 낀 반지가 한쪽으로 돌아가 있었고, 그는 그것을 바르게 하려고 손을 풀었다. "이 호텔은 나쁘지 않지만," 그가 말했다. "여기서 계속 머물 순 없어. 매일 돈이 나가니까."

"베이 리지로 돌아갈 겁니까?"

그는 머리를 저었다. "그런 데 있을 이유가 뭐겠나? 둘이 있어도 너무 컸는데, 혼자서 휑뎅그렁하게 있을 이유가. 그 집과 관련된 건 잊고 싶네."

"그렇게 큰 집에 어떻게 둘이 살게 됐죠, 토미?"

"음, 그 집은 우리 집이 아니었네." 그는 딴 데를 보며 기억을 떠올렸다. "그건 페그의 이모 집이었어. 그러니까 아내 이모가 그 집을 산 거지. 이모는 몇 년 전에 남편이 죽어서 보험금을 받았고, 우린 아이가 생겨서 새집을 찾고 있었네. 우리에게 죽은 아이가 있었다는 걸 아나?"

"신문에서 본 것 같습니다."

"부고. 그래 내가 실었지. 우린 아들이 있었어, 지미. 그 아인 정상이 아니었네. 태어났을 때부터 심장이 안 좋았고, 지적 장애가 있었지. 그 아인 여섯 번째 생일을 맞기 직전에 죽었네."

"힘들었겠군요, 토미."

"아내가 더 힘들었지. 태어나서 몇 달만이라도 집에서 살았더라면 좋았을 것 같아. 의학적인 문제로 집에선 키울 수 없었지. 알겠나? 그리고 의사가 날 한쪽으로 데려가 말하더군. '저기, 틸러리 씨, 아내분이 아이에게 붙어 있을수록 불가피한 일이 생기면 아내분이 더 힘드실 겁니다.' 의사들은 알았지. 아이가 오래 살지 못할 거라는 걸."

그는 말없이 자리에서 일어나 새 술을 가지고 돌아왔다. "그래서 우리 셋이 살았네." 그가 말을 이었다. "나와 페그와 이모. 이모는 개인 욕실을 포함해 삼 층 전부를 썼지. 그래도 셋이 살기엔 큰 집이었어. 두 여자는 꽤 가깝게 지냈지. 그리고 이모가 돌아가신 다음엔 우린 이사에 대해 얘길 나눴지만 페그는 그 집과 이웃에 익숙해 있었지." 그는 숨을 크게 들이마시더니 어깨를 떨구었다. "내가 필요한 게 뭐겠나. 큰 집? 차를 타고 왔다 갔다 하거나 지하철에서 시달릴까? 모든 게 다 고통이야. 이 모든 게 정리되면 난 그 집을 팔고 시내에 있는 작은 아파트로 옮길 걸세."

"어느 쪽을 생각하는데요?"

"뭐, 그것까진 아직 생각하지 않았네. 그래머시 파크 주변이 괜찮은 것 같더군. 아니면 아마 어퍼이스트사이드나. 괜찮은 건물의 공유 주택을 사거나. 넓은 곳은 필요 없어." 그가 콧소리를 냈다. "그 여자와 살 수도 있고. 자네도 알지? 캐럴린."

"오?"

"알겠지만 우린 같은 데서 일해. 거기서 매일 그녀를 보지. 무슨 말인지 알겠지." 그는 한숨을 쉬었다. "난 이 모든 게 정리될 때까지 집에는 가지 않을 생각이야."

"그렇겠죠."

그런 다음 교회들이 화제가 되었고, 어떻게 그게 화제가 되었는지는 기억이 나지 않는다. 술집들이 교회들보다 더 오래 문을 연다는 취지에서 나온 말이었다. 교회들은 일찍 문을 닫는다는. "뭐, 아마," 그가 말했다. "범죄가 많아서겠지. 맷, 우리가 어렸을 때 누가 교회에서 도둑질했다는 말 들어 본 적 있나?"

"그런 일이 있었겠죠."

"그랬겠지만 그런 걸 언제 들었어? 요즘은 사람들이 달라. 그들은 아무것도 존중하지 않아. 물론 벤슨허스트에 있는 교회 같은 데도 있지. 거긴 원하는 시간만큼 교회 문을 열어 둘걸."

"무슨 말입니까?"

"그게 벤슨허스트에 있는 교회일 거야. 이름은 잊어버렸지만 큰 교회. 성聖 뭐라는."

"알 것 같군요."

"기억 안 나? 몇 년 전 두 흑인 꼬마가 제단에서 뭔가를 훔쳤어. 잘은 몰라도 금 촛대였던 것 같은데. 근데 그 교회는 도미닉 투토의 어머니가 매일 아침 미사를 드리러 가는 데였지. 그 마피아 지부장이 브루클린의 반을 세력권으로 두고 있었지?"

"아, 맞아요."

"그래서 그 말이 퍼졌고, 일주일 뒤엔 그 금 촛대인지 뭔가가 제단 위에 돌아와 있었네. 금 촛대가 맞을 거야."

"뭐든."

"그리고 그걸 훔친 녀석들은," 그가 말했다. "사라졌어. 그리고 내가 들은 이야기는, 글쎄, 사실이 아닌지도 모르지만. 난 그때 거기 없었고, 누구에게 들었는지도 잊어버렸지만 말해 준 사람도 거기에 있지 않아서 말이야. 뭔지 알겠나?"

"무슨 얘길 들었는데요?"

"그 두 깜둥이가 투토의 지하실로 끌려가," 그가 말했다. "고기 매다는 갈고리에 매달렸다는 거야." 떨어져 있는 두 테이블에서 플래시가 번쩍였다. "그리고 산 채로 가죽이 벗겨졌다는군. 하지만 누가 알겠나? 다 들은 얘기야. 믿을 만한 얘긴지는 모르지만."

"넌 오늘 오후에 우리랑 있었어야 했어." 스킵이 내게 말했다. "나, 키건 그리고 루슬랜더. 우린 내 차를 타고 빅A에 갔어." 그가 W. C. 필즈미국의 배우이자 코미디언이자 작가 흉내를 내며 느릿느릿 말했다. "왕들의 스포츠를 즐기며 품종 개량에 기여해 왔도다."

"일이 좀 있었어."

"나도 일이나 할 걸 그랬어. 벌어먹을 키건. 녀석은 주머니 한가득

미니어처 술병을 넣어 와서 그걸 레이스당 한 병씩 해치우더군. 주머니 한가득 넣어 온 그 작은 병들을 말이야. 그리고 말 이름만 보고 베팅했지. 빅토리아 여왕이 즉위한 이래로 한 번도 이긴 적 없는 것 같은 가망 없는 말, 질 더 퀸Jill the Queen에게. 키건이 기억하기론 육 학년 때 질이라는 여자에게 미쳐 있었대. 그래서 당연히 그 말에 걸었지."

"그리고 그 말이 이겼고."

"물론 그 말이 이겼지. 스무 배 가까이 이겼는데, 키건은 그 말에 십 달러를 걸었어. 자기가 실수했다면서. 무슨 실수냐고? 녀석은 '그 여자애 이름은 리타였어. 그 애 동생 이름이 질이었고. 내가 잘못 기억한 거야.'라더군."

"빌리답군."

"뭐, 오후 내내 그랬어." 스킵이 말했다. "녀석은 자기 옛 여자 친구들과 그 친구 동생들 이름에 돈을 걸었고, 그 작은 병들 중에서 위스키 반 리터를 마셨지. 루슬랜더와 난 돈을 잃었고. 아마 백에서 백오십쯤. 그리고 빌어먹을 빌리 키건은 여자들 이름에 돈을 걸어서 육백 달러를 땄지."

"너하고 루슬랜더는 어떻게 말을 골랐는데?"

"뭐, 너도 배우가 어떤 부류인지 알잖아. 걘 어깨를 잔뜩 움츠리더니 암표상처럼 한쪽 입가로 중얼대면서 누가 봐도 경마를 잘 아는 사람들한테 다가가 팁을 얻어 왔어. 걔한테 말한 녀석들도 아마 배우였을걸."

"그래서 너희 둘 다 그 팁에 따랐어?"

"미쳤어? 난 과학적으로 걸었다고."

“전적을 보고?”

“그건 봐도 몰라. 난 전문가들의 판돈이 들어오는 걸 보고 승률이 떨어지는 말을 지켜본 다음 말이 모이는 데로 가서 말들을 지켜보다가 어떤 녀석이 똥을 잘 싸는지 알아내.”

“참 과학적이군.”

“물론이야. 누가 변비에 걸린 말에 거액을 투자하고 싶겠어? 변비로 고생하는 말에게 말이야. 내가 건 말들은,” 그는 짐짓 쑥스러운 듯 눈을 깔았다. “엄청 싸 대더군.”

“그런데 키건이 말도 안 되게 땄고 말이지.”

“내 말이. 녀석이 과학적 방법을 웃음거리로 보이게 만들었어.” 그는 몸을 숙여 담배를 비벼 껐다. “아, 젠장, 난 이런 삶이 좋아.” 그가 말했다. “신에게 맹세코 난 이런 삶을 위해 태어났어. 난 내 삶의 반을 내 술집을 운영하는 데 보냈고, 나머지 반은 다른 사람의 술집에서 보냈어. 가끔 화창한 오후엔 거기서 벗어나 조물주가 세공한 자연과 교감하고.” 그가 나와 눈을 마주쳤다. “그게 좋아.” 그가 차분하게 그렇게 말했다. “그게 내가 그 개자식들에게 돈을 주려는 이유야.”

“놈들이 연락해 왔어?”

“우리가 경마장에 가기 전에. 협상 불가의 요구를 제시했어.”

“얼마나?”

“내 판돈이 어이없어 보일 만큼. 백 달러야 따든 잃든 누가 신경 쓰겠어? 그리고 난 많이 걸지 않아. 일단 큰돈을 걸면 재미가 없어지니까. 놈들은 큰돈을 원해.”

“그걸 줄 생각이고?”

그가 술을 집어 들었다. “우린 내일 사람들을 만날 거야. 변호사랑 회계사. 카사비안이 토하는 걸 멈춘다면.”

“그리고?”

“그리고 난 협상 불가를 협상하려고 애쓰다가 빌어먹을 돈을 주겠지. 변호사와 회계사가 우리한테 달리 무슨 말을 하겠어? 군대를 일으키라고? 게릴라전을 벌이라고? 변호사와 회계사에게서 얻을 만한 답은 아니야.” 그는 담뱃갑에서 꺼낸 담배를 톡톡 치다가 그걸 들어 올려 바라보더니 다시 톡톡 치고 나서 불을 붙였다. “난 담배 피우고 술 마시는 기계라니까.” 그가 자욱한 담배 연기를 통해 말했다. “솔직히 말해서 내가 그런 걸 왜 신경 쓰는지 모르겠지만.”

“좀 전엔 그런 삶이 좋다며.”

“내가 그렇게 말했다고? 폭스바겐을 산 남자 이야기 알아? 그에게 그의 친구가 마음에 드느냐고 물었더니 그가 이렇게 말했어. ‘음, 여자의 거길 핥는 것 같아. 난 그 짓에 미쳐 있지만 그걸 자랑스러워하진 않아.’”

10

다음 날 아침 브루클린으로 가기 전에 드루 캐플런에게 전화했다. 그의 비서가 그가 회의 중이라며 '전화를 드리라고 할까요?'라고 물었다. 나는 다시 전화하겠다고 말하고 선셋 파크 지하철역에서 내린 40분 뒤에 다시 전화했다. 그때 그는 점심을 먹으러 나가고 없었다. 나는 그녀에게 나중에 다시 걸겠다고 말했다.

그날 오후 앙헬 에레라의 여자 친구와 친하다는 여자를 만날 수 있었다. 또렷한 인디오 생김새로 얼굴에 심한 여드름 자국이 있었다. 그녀는 교도소에 가야 하는 그를 동정했지만 그는 푸에르토리코에 있는 아내와 헤어질 생각이 없었기 때문에 자신의 친구와 결혼은커녕 같이 살지도 못할 테니 친구에게 잘된 일인 것 같다고 했다. "그는 아내에게 이혼당했지만 그걸 인정하지 않아요." 그녀가 말했다. "그래서 내 친구는 임신을 바랐는데, 그는 그 애를 임신시키지 않았고, 그 애와 결혼도 원하지 않아요. 그런 사람에게 바랄 게 뭐겠어요? 그가 한동안 떠나 있게 되면 그녀에게 좋은 거예요. 모두에게 좋은 거예요."

나는 길모퉁이 전화 부스에서 캐플런에게 다시 전화했고, 이번에는 그와 연결되었다. 수첩을 꺼내 내가 알고 있는 것을 전했다. 내가 아는 한 예전에 크루스가 살인 혐의로 체포됐었다는 사실에 더할 만한 정보는 없었고, 그에 관해 그가 즉각 무언가를 지적했기 때문에 그것도 그가 이미 아는 정보가 분명했다. "이미 아는 사실입니다." 그가 말했다. "경찰은 그걸 고려해야 할 겁니다. 사실 우린 그걸 법정에 내놓을 순 없지만 써먹을 방법은 있죠. 당신은 그 정보 하나만으로도 보수를 받을 자격이 있는 것 같군요. 그렇다고 이걸로 조사가 충분하다는 건 아닙니다."

하지만 전화를 끊었을 때 나는 더 조사하고 싶은 마음이 들지 않았다. 피오르로 가서 술 두어 잔을 마시고 있는데, 숱이 많은 노란 머리에 금발 사파타멕시코 혁명가 수염을 기른 건들거리는 녀석이 들어오더니 볼링 머신 게임을 하자고 나를 꼬드겼다. 나는 흥미가 없었고, 누구도 관심 없어 하자 그는 기계 앞으로 가더니 시끄러운 주정뱅이 행세를 하며 혼자 게임을 했다. 내가 돈을 뜯어내기 손쉬운 먹잇감으로 보였던 모양이었다. 시끄러운 기계 소리에 나는 밖으로 나왔고, 나도 모르게 콜로니얼가 토미의 집 방향으로 걷고 있었다.

그의 열쇠로 현관문을 열었다. 마거릿 틸러리의 시체를 보길 반쯤 기대하며 안으로 들어갔지만 당연히 감식반원과 사진사가 작업을 마치고 간, 오래전에 치워진 상태였다.

1층의 방들을 둘러보다가 부엌으로 통하는 복도 끝의 옆문을 발견했다. 부엌과 식당을 지나 밖으로 나갔다가 다시 들어오면서 빈집의 방들을 돌아다니는 크루스와 에레라를 상상해 보려 했다.

빈집이 아니었으리라는 걸 빼고. 마거릿 틸러리는 위층 침실에 있었다. 뭘 하면서? 자고 있었을까? 텔레비전을 보고 있었을까?

나는 위층으로 올라갔다. 발밑에서 계단 몇 개가 삐걱거렸다. 강도가 든 날 밤도 삐걱거렸을까? 페그 틸러리가 그 소리에 반응했을까? 그녀는 그게 틸러리의 발소리라고 생각하고 그를 맞으러 침대에서 나왔는지도 몰랐다. 어쩌면 다른 사람의 발소리임을 알았는지도 몰랐다. 어떤 사람은 익숙지 않은 낯선 사람의 발소리를 구별해 내며, 때로 그 소리에 잠에서 깨기도 한다.

그녀는 침실에서 살해되었다. 위층, 열린 문, 문 안에서 겁에 질려 웅크리고 있는 여자를 발견하고 여자를 찔렀을까? 아니면 그녀는 인기척을 토미라고 생각하고, 아니면 아무 생각 없이 침실 밖으로 나왔다가 강도를 마주쳤고, 사람들이 늘 그러듯 자기 집이 침범당한 것에 분노해 의분이 갑옷처럼 자신을 보호해 주리라는 듯 생각 없이 행동했는지도 몰랐다.

그때 그녀는 놈의 손에 들린 칼을 보고 방으로 돌아가 문을 닫으려 했을 것이었다. 아마. 그리고 놈이 그녀의 뒤를 쫓았고, 그녀는 비명을 지르고 있었을 터였다. 그리고 놈은 그녀를 입 다물게 해야 했다. 그래서…….

나는 사요싯의 우리 집 침실에서 칼을 피해 달아나는 애니타를 보고 있었다.

바보 같긴.

옷장 중 하나에 다가가 서랍들을 열어 보고 다시 닫았다. 낮고 길쭉한 옷장. 그의 옷장도 프랑스 시골풍이지만 다리가 길어 길쭉했고, 침대와 침대 탁자와 거울 달린 화장대와 한 벌을 이루고 있었다. 그의 옷장 서랍도 열어 보고 닫았다. 그는 많은 옷을 남기고 갔지만 그에게는 옷이 많을 것이었다.

벽장문을 열어 보았다. 편하지 않더라도 그녀는 벽장에 숨었을 수도 있었다. 벽장은 선반 위에 스무 개가 넘는 신발 상자들이 쌓여 있었고, 옷걸이에 걸린 옷들로 꽉 차 있었다. 그는 양복과 재킷들을 가져갔겠지만 남기고 간 옷들이 내가 가진 것보다 많았다.

화장대 위에는 향수 몇 병이 있었다. 그중 한 병의 뚜껑을 열어 코에 대 보았다. 은방울꽃 향이 났다.

나는 오랫동안 그 방에 있었다. 살인 현장에서 무언가를 알아채는, 심적으로 민감한 사람이 있다. 어쩌면 누구나 그런데, 아마 민감한 사람들은 자신들이 생각하고 있는 것을 더 간단히 알아내는 것인지도 몰랐다. 나는 방이든 옷이든 가구든 거기서 진동을 감지하는 내 능력에 대해 환상을 갖고 있지 않았다. 냄새가 기억을 낚는 가장 직접적인 감각이지만 그녀의 향수는 똑같은 꽃향기를 풍겼던 내 이모를 연상시킬 뿐이었다.

난 여기서 내가 뭘 하고 있는지 몰랐다.

침실에는 텔레비전이 있었다. 나는 그것을 켰다 껐다. 그녀는 텔레비전을 보느라 방문이 열릴 때까지 도둑이 든 소리를 듣지조차 못했는지도 몰랐다. 놈이 텔레비전 소리를 듣지 않았을까? 침실에 누가 있는 것을 알았다면 놈은 아무도 모르게 도망칠 수 있었을 때 왜 거기에 들어갔을까?

물론 놈이 강간을 염두에 두었을 수도 있었다. 부검으로 강간의 흔적은 발견하지 못했지만 그럴 의도가 없었다는 증명은 할 수 없었다. 놈은 살인을 함으로써 성적인 욕구를 충족했는지 몰랐고, 폭력으로 성적 욕구를 해소했는지도 몰랐고, 또…….

토미는 이 방에서 잠을 자고 은방울꽃 향기를 풍기는 여자와 살았다. 나는 바에 있는 그를 알았다. 여자를 끼고 술잔을 들고 나무 패널 벽에 메아리치도록 크게 웃는 그를 알았다. 이런 집의 이런 방에 있는 그는 알지 못했다.

2층의 다른 방들을 들락거리며 살펴보았다. 2층의 거실 같은 방 마호가니 라디오 콘솔 위에 사진이 든 은제 액자들이 모여 있었다. 거기에는 턱시도를 입은 토미와 온통 분홍색과 흰색인 부케를 든, 흰 드레스를 입은 신부를 찍은 결혼사진이 있었다. 사진 속의 토미는 호리호리했고, 믿을 수 없을 만큼 젊어 보였다. 1975년에는 이상해 보이는 짧은 머리를 하고 있었다. 예복 차림이라 더욱 그렇게 보였다.

마거릿 틸러리-사진을 찍었을 때는 아직 마거릿 웨일랜드였을-는 그때 이목구비가 뚜렷한 키가 큰 여자였다. 나는 그녀의 사진을 보고 나이를 더한 그녀를 상상해 보았다. 그녀는 세월이 흐르면서 몸무게가 늘었을 것이었다. 대부분이 그렇듯.

다른 사진은 내가 알지 못하는 사람들 사진이었다. 친척이리라. 어느 사진에도 토미가 말한 아들은 보이지 않았다.

문 하나는 이불장 문이고, 다른 문은 욕실 문이었다. 세 번째 문을 열자 3층으로 통하는 계단참이 나왔다. 3층에는 공원 전경이 내려다 보이는 침실이 있었다. 나는 등받이에 자수 커버를 씌운 안락의자를 끌어와 앉아 콜로니얼가의 차들과 공원의 야구 경기를 바라보았다.

내가 앉은 것처럼 앉아서 창밖 세상을 내다보는 마거릿 틸러리의 이모를 상상했다. 내가 그녀의 이름을 들었다면 아마 까먹은 모양이었고, 마음속에 들어온 그녀의 이미지를 생각하면 그녀는 아래층 사진들에 섞여 있는, 누군지 모를 여러 여자의 얼굴에, 아마 내 이모들의 얼굴이 섞인 일반적인 아줌마의 얼굴일 터였다. 그 이름 모를 합성 이모는 죽고 없었고, 그녀의 조카 또한 죽었으며, 오래지 않아 이 집도 팔려 다른 사람이 들어와 살 것이었다.

그리고 틸러리가의 흔적을 지우는 것은 큰일이 될 터였다. 이모의 침실과 욕실은 꼭대기 층 복도 면의 3분의 1을 차지했다. 나머지는 트인 공간으로, 창고로 쓰였다. 쓰이지 않은 가구들이 경사진 지붕에 맞게 놓여 있었고, 트렁크와 카드보드 상자 들이 쌓여 있었다. 어떤 것들은 천으로 덮여 있었다. 어떤 것들은 그렇지 않았다. 모든 게 엷은 먼지로 덮여 있었고, 공기 중에 먼지 냄새가 떠돌았다.

나는 다시 이모의 침실로 갔다. 그녀의 옷은 아직 옷장과 벽장에 남아 있었고, 욕실 장에는 그녀의 화장품들이 있었다. 이 방을 쓰지 않았다면 모든 걸 그대로 두는 게 편했을 것이었다.

에레라가 뭘 내갔는지 궁금했다. 그가 이 집에 처음 온 것은 이모가 죽은 뒤 잡동사니를 내가기 위해서인 게 분명했다.

나는 다시 그 의자에 앉았다. 창고로 쓰는 방의 먼지 냄새와 노부인의 옷 냄새가 났지만 내 코에는 여전히 은방울꽃 향이 남아 있었고, 그것이 다른 모든 냄새를 지웠다. 이제 그 냄새에 질렸고, 이제 그만 나길 바랐다. 나는 냄새 자체보다 그 냄새의 기억을 맡고 있는 것 같았다.

길 건너편 공원에서 남자애 셋이 공 뺏기 놀이를 하고 있었다. 한 아이가 줄무늬가 있는 공을 뺏으려고 두 아이 사이에서 왔다 갔다 하며 부질없이 뛰고 있었다. 나는 그 아이들을 보려고 라디에이터에 팔꿈치를 기댔다. 아이들이 그 게임에 지치기 전에 내가 먼저 지쳤다. 나는 창문을 면한 의자에서 일어나 트인 공간을 거쳐 두 층 아래로 내려갔다.

토미가 술을 어디에 두었는지 궁금해하며 거실에 있는데, 내 몇 미터 뒤에서 누군가가 헛기침했다.

나는 엉겁결에 몸이 굳었다.

11

“역시.” 목소리가 말했다. “자넬 거라 생각했지. 앉아, 맷. 유령처럼 창백해 보이는데. 유령이라도 본 것 같은 얼굴이야.”

나는 그 목소리를 알았지만 그게 누구의 목소리인지 생각나지 않았다. 숨을 멈추고 돌아보았고, 그 남자를 알아보았다. 그는 거실의 길게 드리운 그림자 속, 속을 두툼하게 채운 안락의자에 앉아 있었다. 목 단추를 푼 반소매 셔츠 차림이었다. 양복 재킷은 의자 팔걸이에 걸쳐 있었고, 넥타이 끝이 재킷 주머니에서 삐져나와 있었다.

“잭 디볼드.” 내가 말했다.

“그래.” 그가 말했다. “어떻게 지내, 맷? 자넨 세계 최악의 좀도둑이라고 해야 할 것 같군. 위에서 기마 부대처럼 쿵쾅거리던데.”

“간 떨어질 뻔했어, 잭.”

그가 헤헤거렸다. “내가 왜 왔는지 알아, 맷? 이웃이 전화했네. 집에 불이 켜져 있고, 어쩌고저쩌고. 마침 내가 가까이 있었고, 이 사건이 내 담당이라 왔네. 자네일 거라 생각했어. 며칠 전에 육십팔 분서 친구가 전화해서 자네가 이 틸러리 자식을 위해 뭔가 하고 있다고 알려 줬거든."

"노이만이 자네한테 전화했다고? 자네는 지금 브루클린 강력반에 있나?"

"오, 꽤 됐어. 난 일급 형사라고. 맙소사, 거의 이 년이 돼 가."

"축하해."

"고마워. 어쨌든 그래서 왔어. 근데 여기 있는 자가 자넨지 확실치 않아서 계단 위로 습격할 마음은 안 들더군. 그래서 생각했지. 산이 모하메드에게 가지 않는다면 모하메드가 산으로 오게 하자고. 자넬 놀라게 할 생각은 없었어."

"그랬겠지."

"뭐, 자넨 내 바로 옆을 스쳐 갔는데도 날 눈치채지도 못한 것 같던데. 지금 뭘 찾고 있었던 건가?"

"지금? 그가 술을 어디에 뒀을지 생각 중이었네."

"음, 자넬 말릴 생각은 없어. 찾는 김에 글라스도 두 개 찾아봐."

식당 작은 탁자 위에 디캔터 한 쌍이 있었다. 디캔터 주둥이 주위에 스카치와 라이 위스키라고 쓰인 작은 은제 라벨이 붙어 있었다. 디캔터가 든 은제 상자에서 그것들을 빼려면 열쇠가 필요했다. 작은 탁자의 가운데 서랍에는 냅킨류가 들어 있었고, 오른쪽 서랍에는 글라스류, 왼쪽에는 위스키와 코디얼 병들이 들어 있었다. 나는 5분의 1쯤 든 와일드 터키와 글라스 두 개를 찾아내 그 병을 디볼드에게 보였다. 그가 끄덕였고, 나는 우리 둘의 술을 따랐다.

그는 나보다 두 살쯤 연상의 덩치 큰 사내였다. 마지막으로 본 이래 머리가 조금 벗어졌고, 살이 쪘지만 원래 몸무게가 많이 나갔다. 그는 잠시 글라스를 쳐다보더니 나에게 그것을 들어 올려 보이고 한 모금 마셨다.

"좋은데." 그가 말했다.

"나쁘지 않군."

"저 위에서 뭘 했나, 맷? 단서라도 찾고 있었어?" 그는 '단서'라는 말을 길게 끌었다.

나는 머리를 저었다. "감을 잡고 있었을 뿐이야."

"자넨 틸러리를 위해 일하는군."

나는 끄덕였다. "그가 열쇠를 줬지."

"쳇, 난 자네가 산타클로스처럼 굴뚝을 타고 내려왔다고 해도 상관없어. 그 친군 자네가 뭘 해 주길 바라는 거지?"

"자신의 결백을 증명해 주길."

"자신의 결백? 그 자식은 이미 몸이 투명해 보일 만큼 결백해. 우린 그 자식에게 교통 딱지도 뗄 근거가 없어."

"하지만 그가 그랬다고 생각하는군."

그가 내게 떫은 얼굴을 해 보였다. "난 그가 그랬다고 생각하지 않아." 그가 말했다. "그게 그녀를 칼로 찔렀다는 뜻이라면. 그가 그랬다고 생각하고 싶지만 그는 마피아 두목보다 알리바이가 튼튼해. 그는 그 계집과 공공장소에 있었고, 수백만 명이 그를 본 데다 레스토랑의 신용카드 영수증도 있었어, 젠장." 그는 남은 위스키를 마셨다. "난 그 자식이 꾸민 짓 같아."

"그녀를 죽이라고 그들을 고용했다고?"

"그 비슷한 거지."

"하지만 놈들은 살인 청부업자가 아니지 않나?"

"젠장, 아니지. 크루스와 에레라는 살인을 전문으로 하는 선셋 파크 갱단의 똘마니일 뿐이야."

"그래도 자넨 그가 놈들을 고용했다고 생각하는군."

그가 다가오더니 내게서 병을 가져가 자신의 글라스에 술을 반쯤 따랐다. "그가 놈들을 고용했어." 그가 말했다.

"어떻게?"

그가 그 질문에 짜증을 내며 머리를 저었다. "내가 놈들을 맨 처음 신문했다면 어땠을까." 그가 말했다. "육십팔 분서 녀석들이 절도 용의로 체포 영장을 갖고 갔지. 그 친구들은 그때 훔친 물건이 어디서 나온 건지 몰랐어. 그래서 그 친구들은 내가 놈들을 보기도 전에 조서를 꾸몄어."

"그래서?"

"처음에 놈들은 모든 걸 부인했어. '길거리에서 산 거예요.'라고. 자네도 어떤 건지 알잖아."

"알고말고."

"그때 놈들은 살해된 여자에 관해선 아무것도 모른다고 했어. 그건 헛소리지. 그 말을 고집하다가 이내 말을 바꾸었지. 그건 당연했어. 그 사건이 신문과 텔레비전에 보도돼서 놈들도 알았으니까. 말은 바뀌어서 자기들이 거기에 갔을 땐 여자가 없었고, 자기들은 이 층엔 올라가지 않았다고 했어. 뭐, 그건 좋아. 근데 놈들의 염병할 지문이 침실 거울과 옷장과 그 밖의 다른 데도 있었어."

"침실에 놈들의 지문이 찍혀 있었다고? 그건 몰랐는데."

"자네한테 그걸 말해선 안 되는데. 해도 되고 안 되고의 차이가 뭔지 모르지만. 그래, 우린 지문들을 찾아냈어."

"누구의? 에레라 아니면 크루스?"

"왜?"

"난 그녀를 칼로 찌른 게 크루스라고 생각하니까."

"왜 그놈이지?"

"놈의 전력. 그는 칼을 갖고 다녔어."

"잭나이프. 놈은 그 여자한텐 그걸 쓰지 않았어."

"오?"

"여자는 십오 센티 길이에 오륙 센티 너비의 칼로 살해됐어. 뭔지 몰라도 부엌칼 같은."

"하지만 흉기는 발견하지 못했군."

"그래. 부엌에는 서로 다른 몇 세트의 여러 칼이 있었어. 이십 년간 집안일을 하면 칼이 쌓이지. 틸러리는 뭐가 없어졌는지 모르더군. 우리가 찾은 칼들을 감식반이 가져갔지만 어느 것에도 혈흔은 찾을 수 없었어."

"그럼 자네 생각에……,"

"둘 중 한 놈이 부엌에서 칼 하나를 갖고 위층으로 올라가 여자를 죽이고 그걸 하수구든 강이든 어디에든 던져 버린 거야."

"부엌에서 칼을 가져갔다."

"아니면 가져왔든가. 크루스는 보통 잭나이프를 갖고 다녔지만 그 여자를 죽이는 데 자기 칼을 쓰고 싶진 않았겠지."

"그가 그녀를 죽일 계획으로 왔다고 생각하는군."

"달리 어떻게 생각하겠나?"

"난 그게 그냥 도둑질이었고, 놈들은 그녀가 여기 있다는 걸 몰랐다고 생각하는데."

"그래, 뭐, 자넨 그 멍청한 놈의 결백을 증명하려고 하는 거니까 그런 식으로 생각하고 싶겠지. 놈은 칼을 갖고 위층으로 올라갔어. 왜 칼을 가져가지 않으면 안 됐지?"

"거기에 누가 있을 경우를 대비해서."

"왜 위층에 올라가지 않으면 안 됐지?"

"놈은 돈을 찾고 있었어. 많은 사람이 침실에 돈을 두지. 놈이 문을 열자 그녀가 있었고, 그녀는 놀라고 놈도 놀라서……,"

"그리고 놈이 여자를 죽이지."

"왜 아니겠어."

"젠장, 그럴듯한데, 맷." 그가 커피 테이블에 글라스를 놓았다. "내가 놈들을 한 번 더 신문한다면," 그가 말했다. "놈들의 입을 열게 할 수 있을 텐데."

"놈들은 충분히 입을 열었어."

"알아. 신참에게 가르치는 가장 중요한 게 뭔지 알지? 미란다 원칙을 고지할 때 그게 별로 중요하지 않은 시시한 것처럼 들리도록 말하라는 거야. '당신은 묵비권을 행사할 수 있다. 정말 무슨 일이 있었는지 말해 달라.'라고. 한 번 더 그런 식으로 말하면 그 여자를 죽이라고 틸러리에게 고용됐다고 털어놓는 게 자기들한테 유리하다는 걸 놈들은 알았을 거야."

"그건 그들이 그랬다는 걸 인정한다는 뜻인데."

"알아. 하지만 놈들은 신문 때마다 조금씩 인정하고 있어. 어떻게 될진 모르지만. 난 놈들에게 더 많은 걸 끌어낼 수 있을 것 같아. 하지만 일단 놈들에게 변호사가 붙으면, 젠장, 우리의 다정한 담소는 끝나는 거지."

"자넨 왜 그렇게 틸러리를 좋아하는 거야? 그가 그냥 놀아나고 있어서?"

"누구나 놀아나."

"내 말이 그거야."

"아내를 죽이는 자들은 놀아나는 자들이 아니라 그러고 싶은 자들이야. 아니면 젊고 예쁜 여자에게 빠져서 그 여자와 결혼해 평생을 함께하고 싶은 자들이나. 그 자식은 자기 말고는 누구도 사랑하지 않아. 의사도 있지. 의사들은 늘 자기 아내를 죽이니까."

"그래서……."

"동기 따윈 몇 톤이나 돼, 맷. 그 자식은 자기한테 없는 돈을 빚졌어. 그리고 여자는 그를 버릴 준비를 하고 있었지."

"여자 친구 말이야?"

"아내."

"그런 얘긴 못 들었는데."

"그 자식이 그런 말을 자네한테 하겠어? 그녀는 이웃 여자에게 그렇게 말했고, 변호사에게도 말했어. 이모의 죽음으로 생긴 변화지. 일단 그녀는 재산을 물려받았고, 친구 같은 노부인을 잃었어. 오, 우린 파헤칠 동기가 많고말고, 친구. 동기만으로 사람을 목매달 수 있다면 우린 로프 쇼핑을 하러 나가겠지."

잭 디볼드가 말했다. "그가 자네 친군가, 응? 그게 자네가 뛰어든 이유야?"

우리는 초저녁쯤 틸러리의 집을 나섰다. 하늘이 여전히 훤했다고 기억하지만 그때는 7월이었고, 해가 저물어 가는 시간에도 훤한 하늘로 머물러 있었다. 나는 불을 끄고 와일드 터키 병을 제자리에 갖다 놓았다. 남은 술이 많지 않았다. 내가 그 병과 우리가 쓴 글라스에서 내 지문을 지웠어야 했다고 디볼드는 농담했다.

그는 녹이 많이 슨 자신의 포드 페어레인을 운전했다. 그가 베라자노 다리에 닿을 듯 가까운, 고급 스테이크와 해산물 레스토랑을 골랐다. 레스토랑 사람들은 그를 알았고, 나는 여기서 그가 계산서를 받지 않으리라는 것을 눈치챘다. 경찰 대부분은 어느 정도 공짜 식사를 할 수 있는 어느 정도의 레스토랑들을 알고 있었다. 몇몇 사람은 그것을 신경 쓰여 했는데, 나는 왜 그러는지 전혀 이해하지 못했다.

우리는 잘 먹었다. 새우 칵테일, 등심, 뜨거운 호밀 흑빵, 속을 꽉 채워 구운 감자. "우리가 자랄 땐," 디볼드가 말했다. "이렇게 먹는 사람은 건강한 사람이었지. 자넨 콜레스테롤이라는 빌어먹을 말은 들어 본 적도 없을걸. 지금은 자네가 늘 듣는 말이겠지만."

"그러게."

"파트너가 있었는데, 자네가 그를 아는지 모르겠군. 제리 오배넌이라고. 그를 아나?"

"모르겠는데."

"음, 그 친군 건강 마니아였어. 처음엔 담배를 끊는 걸로 시작했지. 난 담배를 피우지 않아서 끊은 적도 없지만 그 친구는 담배를 끊더니 차례차례 몸에 좋은 걸 하더군. 식이요법으로 체중을 많이 줄이더니 조깅을 시작했지. 그 친군 끔찍해 보였어. 늘 수척해 보였고. 어떤지 알겠나? 하지만 행복해했고, 정말 자신에게 만족해했지. 술 마시러 가지도 않고, 간다 해도 맥주 한 잔이 다였어. 아니면 소다수를 마시거나. 그 프랑스 거. 페리에?"

"으흠."

"갑자기 큰 인기를 끈 거 말이야. 평범한 소다순데 맥주보다 비싼 거. 왜 그런지 언젠가 알게 된다면 나한테 설명해 주게. 그 친군 자살했어."

"오배넌이?"

"그래. 그게 살을 빼고 소다수를 마시는 게 자살과 관계있다는 뜻은 아니지만. 경험상 말하자면, 있잖나, 경찰은 총으로 죽네. 거기엔 설명이 필요 없는 것 같아. 내 말을 알겠어?"

"알아."

그가 나를 보았다. "그래." 그가 말했다. "물론 그렇겠지." 이내 대화는 다른 방향으로 바뀌었다. 잠시 후 디볼드 앞에 체더치즈를 올린 뜨거운 애플파이 한 조각이 놓이고 우리 둘 다에게 커피가 따라졌다. 그가 내 친구로 인식하는 토미 틸러리에게로 그는 화제를 돌렸다.

"일종의 친구지." 내가 말했다. "난 그를 바에서 알게 됐어."

"맞아, 그 여잔 자네 동네에서 살지 않나? 이름을 잊어버렸지만 그 여자 친구."

"캐럴린 치텀."

"그녀만이 그 자식의 알리바이이길 바라네. 하지만 그가 몇 시간 동안 그녀와 떨어져 있었더라도 아내는 도둑이 든 동안 뭘 하고 있었지? 토미가 자신을 살해하러 집에 오길 기다렸나? 그러니까 지나친 생각이지만 놈들이 온갖 데다 지문을 남기며 침실을 뒤지는 동안 그녀는 침대 밑에 숨어 있었다는 말이겠지. 놈들이 떠나자 그녀는 경찰을 불렀던 게 아닐까, 응?"

"그는 그녀를 죽일 수 없었어."

"알아. 그리고 그게 날 미치게 하지. 자넨 왜 그를 좋아하는 거야?"

"악인은 아니야. 그리고 난 이 일로 돈을 받아, 잭. 그에게 호의를 베풀고 있지만 돈을 받는 호의지. 게다가 어쨌든 그 일은 그의 돈과 내 시간을 낭비하는 거야. 그의 유죄를 입증할 수 없으니까."

"아니."

"아니라고?"

"끝날 때까진 끝난 게 아니야." 그는 파이를 먹고 커피를 마셨다. "자네가 보수를 받는다니 기쁘군. 사람이 돈을 번다는 걸 보는 게 좋아서만은 아니고. 난 자네가 그를 위해 공짜로 고생하는 걸 보고 싶지 않아."

"난 어떤 걸 위해서도 고생하지 않아."

"내 말이 무슨 말인지 알잖아."

"내가 뭔가를 놓치고 있나, 잭?"

"응?"

“그가 뭘 했지? 폴리스 애슬레틱 리그에서 야구공이라도 훔쳤나? 왜 그에게 화가 난 거야?”

그는 잠시 생각했다. 그의 턱이 움직였다. 얼굴을 찌푸렸다.

“음, 있잖아,” 그가 뜸을 들이다 말했다. “그 자식이 협잡꾼이기 때문이야.”

“그는 전화로 주식과 똥 덩이를 팔아. 물론 그는 협잡꾼이지.”

“그 이상이야. 어떻게 말이 되게 설명해야 할지 모르겠지만 젠장, 자넨 경찰이었잖아. 그게 어떤 느낌인지 알 거야.”

“물론.”

“음, 난 그 자식이 어떤 녀석인지 느낌이 와. 그에겐 잘못된 뭔가가 있어. 그 여자의 죽음과 관련해서.”

“그게 뭔지 말해 주지.” 나는 말했다. “그는 아내가 죽어서 기쁜데, 그렇지 않은 척하고 있네. 아내의 죽음이 궁지에서 벗어나게 해 줘서 기쁘지만 그는 상심한 척하는 개자식이고 거기에 자네가 반응하는 거지.”

“아마 어느 정도는.”

“내 생각엔 그게 전부인 것 같은데. 자넨 그가 양심의 가책을 느끼는 척한다고 느끼는 거야. 뭐, 그는 그래. 그는 양심의 가책을 느껴. 아내의 죽음이 기쁘지만, 동시에 그 여자와 함께 살았어. 함께한 세월이 얼만지 난 모르지만. 남편 행세를 하느라 바빴으면서도 한편으론 아내를 배반하고 있었……,”

“그래, 그래. 무슨 뜻인지 알아.”

“그런데?”

"그래도 그 이상의 것이 있어."

"어째서 그 이상의 게 있다는 거야? 이봐, 어쩌면 그가 놈들을 고용했는지도 몰라. 크루스와 또 한 명. 이름이……."

"에르난데스."

"아니, 에르난데스가 아니야. 그놈 이름이 뭐였더라?"

"앤절. 앤절 아이즈."

"에레라. 어쩌면 그가 그들을 고용해 그 집을 털게 했는지도 몰라. 어쩌면 마음 한구석으로 아내가 두 녀석의 방해가 돼 줄지도 모른다고까지 생각했을 수도 있지."

"계속해."

"지나치게 불확실한 생각이지만. 안 그래? 난 그가 아내가 살해되길 바란 것이나 실제로 그런 일이 있은 뒤 기뻐한 것에 죄책감을 느낀 것 같아. 그리고 자넨 그 죄책감을 알아차렸고, 그리고 그 살인 때문에 자넨 그를 그렇게 좋아하는 거고."

"아니야."

"확실해?"

"뭐든 확신하는 걸 확신하진 않아. 어쨌든 자네가 보수를 받아서 기쁘군. 그 자식이 비용을 잔뜩 쓰길 바라네."

"그 정돈 아니야."

"음, 될 수 있으면 잔뜩 우려내라고. 들이는 돈이 그게 다라고 해도 어차피 그 자식은 돈을 들여야 할 테니까. 그리고 들여야 할 필요가 없는 돈이라도 해도. 왜냐하면 우린 그 자식을 건드릴 수 없으니까. 두 녀석이 말을 바꿔서 살인을 인정하고 그 자식이 사주한 거라고 말한다 해도 그걸로는 그 자식을 잡아넣기 충분치 않아. 그리고 놈들은 말을 바꾸지 않을 거야. 어쨌든 누가 놈들에게 살인을 사주하겠나. 게다가 놈들은 그런 계약을 하지 않았을걸. 놈들이 그러지 않았으리란 건 알아. 크루스는 비열한 쥐새끼지만 에레라는 멍청한 놈일 뿐이야. 그리고 에잇, 빌어먹을."

"왜?"

"난 단지 틸러리 자식이 빠져나가는 게 괘씸할 뿐이야."

"하지만 그가 한 짓이 아니야, 잭."

"그 자식은 뭔가 잘 피해 가고 있고," 그가 말했다. "난 그 모습을 지켜보는 게 짜증 나네. 내가 뭘 바라는지 아나? 그 자식이 그 빌어먹을 차를 타고 정지 신호를 무시하고 달리는 거. 그 자식 차가 뭐지, 뷰익?"

"그럴걸."

"그 자식이 정지 신호를 무시하고 달리다 나에게 딱지를 끊기는 거, 그게 내가 바라는 바야."

"요즘은 브루클린 강력반에서 그런 일도 하나? 교통 업무?"

"그런 일이 있길 바랄 뿐이라고." 그가 말했다. "그것뿐이야."

12

디볼드는 나를 집까지 태워 주겠다고 고집을 부렸다. 내가 지하철을 타겠다고 하자 그는 이미 자정이라 대중교통을 이용할 상황이 아니라며 터무니없는 소리 하지 말라고 했다.

"자넨 취할 테고," 그가 말했다. "어떤 부랑자가 자네 발에서 신발을 벗겨 갈 거야."

그가 옳았는지도 몰랐다. 그때 나는 맨해튼으로 돌아가는 차 안에서 깜빡 졸다가, 그가 57번가와 9번가가 만나는 모퉁이에서 차를 세웠을 때 깼다. 나는 그에게 태워 줘서 고맙다고 말하며 가기 전에 한잔할 시간이 있느냐고 물었다.

"이봐, 충분히 마셨어." 그가 말했다. "이젠 전처럼 밤을 새울 수가 없다고."

"나도 그만 마셔야 할 것 같아." 내가 말했다.

하지만 그러지 않았다. 나는 그가 떠나는 것을 지켜보고 내 호텔로 걸음을 옮겼다가 방향을 바꾸어 암스트롱 술집이 있는 길모퉁이 쪽으로 갔다. 그곳은 거의 비어 있었다. 안으로 들어가자 빌리가 손을 흔들었다.

나는 바로 갔다. 그리고 그녀가 바 끝에 혼자 있었다. 앞에 놓인 바 위의 글라스를 내려다보며. 캐럴린 치텀. 나는 그녀와 그녀의 집으로 갔던 날 밤 이후 그녀를 보지 못했다.

내가 말을 걸지 말지 생각하고 있을 때 그녀가 고개를 들었고 나와 눈이 마주쳤다. 그녀의 얼굴은 고통으로 굳어 있었다. 나를 알아보기까지 그녀는 눈을 두어 번 깜빡거렸고, 알아본 순간 볼이 씰룩이더니 눈가에서 눈물이 흐르기 시작했다. 그녀는 손등으로 눈물을 닦았다. 아까부터 울고 있었던 것 같았다. 바 위에 마스카라로 꺼메진 티슈가 구겨져 있었다.

"내 버번 술친구군요." 그녀가 말했다. "빌리," 그녀가 말했다. "이 분은 신사예요. 내 신사 친구에게 좋은 버번 한 잔 갖다줄래요?"

빌리가 나를 보았다. 나는 끄덕였다. 그가 버번 2온스와 블랙커피가 든 머그잔을 가져왔다.

"당신을 내 신사 친구라고 불렀지만," 캐럴린 치텀이 말했다. "거기에 다른 뜻은 없어요." 그녀는 취한 사람이 안 취한 것처럼 말하는 방식으로 말했다. "당신은 신사고 친구지만 신사 친구는 아니에요. 내 신사 친구는 신사도 친구도 아니고요."

나는 버번을 조금 마시고 커피에 조금 부었다.

"빌리," 그녀가 말했다. "어째서 스커더 씨가 신사인지 알아요?"

"그는 늘 모자 앞에서 여자를 벗죠."

“그는 버번파예요.” 그녀가 말했다.

“그게 저 친구를 신사로 만들어 준다고요, 응, 캐럴린?”

“그게 스카치를 마시는 위선자 개새끼와 그를 다르게 하는 거죠.”

그녀는 큰 목소리로 말하지 않았지만 그녀의 말은 저편에 앉은 사람들의 대화를 중단시키기 충분할 만큼 날이 서 있었다. 서너 테이블에만 사람이 차 있었는데, 앉은 사람 모두 같은 순간 말을 멈추었다. 한순간 테이프에서 흘러나오는 음악이 놀랄 만큼 잘 들렸다. 내가 아는 몇 안 되는 곡 중 한 곡으로, 〈브란덴부르크 협주곡〉 중 한 곡이었다. 그 곡을 너무 자주 틀어서 이제 나는 그게 뭔지 말할 정도까지 되었다.

이내 빌리가 말했다. “아이리시 위스키를 마시는 남자는, 캐럴린, 뭐가 되는 거죠?”

“아일랜드인이요.” 그녀가 말했다.

“말 되네요.”

“나도 버번을 마셔요.” 그녀는 그렇게 말하더니 자신의 글라스를 앞으로 힘껏 밀었다. “젠장, 난 숙녀죠.”

그가 그녀를 본 다음 나를 보았다. 나는 끄덕였고, 그는 어깨를 으쓱하더니 그녀의 글라스에 술을 따랐다.

“내가 사죠.” 내가 말했다.

“고마워요.” 그녀가 말했다. “고마워요, 매슈.” 그리고 그녀의 눈이 젖기 시작했고, 그녀는 핸드백에서 새 티슈를 뽑았다.

그녀는 토미에 대해 말하고 싶어 했다. 그가 자신에게 잘해 주고 있다고 말했다. 전화하고 꽃을 보내고. 하지만 그것은 그녀가 회사에서 소란을 떨면 안 되기 때문이었고, 그녀에게 밉보였다가는 아내가 살해된 날 밤을 어떻게 보냈는지 증언해야 할지도 모르기 때문이었다. 그래서 당분간 그는 그녀에게 잘해 주어야 했다.

하지만 그는 그녀를 만나지 않을 터였다. 좋아 보이지 않을 테니까. 갑자기 아내가 죽은 남편으로서는. 사실상 아내의 죽음에 공범이라는 혐의를 받는 남자로서는.

"그는 카드도 없는 꽃을 보내요." 그녀가 말했다. "전화도 공중전화로 하고요, 개새끼."

"꽃 가게 주인이 카드를 깜빡한 거겠죠."

"오, 맷. 그의 변명을 해 줄 필요 없어요."

"게다가 그는 호텔에 있어서 당연히 공중전화를 쓰는 걸 겁니다."

"방에서 전화할 수도 있어요. 교환수가 들을지도 모르니 되도록 호텔 교환대를 통해 전화하고 싶지 않다더군요. 서면으로 어떤 것도 남기고 싶지 않아서 꽃다발에 카드도 없는 거고요. 며칠 전날 밤에 내 아파트에 왔었는데, 나와 함께 있는 걸 사람들에게 보이고 싶어 하지 않았어요. 나와 나가려고도 하지 않더군요. 위선자. 스카치나 마시는 개새끼."

빌리가 나를 옆으로 불러냈다. "난 그녀를 내쫓고 싶지 않아. 취하긴 했어도 저런 멋진 여자를. 그녀를 집에 데려다줄래?"

"그러지."

먼저 나는 그녀가 우리 둘의 술을 사게 해야 했다. 그녀가 그렇게 고집을 피웠다. 이내 나는 그녀를 거기서 데리고 나와 길모퉁이를 돈 다음 그녀의 집을 향해 걸었다. 비가 올 것 같았다. 공기 중에서 비

냄새가 났다. 에어컨을 튼 암스트롱에서 후덥지근한 더위 속으로 나오자 여름 폭풍의 전조 같은 더위에 그녀는 녹초가 되었다. 절망의 끝에서 뭔가를 움켜쥐는 것처럼 그녀는 걸을 때 내 팔을 잡고 걸었다. 엘리베이터 안에서 그녀는 벽 패널에 늘어지듯 등을 기댔다.

"오, 맙소사." 그녀가 말했다.

나는 그녀에게서 열쇠를 가져다 문을 열었다. 그녀를 집 안으로 들였다. 그녀는 소파에 반쯤은 앉고 반쯤은 누운 듯 늘어졌다. 눈은 뜨고 있었지만 뭔가를 보고 있기나 한지 알 수 없었다. 나는 화장실을 써야 했고, 밖으로 나왔을 때 그녀의 눈은 감겨 있었고 가볍게 코를 골고 있었다.

나는 그녀의 구두를 벗기고 일단 그녀를 소파에 앉힌 뒤, 안간힘을 다해 침대로 바뀌도록 소파를 움직였다. 그녀를 그 위에 눕혔다. 그녀의 옷을 느슨하게 해야 한다는 생각이 들어서 단추를 풀다가 그녀의 옷을 완전히 벗겼다. 옷을 벗기는 내내 그녀는 의식이 없는 상태였고, 나는 장의사가 죽은 사람의 옷을 벗기고 입히는 어려움에 대해 전에 들었던 말이 생각났다. 그 상상에 속이 뒤틀려 토할 것 같아서 잠시 자리에 앉아 속을 다스렸다.

시트로 그녀를 덮어 주고 다시 자리에 앉았다. 하고 싶었던 게 있었지만 그게 뭐였는지 생각이 나지 않았다. 생각해 내려고 애쓰다가 잠시 존 것 같았다. 몇 분 이상은 아니겠지만 눈을 뜨고 눈을 깜빡인 순간 꾼 꿈을 잊어버릴 정도로는 졸았다.

나는 집 밖으로 나왔다. 그녀의 문 자물쇠는 스프링식이었다. 추가 보안을 위해 열쇠가 필요한 잠금장치가 있었지만 문을 당겼다가 닫아서 문을 잠갔을 뿐이었고, 그 정도면 충분히 잘 잠긴 것이었다. 엘리베이터를 타고 내려와 밖으로 나갔다.

아직 비는 내리지 않았다. 9번가 길모퉁이에서 인파가 적은 거리를 거슬러 교외를 향해 조깅하는 사람을 지나쳤다. 티셔츠는 땀에 젖어 회색으로 변해 있었고, 그는 곧이라도 쓰러질 것처럼 보였다. 나는 머리를 날려 버리기 전, 건강에 신경 썼던 잭 디볼드의 파트너 오배넌을 생각했다.

이내 캐럴린의 집에서 하고 싶었던 게 기억났다. 토미가 그녀에게 주었다는 그 작은 권총을 치울 생각이었다. 그녀가 그런 식으로 마시고 그렇게 우울에 빠지게 된다면 침대 옆 테이블의 권총까지도 필요 없겠지만.

하지만 문은 잠겼다. 그리고 그녀는 취해 있어서 잠에서 깨지 않을 테니 자살하지도 않을 터였다.

나는 길을 건넜다. 암스트롱 술집 앞의 셔터는 거의 내려져 있었고, 술집 앞의 흰색 구체 조명도 꺼져 있었지만 가게 안에서 빛이 새어 나오고 있었다. 문에 다가가 안을 들여다보니 아침 일찍 청소하러 올 도미니카 꼬마를 위해 테이블들 위에 올려진 의자들이 보였다. 처음에는 빌리가 보이지 않다가, 이내 바 끄트머리 스툴에 앉은 그가 보였다. 문이 잠겨 있었지만 나를 본 그가 문으로 다가와 나를 안으로 들였다.

나를 들인 그는 다시 문을 잠근 뒤 내가 앉은 바 안쪽으로 들어가 섰다. 그는 내게 묻지도 않고 글라스 한가득 버번을 따랐다. 나는 양손으로 글라스를 감쌌지만 바에서 들어 올리지는 않았다.

“커피는 다 떨어졌어.” 그가 말했다.

“괜찮아. 더 마시고 싶지 않아.”

“그녀는 괜찮아? 캐럴린?”

“음, 내일 숙취가 심할 거야.”

“내가 아는 모두가 내일 숙취가 심하겠지.” 그가 말했다. “나도 내일 숙취가 심할지 몰라. 비가 퍼부을 테니 집에 앉아서 하루 종일 아스피린이나 먹는 게 나을 것 같아.”

누가 문을 두드렸다. 빌리는 그에게 머리를 흔들어 보이고 끝났다는 표시로 손을 내저었다. 남자가 다시 문을 두드렸다. 빌리는 그를 무시했다.

“문이 닫힌 게 보이지도 않나?” 그가 투덜거렸다. “돈은 넣어 둬, 맷. 우린 문을 닫았고, 금전등록기는 잠겼어. 지금은 비공개 파티 타임이야.” 그가 조명을 향해 글라스를 들고 글라스의 내용물을 비춰 보았다. “아름다운 색이야.” 그가 말했다. “그녀는 별난 사람이야, 구식 캐럴린. 버번을 마시는 사람은 신사고, 스카치를 마시는 사람은, 그녀가 스카치를 마시는 사람을 뭐라고 했지?”

“위선자라는 것 같던데.”

“그래서 난 그녀에게 직선적으로 물은 거야, 안 그래? 아이리시 위스키를 마시는 사람은 뭐가 되는가? 아일랜드인.”

“음, 그렇게 물었지.”

“사람을 취하게 하는 데는 그만한 게 없지만 아이리시 위스키는 좋은 방식으로 취하게 하는 술이지. 난 가능한 한 가장 좋은 방식으로만 취해. 아, 맙소사, 맷, 이 시간이 하루 중 최고의 시간이야. 이곳은 지금 너만의 모리시 술집이랄까. 사적인 심야 영업 같은 거지. 무슨 말인지 알겠지? 텅 비고 어둑하고 음악이 꺼지고 의자가 테이블 위에 올라가 있고 한두 명의 이야기 상대가 남은 술집. 세상의 나머지는 닫혀 있는. 훌륭하지, 응?"

"나쁘지 않은데."

"그래, 그렇고말고."

그가 내 술을 더 따랐다. 나는 그것을 마신 기억도 없었다. 내가 말했다. "알겠지만, 내 문제는 난 집에 갈 수 없다는 거야."

"토머스 울프가 한 말이군. '그대 다시는 고향에 가지 못하리.' 그게 모두의 문제지."

"아니, 내 말은 말 그대로야. 내 발이 날 바로 데려간다고. 난 오늘 브루클린에 있다가 늦게 돌아왔어. 피곤한 데다 이미 취해 있었지. 내 호텔로 발걸음을 옮기다가 돌아서서 이곳으로 온 거야. 그리고 그녀, 캐럴린을 재우고 난 다음 그녀의 의자에서 곯아떨어지기 전에 간신히 그 집에서 나와 분별 있는 사람처럼 집으로 가는 대신 머리 나쁜 전서구처럼 다시 여기로 돌아왔어."

"넌 제비야. 여긴 카피스트라노 교회캘리포니아에 있는 교회로, 매년 성요셉일에 봄의 전령사 제비를 맞는 봄 축제가 열린다고."

"내가 그런 거라고? 난 더 이상 내가 대체 뭐인지도 모르겠어."

"오, 젠장. 넌 사내야. 사람이지. 성스러운 술집이 문 닫을 때 혼자 있고 싶어 하지 않는 또 한 명의 불쌍한 개자식."

"무슨 술집?" 나는 웃음을 터뜨렸다. "여기가 그런 데라고? 성스러운 술집?"

"그 노래 몰라?"

"무슨 노래?"

"반 론크의 노래. '그리고 우린 또 하룻밤을……,'" 그가 말을 끊었다. "젠장, 난 못 불러. 음정도 못 맞추겠어. 데이브 반 론크의 〈라스트 콜Last Call〉. 그 노래 몰라?"

"무슨 말을 하는지 모르겠군."

"이런, 맙소사." 그가 말했다. "그 노랠 들어 봐야 해. 맹세코 그 노래를 들어 봐야 한다고. 그 노래가 우리가 지금껏 한 얘기고, 빌어먹을 국가國歌 이상이라니까. 이리 와 봐."

"이리 와 보라니, 왜?"

"그냥 와 봐." 그가 말했다. 그는 피드몬트 항공사 여행 가방을 바 위에 올려놓더니 따지 않은 술 두 병을 들고 바에서 나왔다. 그가 제일 좋아하는 12년산 제임슨 아이리시와 잭 다니엘스. "이거 괜찮아?" 그가 내게 물었다.

"뭐가 괜찮다는 거야?"

"네 머릿속 이를 죽이는 데. 내 질문은 이걸 마셔도 괜찮냐는 거야. 넌 여태 포레스터버번 브랜드를 마셨는데 따지 않은 포레스터를 찾을 수 없었고, 딴 병을 갖고 길거리를 돌아다니면 안 된다는 법이 있으니까."

"그래?"

"그래야 해. 난 절대 뚜껑을 딴 병들은 슬쩍하지 않아. 간단한 질문에 대답해 줄래? 잭 다니엘스 괜찮아?"

"물론 괜찮지만 우리가 대체 어딜 가는 거야?"

“우리 집.” 그가 말했다. “넌 그 레코드를 들어 봐야 해.”

“바텐더들에겐 술값이 필요치 않아.” 그가 말했다. “술집이 아닌 집에서도. 그게 부가 혜택이지. 남들은 연금을 받는다거나 치아 보험을 든다거나 하지만. 우리한텐 슬쩍할 수 있는 모든 술이 있지. 이 노래가 마음에 들 거야, 맷.”

우리는 쪽모이 세공 마루에 벽난로를 갖춘 그의 L 자형 아파트에 있었다. 22층이었고, 창밖으로 남쪽이 내다보였다. 엠파이어 스테이트 빌딩과 오른쪽 저 멀리 월드 트레이드 센터가 보이는 멋진 전망이었다.

가구는 그다지 많지 않았다. 침실 용도로 쓰이는 벽감에는 틀이 백운모白雲母 규산염 광물로 된 침대와 옷장이 있었고, 거실 한가운데에는 소파 그리고 나무 골격에 캔버스를 댄 의자가 있었다. 책과 레코드판이 책장에 흘러넘쳤고, 마루 곳곳에도 쌓여 있었다. 그리고 스테레오 기기가 여기저기 널려 있었다. 뒤집어 놓은 플라스틱 우유 상자 위에 턴테이블, 마루 위에 놓인 스피커들.

“그걸 어디에 뒀더라?” 빌리가 말했다.

나는 창가로 다가가 도시를 내려다보았다. 시계를 차고 있었지만 몇 시인지 알고 싶지 않았기에 구태여 그것을 보지 않았다. 4시쯤 되었으리라 추측했다. 여전히 비는 내리지 않고 있었다.

“여기 있군.” 그가 앨범 하나를 들고 말했다. “데이브 반 론크. 그를 알아?”

“처음 들어.”

“네덜란드 이름에 아일랜드 놈처럼 생겼는데, 블루스에 맹세하건대 깜둥이처럼 불러. 끝내주는 기타리스트기도 하지만 이 앨범에선 연주하지 않아. 〈라스트 콜〉에선. 알프레스코로 불렀어.”

“오케이.”

“아니, 알프레스코가 아니지. 그걸 뭐라고 하더라. 반주 없이 부르는 걸 뭐라고 하지?”

“무슨 차이 있어?”

“내가 어떻게 그걸 잊어버릴 수 있지? 머릿속이 염병할 체 같아. 넌 이 노랠 좋아하게 될 거야.”

“듣기나 한다면.”

“아카펠라. 맞아, 아카펠라. 그게 뭔지 알아내려고 머리를 쥐어짜길 멈추자마자 머리에 딱 떠올랐지. 기억의 선禪이랄까. 내가 제임슨 아이리시를 어디 뒀더라?”

“네 바로 뒤에.”

“고마워. 넌 잭 다니엘스 괜찮은 거지? 오, 네 병은 저기에 있네. 좋아, 이걸 듣자고. 앗, 이게 아니지. 이 앨범의 마지막 곡. 이걸 듣고 나면 다른 건 귀에 들어오지 않을걸. 들어 봐.”

그리고 우린 또 하룻밤을 보냈지

시와 포즈의 밤을

누구나 혼자가 되리라는 걸 알리라

성스러운 술집이 문 닫을 때

멜로디가 아일랜드 포크송처럼 들렸다. 더군다나 가수가 반주 없이 부르기에. 그의 목소리는 거칠지만 이상하리만치 부드럽다.

“이제 여길 들어 봐.” 빌리가 말했다.

그래서 우린 마지막 잔을 들리
모두의 기쁨과 슬픔을 위해
그리고 마비시키는 취기가 계속되길 바라며
내일이 밝을 때까지

“세상에.” 빌리가 말했다.

그리고 인사불성이 된 댄서들처럼
비틀거리며 돌아올 때까지
뭘 물어야 할지 누구나 안다네
그리고 모두가 그 답을 알지

나는 한 손에 병을 들고 한 손에 글라스를 들고 있었다. 글라스에 병을 기울였다. “다음 파트를 놓치지 마.” 빌리가 말하고 있었다.

그리고 우린 마지막 술을 마시리
두뇌를 조각내는 잔을
거기선 답이 의미가 없네
애초에 물음이 없으니

빌리가 뭔가 말하고 있었지만 그 말들이 들리지 않았다. 노래만 들릴 뿐이었다.

요전 날 난 비탄에 잠겼지
내일은 다시 나아지겠지
태어났을 때 취해 있었다면
슬픔을 무시할 텐데

"다시 틀어 봐." 내가 말했다.
"기다려. 더 있어."

그리고 우린 마지막 건배를 하리
다시는 할 수 없는 건배사를 하며
충분히 현명한 마음으로
더 나은 비탄에 잠길 때를 알기 위해

그가 말했다. "어때?"
"다시 듣고 싶은데."
"'다시 연주해 줘요, 샘. 당신이 그녀를 위해 연주했다면 날 위해서도 할 수 있어요. 그녀가 버틸 수 있다면 나도 버틸 수 있어요우디 앨런의 〈카사블랑카여, 다시 한번〉에 나오는 대사.' 대단하지 않아?"
"다시 틀어 줄래?"
우리는 여러 차례 그 노래를 들었다. 마침내 그는 턴테이블에서 꺼낸 레코드판을 재킷에 넣고 왜 나를 여기로 끌고 와 나를 위해 그 노래를 틀어 주었는지 알겠느냐고 물었다. 나는 끄덕였다.

"이봐." 그가 말했다. "너만 좋다면 여기서 자고 가도 돼. 소파가 보기와 다르게 편안하다니까."

"집에 갈 수 있어."

"글쎄. 아직 비가 오지 않나?" 그는 창밖을 내다보았다. "안 오는군. 하지만 언제라도 올 것 같은데."

"그냥 가 보지, 뭐. 내 집에서 깨고 싶어."

"난 미래의 일을 그 정도로 계획할 줄 아는 사람을 존경해. 길거리로 나가도 괜찮겠어? 물론 넌 괜찮겠지. 자, 종이봉투를 줄 테니 잭다니엘스를 가져가. 아니면 자, 항공사 가방을 가져가든가. 사람들이 널 파일럿이라고 생각할 거야."

"아니, 넣어 둬, 빌리."

"나더러 그걸 가지고 뭘 하라는 거야? 난 버번은 안 마셔."

"뭐, 난 충분히 마셨어."

"나이트캡잠자리에 들기 전에 마시는 술이 마시고 싶어질지 알아? 아침에 마시고 싶을지도 몰라. 이건 도기백doggie bag 식당에서 남은 음식을 싸 가는 봉지이라고, 젠장. 도기백을 가져가지 않을 만큼 언제 그렇게 부유해졌어?"

"누가 나한테 길거리에서 딴 병을 들고 다니는 건 불법이라던데."

"걱정 마. 초범은 보호관찰감이니까. 어이, 맷? 와 줘서 고마워."

나는 집을 향해 걸었다. 노래 가사가 머릿속에서 단편적으로 재생되어 돌아왔다. '태어났을 때 취해 있었다면 슬픔을 무시할 텐데.' 맙소사.

호텔에 도착해 프런트에서 온 메시지를 확인하지도 않고 곧장 위층으로 올라갔다. 벗은 옷을 의자에 던지고 병째 한 모금 마신 뒤 침대에 들었다.

잠이 들기 시작했을 때 비가 내리기 시작했다.

13

비는 주말 내내 내렸다. 금요일 정오쯤 눈을 떴을 때 빗줄기가 창문을 후려치고 있었지만 나를 깨운 것은 전화벨 소리였을 것이었다. 나는 침대 끝에 앉아 전화를 받지 않기로 마음먹었고, 전화는 몇 번 더 울린 후 그쳤다.

머리가 깨질 듯 아팠고, 위장은 누군가의 강력한 펀치에 맞은 것 같았다. 다시 누웠다가 방이 돌기 시작하자 재빨리 일어났다. 욕실에서 물 반 글라스에 아스피린을 두 알 삼켰지만 모두 게워 냈다.

빌리가 내게 안긴 그 술병이 생각났다. 그 병을 찾아 주위를 둘러보다가 결국 항공사 가방에서 그것을 찾아냈다. 어젯밤 잠들기 전에 마지막으로 마시고 병을 제자리에 돌려 놓은 기억이 없었지만 내가 기억할 수 없는 것은 그뿐이 아니었다. 예를 들어 그의 아파트에서 호텔로 걸어온 기억 같은 것. 나는 소소한 기억상실 따위는 신경 쓰지 않았다. 시골길을 달릴 때 모든 광고판을 기억하는 사람, 달리는 고속도로를 1킬로미터마다 기억하는 사람은 없으니까. 삶의 매 순간을 떠올리려고 애쓸 이유가 무엇이겠는가?

병의 술은 3분의 1이 사라져 있었고, 그게 나를 놀라게 했다. 빌리와 음반을 듣고 있는 동안 한 모금 마신 것은 기억났다. 그리고 불을 끄기 전에 한 모금. 지금은 마시고 싶지 않았지만, 술은 마시고 싶은 술과 마실 필요가 있는 술이 있는데, 지금은 후자에 해당했다. 나는 물 잔에 따른 술을 꿀꺽 삼키고 몸을 떨었다. 첫 모금은 넘기기 힘들었지만 다음 한 모금은 잘 넘어갔다. 이내 새 물 반 잔에 새 아스피린 두 알을 삼킬 수 있었고, 이번에는 잘 넘어갔다.

태어났을 때 취해 있었다면…….

나는 방에 머물러 있었다. 날씨가 내가 있는 곳에 있어야 할 모든 이유였고, 핑계는 필요하지 않았다. 숙취가 정중히 다뤄야 할 만큼 심하다는 것을 알았다. 지난밤에 술을 마시지 않았는데 이렇게 상태가 안 좋다면 곧장 병원으로 가야 할 터였다. 사실은 그렇지 않았기에 나는 방에 머물며 병이 난 사람처럼 나 자신을 돌보았는데, 지금 그때 일을 생각하면 그것은 단순한 비유 이상은 아니었던 것 같다.

오후 늦게 다시 전화가 울렸다. 프런트에 전화해 전화를 돌리지 말라고 할 수도 있었지만 그 전화를 거느니 안 받는 게 낫다는 생각이 들었다. 전화가 울리게 두는 게 쉬워 보였다.

저녁 무렵에 세 번째로 전화가 울렸고, 이번에는 받았다. 스킵 디보였다.

"널 찾고 있었어. 이따가 우리 가게에 오지 않을래?"

"이 빗속에 나가고 싶지 않은데."

“그래, 또 내리고 있긴 하지. 잠시 소강상태였다가 지금은 퍼붓고 있으니까. 일기예보는 더 많이 내릴 거래. 어제 그치들을 만났어.”

“벌써?”

“두건을 뒤집어쓴 치들이 아니라, 범인들이 아니라. 변호사와 회계사. 우리 회계사는 그가 유대인 리볼버라고 부르는 것으로 무장했던데. 그게 뭔지 알아?”

“만년필.”

“그걸 알고 있었다고, 응? 어쨌든 그들은 우리가 이미 아는 얘길 하더군. 아무튼 대단해. 그들은 우리에게 조언한 대가로 청구서를 고려 중이야. 우리더러 돈을 주래.”

“뭐, 생각한 대로잖아.”

“그래, 하지만 그게 마음에 든다는 뜻은 아니야. 또 그 미스터 전화 목소리와 통화했어. 텔레폰 토미와. 돈을 마련하려면 주말까지는 걸린다고 말했어.”

“틸러리와 통화했다고?”

“틸러리? 무슨 말을 하는 거야?”

“방금……,”

“오, 그 틸러리. 난 그를 만나지도 않아. 아니, 틸러리가 아니라 그냥 텔레폰 토미라고 한 거야. 난 테디라고 할 수도 있었지. 뭐가 됐든 갑자기 생각나지 않을 때 T로 시작하는 이름을 말한 거야. T로 시작하는 이름 좀 대 봐.”

“그래야 해?”

잠시 말이 없었다. “별로 열의가 없군.” 그가 말했다.

"키건이 자기 집에서 새벽까지 레코드를 들려줬어." 내가 말했다. "난 아직 백 퍼센트 정상이 아니야."

"염병할 키건." 그가 말했다. "우리 모두 꽤 마셨지만 녀석은 술로 죽을 거야."

"그 녀석은 잘 버텨."

"그래, 이봐, 더 시간 뺏지 않을게. 내가 알고 싶은 건, 월요일에 시간 돼? 하루 종일. 그때가 이 문제를 다룰 때인 것 같아. 어차피 해야 한다면 빨리 끝내게."

"나한테 원하는 게 뭐야?"

"이걸 어떻게 해결해야 할지 얘기 좀 나누자고. 오케이?"

월요일에 해야 할 일이 뭐였더라? 나는 아직 토미 틸러리를 위해 일하고 있었지만 내가 들이는 시간은 그다지 신경 쓰지 않았다. 잭 디볼드와의 대화가 내 시간과 틸러리의 돈을 낭비하고 있다는 내 생각을 확신시켰다. 경찰은 그를 기소하지 않았고, 기소할 것 같지도 않았다. 캐럴린 치텀의 비난 때문에 어쨌든 난 토미를 위해 많은 걸 할 마음이 별로 없었고, 그에게서 받은 돈만큼의 일을 하지 않은 것에 대해 죄책감도 느껴지지 않았다. 다음에 드루 캐플런과 통화할 때 그에게 몇 가지 할 말이 있긴 했다. 그러기 전에 몇 가지 더 조사해야 했다. 하지만 선셋 파크의 바와 보데가 들에서 너무 많은 시간을 들일 필요는 없을지도 몰랐다.

나는 스킵에게 월요일에 아무 일도 없다고 말했다.

그날 저녁 늦게 길 건너 주류 판매점에 전화해 얼리 타임스 2쿼트를 주문하고 그 가게 아이를 시켜서 델리에 들러 에일 여섯 캔들이 팩과 샌드위치 두 개를 사 달라고 부탁했다. 그들은 나를 알았고, 내가 특별 서비스를 제공하기 위해 배달부의 시간을 들일 가치가 있는 사람임을 알았다.

술을 마시자 편안해졌다. 에일 한 캔을 마시고 샌드위치를 반쯤 먹었다. 뜨거운 물로 샤워하니 좋았다. 그리고 남은 샌드위치 반을 먹고 에일 한 캔을 더 마셨다.

그리고 다시 잤고, 잠에서 깼을 때 TV를 켜자 보가트와 이다 루피노가 나왔다. 나는 그 영화가 〈하이 시에라〉라고 짐작했다. 그다지 열중해서 보지 않았지만 TV를 끄지는 않았다. 이따금 창가로 가서 내리는 비를 바라보았다. 남은 샌드위치를 먹고 에일을 조금 더 마셨고, 버번을 조금 따라 마셨다. 영화가 끝나자 TV를 끄고 아스피린 두 알을 먹은 다음 다시 침대에 들었다.

토요일에는 조금 더 기동성이 갖추어졌다. 눈을 떴을 때 다시 술이 필요했지만 한 잔만 마셨고, 이번에는 잘 넘어갔다. 샤워하고 남은 에일을 마신 다음 아래층으로 내려가 레드 플레임에서 아침을 먹었다. 달걀의 반을 남겼지만 감자를 먹고 호밀 토스트를 하나 더 시킨 다음 커피를 잔뜩 마셨다. 그리고 신문을 읽었다. 그러려고 노력했거나. 읽고 있는 게 뭔지 잘 이해가 가지 않았다.

아침을 먹은 다음 간단한 한잔을 위해 맥고번에 들렀다. 그리고 모퉁이를 돌아 세인트폴 성당으로 가 기분 좋은 고요 속에 30분쯤 앉아 있었다.

그리고 호텔로 돌아왔다.

나는 방에서 야구를 보았다. 그리고 〈와이드 월드 오브 스포츠미국의 스포츠 방송 프로그램〉로 복싱과 팔씨름 세계 챔피언십과 여자들의 수상 스키를 보았다. 여자들이 하는 스포츠는 매우 어려워 보였는데, 아주 흥미롭지는 않았다. TV를 끄고 방을 나섰다. 암스트롱에 들러 몇 사람과 이야기를 나눈 다음 카르타 블랑카맥주 브랜드에 3단계 맵기의 칠리를 먹으러 조이 패럴네로 갔다.

밤에 호텔로 돌아가기 전에 브랜디를 탄 커피를 마셨다. 호텔 방에는 일요일을 나기에 충분한 버번이 있었지만 아직 몸 상태가 정상이 아니고 일요일 정오 전에는 술을 팔지 않기에 가게에 들러 맥주를 좀 샀다. 일요일 정오 전에는 왜 술을 팔지 않는지 아무도 몰랐다. 어쩌면 그 배경에는 교회가 있는지도 몰랐고, 어쩌면 교회는 신앙이 있는 사람들이 숙취를 해소하고 나타나길 바라는지도 몰랐고, 어쩌면 술 때문에 심각하게 고통받는 사람들에게 회개를 파는 게 더 쉽기 때문인지도 몰랐다.

나는 맥주를 좀 마시고 TV로 영화를 보았다. TV 앞에서 잠이 들었다가 영화 속 전쟁이 한창일 때 깨어 샤워하고 면도한 다음 속옷 바람으로 앉아 버번과 맥주를 홀짝이며 영화가 끝나고 다른 영화가 시작하는 것을 보다가 다시 자러 갔다.

다시 깼을 때는 일요일 오후였고, 여전히 비가 내리고 있었다.

3시 반쯤 전화가 울렸다. 나는 벨이 세 번째 울렸을 때 전화기를 들고 "여보세요."라고 말했다.

"매슈?" 어떤 여자였고, 순간 그 여자가 애니타라고 생각했다. 이내 그녀가 말을 이었다. "그저께 전화했는데 받지 않더군요." 나는 그녀의 목소리에서 타힐노스캐롤라이나 출신자의 별칭 억양을 들었다.

"고맙다고 말하고 싶었어요." 그녀가 말했다.

"고마워할 정도까지 한 거 없습니다, 캐럴린."

"신사답게 행동해서 감사하다고요." 그녀는 그렇게 말하고 나지막한 웃음을 터뜨렸다. "버번을 마시는 신사. 내가 그 주제로 많이 떠든 것 같네요."

"상당한 웅변을 했죠."

"그리고 다른 주제에 대해서도요. 숙녀답지 않은 태도에 대해 빌리에게 사과했어요. 그는 내가 괜찮았다고 했지만 바텐더는 늘 그렇게 말하지 않던가요? 날 데려다준 걸로 당신들에게 고맙단 말을 하고 싶었어요." 그녀가 사이를 두었다. "음, 우리가 그날 밤……,"

"아니요."

그녀가 한숨을 쉬었다. "뭐, 그렇다니 다행이에요. 그런 일이 있었다면, 그런 기억이 없다는 게 싫어서일 뿐이에요. 내가 너무 망신스럽지 않았길 바라요, 매슈."

"당신은 완벽히 괜찮았습니다."

"난 완벽히 괜찮지 않았어요. 그 정돈 기억나요. 매슈, 난 토미에 대해서 뭔가 심한 말을 했어요. 그에 관해 뭔가 지독한 말을 했고. 내가 술에 취해서 한 말이라고 생각해 주면 좋겠어요."

"별다르게 생각한 적 없습니다."

"알겠지만 그는 날 잘 대해 줘요. 그는 좋은 사람이에요. 그에게도 단점은 있어요. 그는 강해 보이지만 약한 사람이에요."

동료 경찰 장례식 때 나는 어느 아일랜드 여자가 술에 관해 그렇게 말한 것을 들은 적이 있었다. "그렇고말고요, 그게 강한 남자의 약점이에요." 그녀는 그렇게 말했었다.

"그는 내게 친절해요." 캐럴린이 말했다. "내 요전 말은 신경 쓰지 마요."

나는 그가 그녀에게 친절하리라는 것을 의심한 적이 없다고 말했고, 그날 밤 나 자신 역시 꽤 취해 있었기 때문에 그녀가 무슨 말을 했는지, 하지 않았는지 명확하지 않았다.

일요일 밤 나는 미스 키티네에 갔다. 가랑비가 내리고 있었지만 그나마도 많이 내리지 않았다.

먼저 암스트롱에 잠시 들렀다가 간 미스 키티네는 암스트롱과 같은 일요일 밤 분위기였다. 몇몇 단골과 이웃이 끝나 가는 주말 분위기에 젖어 있었다. 주크박스에서는 어느 여자가 새 롤러스케이트에 관한 노래를 부르고 있었다. 그녀의 목소리는 음정에서 벗어나 음계에 없는 음을 내는 것 같았다.

처음 보는 바텐더가 있었다. 스킵이 어디 있는지 묻자 그가 뒷방 사무실을 가리켰다.

스킵은 파트너와 함께 있었다. 둥근 얼굴의 존 카사비안은 동그란 쇠테 안경을 쓰고 있었는데, 그 렌즈가 그의 움푹 꺼진 파란 눈을 확대하고 있었다. 그는 스킵 또래였지만 더 어려 보였다. 올빼미 같은 남학생처럼. 양 팔뚝에는 문신이 있었는데, 그는 문신할 부류처럼은 보이지 않았다.

한쪽 문신은 흔히 볼 수 있는 것으로, 화려한 색깔의 뱀이 단검을 휘감고 있는 것이었다. 뱀은 당장이라도 덤벼들 준비가 되어 있었고, 단검 끝에는 핏방울이 맺혀 있었다. 다른 문신은 더 간단했고 우아하기까지 했다. 쇠사슬 팔찌가 오른팔을 휘감고 있었다. "왼손에 이 문신을 했더라면," 그가 말했었다. "적어도 손목시계로 가렸을 텐데."

그가 그 문신들을 정말 어떻게 생각하는지 나는 모른다. 그는 그 문신을 무시하고, 스스로 그런 낙인을 찍는 젊은 남자를 경멸하는 척했고, 가끔은 정말 그것들을 부끄러워하는 것처럼 보였다. 어떨 때는 그가 그것을 자랑스러워한다는 생각이 들었다.

사실 난 그를 잘 알지 못했다. 그는 스킵만큼 속을 터놓는 성격이 아니었다. 술집을 다니는 것을 좋아하지 않았고, 이른 시간에 가게를 맡고, 가게를 맡기 전에 술을 매입했다. 그리고 그의 파트너처럼 술꾼이 아니었다. 맥주를 좋아했지만 스킵처럼 퍼마시지는 않았다.

"맷," 그가 그렇게 말하며 의자를 가리켰다. "우릴 도와주러 와 줘서 고마워."

"무슨 도움이 될지 모르겠는데."

"내일 밤이야." 스킵이 말했다. "우린 정각 여덟 시에 이 방에 있어야 해. 전화가 올 거야."

"그리고?"

"지시를 받을 거야. 난 차를 준비해야 해. 그게 지시의 일부야."

"차 있어?"

"내 차. 그래서 차는 신경 쓸 필요 없어."

"너도 차 있어?"

"차고에." 존이 말했다. "차 두 대가 필요할 것 같아?"

"모르겠어. 차를 준비하라고 했다면 돈도 준비하라고 했으리라고……."

"그래, 이상하지만 놈은 차를 준비하라고 했어."

"……하지만 어디로 차를 몰라는 지시도 없었단 말이지."

"그래."

나는 그에 관해 생각했다. "내가 우려하는 건……."

"덫으로 들어가는 거."

"그래."

"나도 같은 걱정이야. 어느 지점으로 걷게 해서 우리가 밖에 있을 때 놈들이 쏠 수도 있지. 돈을 주는 것도 충분히 나쁘지만 지불한 대가를 받을 수 있을지 누가 알겠어? 납치당하거나 돈을 빼앗고 우릴 죽일 수도 있어."

"놈들이 왜 그러는데?"

"모르지. '죽은 자는 말이 없다.' 그런 뜻 아니겠어?"

"그럴 수도 있지만 살인은 문제가 돼." 나는 생각을 집중하려 했지만 생각만큼 명확하게 정리가 되지 않았다. 맥주가 있는지 물었다.

"하느님 맙소사, 내 정신 좀 보게. 뭐가 좋겠어? 버번, 커피?"

"맥주 한 잔이면 돼."

스킵이 가지러 나갔다. 그가 나가 있는 동안 그의 파트너가 말했다. "이건 미친 짓이야. 믿을 수가 없다고. 무슨 말인지 알겠어? 도둑맞은 장부, 갈취, 전화 목소리. 현실이 아니야."

"그러게."

"그 돈은 비현실적이야. 어떻게 해도 연결이 되지 않아. 그 액수는……,"

스킵이 내게 칼스버그 한 병과 종 모양 글라스를 건넸다. 맥주를 조금 마시고 생각한 맛과 달라 나는 얼굴을 찌푸렸다. 스킵이 담배에 불을 붙이고 내게 담뱃갑을 건넸다가 말했다. "참, 넌 담배 안 피우지." 그리고 담뱃갑을 주머니에 넣었다.

내가 말했다. "납치는 아닐 거야. 하지만 다른 가능성이 있어."

"어떤?"

"놈들이 장부를 가지고 있지 않을 가능성."

"당연히 놈들은 장부를 갖고 있어. 장부가 사라진 다음 전화가 왔으니까."

"누군가가 장부를 갖고 있진 않지만 그게 없어졌다는 걸 안다면. 만약 그것을 갖고 있다는 걸 증명할 필요가 없다면 놈은 너희에게서 몇 달러를 뜯을 기회가 생긴 거야."

"몇 달러라고." 존 카사비안이 말했다.

스킵이 말했다. "그럼 누가 그 장부를 갖고 있다는 거야? 연방 수사관? 그러니까 그들이 내내 그걸 갖고 있었고 기소를 준비하는 중에 우린 그 빌어먹을 걸 갖고 있지도 않은 놈에게 돈을 주는 거란 말이지." 그가 자리에서 일어나 책상 주위를 서성였다. "아주 마음에 드는 생각이야." 그가 말했다. "너무 마음에 들어서 그 생각과 결혼해서 아이를 낳고 싶을 정도야, 하느님 맙소사."

"그냥 가능성일 뿐이지만 난 그걸 대비해야 한다고 생각해."

“어떻게? 모든 게 내일로 예정돼 있는데.”

“전화가 오면 놈한테 그 장부의 어떤 페이지를 읽어 보라고 해.”

그가 나를 응시했다. “방금 생각한 거야? 지금? 아무도 움직이지 마.” 카사비안이 그에게 어디 가느냐고 물었다. “칼스버그 두 병 더 가지러.” 그가 말했다. “이 염병할 맥주가 머리를 잘 돌게 하나 봐. 얘네는 맥주 광고에 그걸 써먹어야 해.”

맥주 두 병을 가져온 그는 책상 끝에 앉아 다리를 흔들면서 갈색 병에서 맥주를 들이켰다. 카사비안은 의자에 앉아 맥주병에서 라벨을 벗겨 냈다. 그는 천천히 맥주를 마셨다. 우리는 우리가 할 수 있는 계획을 짜면서 참모 회의를 열었다. 존과 스킵 모두 참모였고, 물론 나도 마찬가지였다.

“보비도 올 줄 알았는데.” 스킵이 말했다.

“루슬랜더?”

“걔는 내 가장 친한 친구잖아. 걔도 무슨 일이 있는지 알아. 궁지에 몰렸을 때 걔가 뭘 할 수 있는지 모르지만 누군들 뭘 할 수나 있겠어? 난 무장하겠지만 그게 함정이라면 놈들이 먼저 쏘겠지. 총이 도움이 될진 모르겠어. 넌 이 상황에 데려오고 싶은 사람 있어?”

카사비안은 머리를 저었다. “난 형을 생각했어. 제일 먼저 생각난 사람이지만 과연 제케가 이 상황에 무슨 도움이 되겠어?”

“누군들 도움이 되겠어? 맷, 넌 데려오고 싶은 사람 있어?”

“아니.”

“난 빌리 키건이 어떨지 생각했어.” 스킵이 말했다. “어때?”

"좋은 친구지."

"그래, 맞아. 하지만 좋은 친구가 무슨 소용이야? 우리가 필요한 건 중화기 부대와 항공 지원이야. 만날 장소가 정해지면 그곳에 일제 사격을 가하는. 존, 이 친구에게 박격포를 가진 깜둥이 얘길 해 줘."

"오." 카사비안이 말했다.

"말해 줘."

"그냥 본 게 있어."

"이 친구가 본 것. 그걸 들어 봐."

"한 달 전쯤이었어. 팔 번가 웨스트엔드의 여자 친구 집에 있었는데, 그녀의 개를 산책시켜야 했어. 집에서 나와 길을 대각선으로 건넜는데, 거기에 흑인이 세 명 있었어."

"그래서 이 친군 몸을 돌려 다시 집으로 돌아갔지." 스킵이 끼어들었다.

"아니, 그들은 내 쪽은 보지도 않았어. 작업용 재킷 같은 걸 입고 있더라고. 한 명은 모자를 썼고. 군인처럼 보였어."

"그들이 뭘 했는지 이 친구한테 말해 줘."

"내가 그걸 정말 본 건지 믿기 어려울 정도야." 그가 말했다. 그는 안경을 벗고 콧등을 마사지했다. "그들은 주위를 둘러봤는데, 날 봤다면 내가 걱정할 만한 사람이 아니라고 여긴 것 같……,"

"이 친군 상황 판단이 빠른 친구야." 스킵이 끼어들었다.

"……그러더니 그 훈련을 수천 번 해 왔던 것처럼 그 박격포를 설치하더라고. 그리고 그중 한 명이 그 안에 포탄을 떨어뜨렸고, 허드슨강을 향해 한 발 쐈어. 멋진 샷이었지. 그들은 길모퉁이에 있었고 강이 잘 보였어. 그리고 우린 모두 포탄의 궤적을 좇았는데, 그들은 여전히 날 신경 쓰지 않았어. 그러더니 서로 끄덕인 다음 박격포를 해체해 챙기더니 가 버렸어."

"하느님 맙소사." 내가 말했다.

"순식간에 일어난 일이야." 그가 말했다. "팡파르도 울리지 않았지. 내 상상이었나 했다니까. 하지만 실제로 있었던 일이야."

"큰 소린 나지 않았어?"

"아니, 그렇지도 않았어. 포격했을 때 퍽! 하는 정도. 포탄이 수면에 떨어졌을 때 소리가 났겠지만 난 못 들었어."

"공포탄이었나 보지." 스킵이 말했다. "그랬을 거야. 격발장치를 시험해 보는. 탄도를 체크하는."

"그래, 하지만 뭣 땜에?"

"이런 젠장." 그가 말했다. "이 도시에 언제 박격포가 필요할지 모르니까." 그는 맥주병을 톡톡 두드리더니 길게 들이켜고 책상을 뒤꿈치로 쿵쿵 쳤다. "모르겠군." 그가 말했다. "이걸 마시고 있는데도 아까보다 머리가 좋아진 것 같진 않은데. 맷, 돈에 관해서나 얘기해 보자고."

난 그가 몸값을 말한 거라고 생각했다. 하지만 그는 내 보수를 말한 것이었고, 난 무슨 말을 해야 할지 몰랐다. 가격을 어떻게 정해야 할지 알 수 없어서 친구 좋다는 게 뭐냐는 등의 말을 했다.

그가 말했다. "그래서? 이게 네 생계 아니야? 친구에게 호의를 베푸는 거?"

"그렇긴 하지만……,"

"넌 우리한테 호의를 베풀고 있어. 카사비안과 난 우리가 뭘 하는지도 몰라. 안 그래, 존?"

"그렇고말고."

"와 준다고 해도 보비에겐 돈을 주지 않을 거야. 받지도 않겠지만. 키건이 온다 해도 돈 때문에 오는 건 아닐 거야. 하지만 넌 전문가고 전문가는 돈을 받아야 해. 틸러리가 보수를 지급하지 않았어?"

"그건 달라."

"뭐가 다른데?"

"너흰 내 친구야."

"그는 아니고?"

"똑같진 않지. 사실 난 그가 점점 싫어져. 그는……,"

"그는 개자식이지." 스킵이 말했다. "논쟁의 여지가 없어. 분명해." 그는 책상 서랍을 열어 돈을 센 다음 접은 지폐를 내게 건넸다. "자." 그가 말했다. "이십오야. 모자라면 말해."

"글쎄." 내가 천천히 말했다. "이십오 달러가 그리 많아 보이진 않지만……,"

"이천오백이라고, 바보야." 우리 모두 웃음을 터뜨렸다. "'이십오 달러가 그리 많아 보이진 않다'라고. 조니, 왜 우리가 코미디언을 고용해야 하지? 자, 진지하게, 맷, 그거면 돼?"

"진지하게, 좀 많아 보여."

"놈들이 얼마를 요구해 왔는지 알아?"

나는 머리를 저었다. "모두가 그걸 말하지 않으려고 조심하는 것 같은데."

“교수형당한 사람의 집에서는 밧줄을 말하지 않는 거와 같은 거겠지? 우린 그 개자식들에게 오만을 줘야 해.”

“하느님 맙소사.” 내가 말했다.

“그분 이름이 자주 나오던데.” 카사비안이 말했다. “혹시 너희 친구야? 내일 그분을 데려와. 저녁에는 한가하실 테니까.”

14

나는 초저녁에 일을 마치려 했다. 호텔로 가 침대에 들었다가 4시쯤이 되어서야 잠을 잘 수 없을 거라는 사실을 알았다. 나를 녹아웃시키기 충분한 버번이 있었지만 그러고 싶지 않았다. 우리가 협박자들을 상대하고 있을 때 숙취에 시달리고 싶지 않았다.

나는 일어나서 빈둥거리려고 해 보았지만 계속 앉아만 있을 수 없었고, TV에는 내가 즐겨 보는 프로그램을 하지 않았다. 옷을 입고 산책을 하러 나갔다. 발이 나를 모리시네로 이끌고 있다는 것을 깨닫기 전에 이미 그곳을 향해 반쯤 걸은 상태였다.

형제 중 한 명이 아래층 문 앞에 있었다. 그가 내게 환하게 웃어 보이고 나를 안으로 들였다. 위층에서는 또 다른 형제가 문 맞은편 스툴에 앉아 있었다. 그의 오른손은 흰 도살업자 앞치마 아래 감추어져 있었고, 나는 그 안에 총이 있으리라고 생각했다. 팀 팻과 그의 형제들이 내건 보수에 관해 그가 내게 말한 이후 나는 모리시네에 간 적이 없었지만 형제들이 교대로 보초를 선다는 말을 들었고, 문으로 걸어 들어오는 사람은 누구든 장전된 총을 마주해야 한다고 들었다. 무기의 종류에 관해서는 의견이 분분했다. 리볼버, 자동 권총, 총신을 짧게 자른 산탄총까지 다양한 소문이 있었다. 손님들이 있는 실내에서 총신을 짧게 자른 산탄총을 쓴다는 것은 미친 짓이라는 게 내 생각이었지만 아무도 모리시 형제들의 정신 상태를 확인할 수 없을 터였다.

나는 안으로 걸어 들어가 주위를 둘러보았다. 팀 팻이 나를 보더니 내게 손짓했고, 그를 향해 걸음을 옮길 때 검게 칠한 창문 앞 테이블에 있던 스킵 디보가 내 이름을 불렀다. 그는 보비 루슬랜더와 앉아 있었다. 내가 손을 들어 조금 이따 가겠다는 손짓을 하자 보비가 손을 입으로 가져가 경찰 휘슬 같은 소리를 냈다. 그 소리가 총성만큼이나 깔끔하게 실내의 모든 대화를 멈추게 했다. 스킵과 보비가 웃음을 터뜨렸고, 다른 손님들도 그 소리가 경찰의 불시 단속이 아닌 장난이었음을 깨달았다. 그 후 몇몇 사람은 보비가 개자식이라고 확신하는 듯했고, 대화는 재개되었다. 나는 술집 안쪽으로 팀 팻을 따라가 빈 테이블을 사이에 두고 마주 섰다.

"저번에 얘기를 나누고 처음이군. 갖고 온 뉴스 있나?"

나는 아무 뉴스도 갖고 오지 않았다고 말했다. "술 한잔하러 왔을 뿐이야." 내가 말했다.

"아무것도 못 들었다고?"

"전혀. 다니면서 몇몇 사람과 얘길 나눠 봤지. 무슨 소문이 돌았다면 지금쯤 내 귀에 들어왔을 거야. 난 뭔가 아일랜드와 관계있는 것 같아, 팀 팻.”

“아일랜드라.”

“정치적인 이유.” 내가 말했다.

“그렇다면 우리가 진작 그 소문을 들었을 거야. 그 짓을 한 놈이 자랑스럽게 떠벌렸을 테니.” 그가 손끝으로 턱수염을 매만졌다. “놈들은 그 돈이 어디로 가는지 제대로 알았어.” 그가 사이를 두었다. “그리고 놈들은 모금 병에서 푼돈을 가져가기까지 했지.”

“그게 내가 그렇게 생각하는 이유……,”

“그게 개신교도들의 짓이었다면 벌써 우리 귀에 들어왔을 거야. 아니면 우리의 파벌이었든지.” 그가 쓴웃음을 지었다. “알겠지만 우린 내부 문제가 있어. 우리의 주장은 하나지만 한목소리로 주장하는 건 아니니까.”

“나도 그렇게 들었어.”

“그게 ‘아일랜드와 관계된 일’이라면,” 그가 그 말을 천천히 발음하며 말했다. “같은 일이 또 일어났을걸. 하지만 한 번뿐이었지.”

“자네가 알기로는.” 내가 말했다.

“그래.” 그가 말했다. “내가 알기론.”

나는 걸음을 옮겨 스킵과 보비와 합류했다. 보비는 소매를 자른 회색 스웨트셔츠를 입고 있었다. 그의 목에는 여름 캠프에서 소년들이 꼬아 만든 것 같은 비닐줄이 걸려 있었고, 거기에 파란색 휘슬이 달려 있었다.

“이 배우는 자기 역할에 빠져 있어.” 스킵이 엄지로 보비를 가리키며 말했다.

"오?"

"광고 일을 잡았어." 보비가 말했다. "경기장에서 아이들에게 둘러싸인 농구 심판 역. 모두 나보다 커. 그게 그 광고의 포인트지."

"모두 너보단 크잖아." 스킵이 말했다. "그들이 팔려는 게 뭐야? 그게 데오도란트라면 다른 스웨트셔츠를 입는 게 좋을 거 같은데."

"형제애." 보비가 말했다.

"형제애?"

"흑인 아이도 백인 아이도 히스패닉계 아이도 염병할 골대를 향할 때 형제애를 느낀다는. 조 프랭클린 쇼1950년대부터, 40년간 이어진 TV 토크쇼가 늘어질 때 나가는 일종의 공익광고야."

"돈은 받았어?" 스킵이 캐물었다.

"오, 젠장, 그럼. 에이전시와 TV 방송국은 공짜로 해 주는 것 같은데, 탤런트는 돈을 받아."

"탤런트." 스킵이 말했다.

"르 탈렁, 세 무아Le talent, C'est moi 탤런트, 그게 나지." 보비가 말했다.

나는 술을 주문했다. 스킵과 보비는 마시는 술이 남아 있었다. 스킵이 담배에 불을 붙였고, 연기가 허공에 걸렸다. 내 술이 나왔고, 나는 그것을 홀짝였다.

"넌 일찍 들어가서 쉴 생각인 줄 알았는데." 스킵이 말했다. 나는 잠이 오지 않았다고 말했다. "내일 일 때문에?"

나는 머리를 저었다. "아직 피곤하지 않을 뿐이야. 싱숭생숭해서."

"나도 그럴 때가 있지. 어이, 배우, 오디션이 몇 시야?"

"일단 두 시."

"일단?"

"가도 기다릴 확률이 커. 그래도 두 시에는 가 있어야지."

"시간 내 끝나서 우릴 도와줄 수 있을까?"

"오, 문제없어." 그가 말했다. "에이전시 녀석들은 네 시 사십팔 분 기차로 스카스데일에 가야 해. 바가 있는 칸에서 맥주를 두어 병 마신 다음 집에 가서 제이슨과 트레이시에게 오늘 학교생활이 어땠냐고 물어봐야지."

"제이슨과 트레이시는 여름방학이야, 멍청이야."

"그러니까 걔들이 캠프에서 보낸 엽서를 봐야 한다고. 걔들은 메인 주에 있는 멋진 캠프에 갔고, 스태프가 미리 써 놓은 엽서들이 있어. 걔들은 거기다 자기 이름만 쓸 뿐이야."

내 아들들도 2주 내로 캠프에 갈 터였다. 전에 한 녀석이 보비가 목에 건 것 같은 꼰 비닐줄을 준 적이 있었다. 나는 그것을 서랍인가 어디에 챙겨 두었다. 사요싯에 두고 왔던가? 내가 제대로 된 아빠였다면, 나는 생각했다. 거기에 휘슬을 달아서 그게 뭐든 목에 걸고 있었을 터였다.

스킵이 보비에게 자신은 숙면이 필요하다고 말하고 있었다.

"난 내일 운동선수처럼 보일 거야." 보비가 말했다.

"우리가 널 여기서 쫓아내지 않는 건 네가 탈장대탈장된 부분을 제자리에 넣고 밖에서 눌러 두르는 띠처럼 보여서야." 그는 피우던 담배를 쳐다보더니 그것을 남은 술에 던졌다. "넌 이러지 마." 그가 내게 말했다. "너희 둘 다 말이야. 역겨운 버릇이거든."

바깥의 하늘이 훤했다. 우리는 별말 없이 천천히 걸었다. 보비가 나와 스킵 앞에서 가상의 상대를 속이는 동작으로 상체를 상하좌우로 숙여 가면서 가상의 농구공을 드리블해 가상의 골대로 가고 있었다. 스킵이 나를 보고 어깨를 으쓱했다. "내가 너한테 무슨 말을 하겠어?" 그가 말했다. "저놈은 내 친구야. 그 밖에 무슨 할 말이 있겠냐고."

"넌 그냥 질투하는 거야." 보비가 말했다. "넌 키는 되지만 동작이 안 되잖아. 키가 작은 대신 동작이 빠른 사람은 속이는 동작으로 네 양말을 뺏을 수도 있어."

"난 신발이 없어서 운 적이 있었는데," 스킵이 진지하게 말했다. "그러고 나서 양말도 없는 사람을 봤어. 방금 그거 뭐야?"

북쪽 1킬로미터쯤 앞에서 폭발음이 울려 퍼졌다.

"카사비안의 박격포." 보비가 말했다.

"염병할 병역 기피자 주제에." 스킵이 말했다. "넌 박격포mortar '박격포'라는 뜻 외에 '절구, 막자사발'이라는 뜻도 있다와 페서리pessary도 구분 못 할걸. 아니, 페서리가 아니라. 약사들이 쓰는 그거 뭐지?"

"대체 무슨 빌어먹을 말이야?"

"막자pestle." 스킵이 말했다. "넌 박격포와 막자도 구별 못 할 거야. 박격포는 저런 소리가 아니야."

"네가 그렇다면."

"뭔가 건물 토대를 폭파하는 것 같은 소리 같던데," 그가 말했다. "너무 이른 시간이잖아. 이 시간에 폭파를 시작하는 사람이 있다면 이웃들이 죽이려 들걸. 어쨌든 비가 그쳐서 좋군."

"그래, 그만큼 내렸으면 됐겠지?"

"그래도 내렸어야 해." 그가 말했다. "그게 사람들이 늘 하는 말 아냐? 비가 줄기차게 내릴 때마다 누군가가 그게 얼마나 필요한지 말하지. 저수지가 말라 간다거나 농부들에게 필요하다거나 뭐라면서."

"멋진 대화군." 보비가 말했다. "덜 세련된 도시에선 이런 대화를 할 수 없을 거야."

"시끄러워." 스킵이 말했다. 담배에 불을 붙인 그에게서 기침이 터져 나왔다. 기침이 잦아들자 다시 한 모금을 빨았고, 이번에는 기침하지 않았다. 나는 그게 아침 술 같다는 생각이 들었다. 일단 첫 모금이 괜찮으면 다 괜찮았다.

"폭풍이 지나고 나니 공기가 좋은데." 스킵이 말했다. "공기가 깨끗해진 것 같아."

"비가 씻어 내렸으니까." 보비가 말했다. "아마." 그가 주위를 둘러보았다. "이런 말 하고 싶지 않지만," 그가 말했다. "아름다운 날이 될 거야."

15

8시 6분에 스킵의 책상에 놓인 전화가 울렸다. 빌리 키건이 작년 아일랜드 서부에서 3주간의 휴가 중에 만난 여자 이야기를 하던 중이었다. 그는 그 이야기를 하다 말고 멈추었다. 스킵이 전화기에 손을 올린 채 나를 보았고, 나는 파일 캐비닛 위에 놓인 전화기로 손을 뻗었다. 그가 고개를 까딱했고, 우리는 동시에 수화기를 들었다.

그가 말했다. "네."

남자 목소리가 말했다. "디보?"

"그래."

"돈을 갖고 있나?"

"다 준비됐어."

"그럼 연필을 들고 내가 말하는 걸 받아 적어. 네 차를 타고……,"

"잠깐." 스킵이 말했다. "먼저 네가 갖고 있다고 말한 걸 갖고 있는지 증명해야 해."

"무슨 말이지?"

"유월 첫째 주 항목을 읽어 봐. 올해 유월. 칠십오 년 유월."

침묵이 흘렀다. 이내 이제 긴장된 목소리가 말했다. "이봐, 넌 우리한테 명령할 수 없어. 우리가 개구리라고 말하면 넌 점프해야 해." 스킵이 의자에서 살짝 몸을 일으키더니 몸을 앞으로 숙였다. 나는 손을 들어 그가 막 하려고 하는 말을 막았다.

내가 말했다. "우린 우리가 상대하는 사람이 진짜인지 확인하고 싶은 거야. 네가 파는 걸 갖고 있는지 알아야 그걸 살 수 있어. 확인되면 시키는 대로 할 거야."

"디보가 말하는 게 아니군. 대체 넌 누구야?"

"디보의 친구야."

"이름이 있겠지, 친구?"

"스커더."

"스커더라. 우리에게 뭘 읽히고 싶다고?"

스킵이 그에게 뭘 읽을지 다시 말했다.

"다시 연락하지." 사내가 그렇게 말하고 전화를 끊었다.

스킵이 수화기를 쥐고 나를 올려다보았다. 나는 들고 있던 수화기를 내려놓았다. 그는 수화기가 뜨거운 감자인 양 그것을 왼손에서 오른손으로, 오른손에서 왼손으로 던졌다. 내가 내려놓으라고 말해야 했다.

"놈들이 왜 이러는 거지?" 그가 알고 싶어 했다.

"아마 회의해야 하거나," 나는 내 추측을 말했다. "네가 듣고 싶어 하는 걸 읽어 주려고 장부를 가지러 갔거나."

“아니면 애초에 장부를 갖고 있지 않거나.”

“그럴 것 같진 않아. 시간을 벌려고 했을 거야.”

“시간을 끄는 데 전화를 끊는 것만큼 좋은 게 없지.” 그는 담배에 불을 붙이고 담뱃갑을 셔츠 주머니에 찔러 넣었다. 그는 가슴에 달린 주머니께 ‘앨빈의 텍사코 서비스’라는 노란색 자수가 놓인 진녹색 반소매 작업 셔츠를 입고 있었다. “왜 끊었을까?” 그가 조바심치며 말했다.

“놈은 우리가 전화를 추적할 수 있다고 생각했는지도 몰라.”

“그럴 수 있어?”

“네가 경찰이고 전화 회사의 협조가 있다고 해도 쉽지 않아.” 내가 말했다. “우리로선 불가능할 거야. 하지만 놈들은 그걸 모르지.”

“우리가 역추적 장치를 설치했다고 생각했는지도 몰라.” 존 카사비안이 끼어들었다. “오늘 오후에 전화를 한 대 더 연결하는 것도 바빴는데.”

두 사람은 스킵과 내가 놈의 전화를 동시에 들을 수 있도록, 카사비안의 여자 친구 집에서 빌린 전화의 선을 벽의 단자에 연결하는 작업을 몇 시간 전에 마쳤었다. 스킵과 존이 그 작업을 하는 동안 보비는 형제애 광고에서 심판 역 오디션을 보고 있었고, 빌리 키건은 암스트롱 술집에서 바텐더 일을 대신해 줄 사람을 찾고 있었다. 나는 그 시간에 근처 성당의 헌금 함에 250달러를 넣고 촛불 두어 개를 밝혔고, 브루클린의 드루 캐플런에게 전화해 별로 중요하지 않은 보고를 했다. 그리고 지금 우리 다섯은 미스 키티네의 뒷방 사무실에서 다시 전화가 울리길 기다리고 있었다.

“남부 억양이 좀 있었어.” 스킵이 말했다. “알아차렸어?”

“꾸며 낸 것처럼 들리던데.”

“그렇게 생각해?”

“화가 났을 때.” 내가 말했다. “아니면 화가 난 척했거나. 어느 쪽이든. 개구리 얘길 꺼냈을 때 점프라는 말에서 약간.”

“그때 화가 난 건 그놈뿐이 아니야.”

“나도 알아. 하지만 놈이 처음 화를 냈을 땐 그 억양이 없었어. 그리고 그 개구리 얘길 했을 땐 그전보다 더 심하게 냈어. 센 억양으로 들리게.”

그는 눈살을 찌푸리며 기억을 더듬고 있었다. “네 말이 맞아.” 그가 간단하게 말했다.

“전에 너와 얘기했던 놈과 같은 놈이었어?”

“모르겠어. 전의 목소리는 가짜처럼 들렸는데, 오늘 밤에 들었을 땐 그때와 똑같지 않았어. 놈은 천의 목소리를 가진 놈인가 보지. 어떤 목소리라고도 단정할 수 없게 하는.”

“놈은 염병할 형제애 광고에서,” 보비가 끼어들었다. “목소리 내레이터를 할 수 있을지도 몰라.”

전화가 울렸다.

이미 내 존재가 알려졌기 때문에 이번에는 신경 써서 동시에 수화기를 들지 않았다. 내가 귀에 수화기를 댔을 때 스킵이 말했다. “네?” 그리고 아까 들은 목소리가 읽어야 할 부분이 어디인지 물었다. 스킵이 그에게 알려 주었고, 목소리가 장부를 읽기 시작했다. 스킵은 가짜 장부를 책상 위에 펼쳐 놓고 그 페이지를 눈으로 좇았다.

30초 뒤에 목소리가 읽기를 마치고 우리가 만족했는지 물었다. 스킵은 그 말에 이의를 제기하고 싶어 하는 것처럼 보였다. 대신 그는 어깨를 으쓱하고 고개를 끄덕였고, 나는 우리가 진짜를 상대하고 있는 걸 확인했다고 말했다.

"그럼 이제 너희가 할 일은," 그가 그렇게 말했고, 우리 둘 다 연필을 꺼내 들고 지시를 받아 적었다.

"차가 두 대지." 스킵이 말하고 있었다. "놈들은 나와 맷이 가는 걸로 아니까 우리 둘은 내 차로 갈 거야. 존, 넌 빌리와 보비를 데려가. 어떻게 생각해, 맷? 놈들이 우릴 미행할까?"

나는 머리를 저었다. "하지만 누군가가 우리가 여기서 떠나는 걸 지켜보고 있을지도 몰라." 내가 말했다. "존, 너희 셋이 먼저 나가지 그래. 차가 가까운 데 있어?"

"여기서 두 블록 떨어진 데 주차했어."

"너희 셋은 지금 거기로 가. 보비, 너와 빌리는 먼저 가서 차에서 기다려. 셋이 한꺼번에 나가지 않는 게 좋겠어. 혹시 누군가가 가게 입구를 지켜보고 있을지도 모르니까. 너희 둘이 먼저 가서 기다리고 존, 너는 둘이 나가고 이삼 분 뒤에 나가서 두 사람과 차에서 만나."

"그러고 나서 차를 몰고 어디로 가, 에먼스가?"

"십셰드 베이에 있는. 어딘지 알아?"

"대충. 브루클린의 끝이라는 건. 거기서 낚싯배를 타곤 했는데, 거기 갈 때 다른 사람이 운전해서 난 별로 주의를 기울이지 않았어."

"쇼어 파크웨이를 타."

“알았어.”

“가만. 오션가로 빠지는 게 제일 좋을 거야. 아마 이정표가 보일 거야.”

“잠깐만.” 스킵이 말했다. “어딘가에 지도가 있을 텐데. 요전 날 봤는데.”

그가 뉴욕 자치구의 해그스트롬지도 브랜드 지도를 찾아냈고, 우리 셋은 그것을 연구했다. 보비 루슬랜더가 카사비안의 어깨 너머로 몸을 기울였다. 빌리 키건은 누가 마시다 만 맥주를 집어 들고 한 모금 마시더니 얼굴을 찌푸렸다. 우리는 경로를 계산했고, 스킵은 존에게 그 지도를 가져가라고 했다.

“이 지도는 절대 제대로 못 접겠다니까.” 카사비안이 말했다.

스킵이 말했다. “그 빌어먹을 걸 어떻게 접든 누가 신경 쓰는데?” 그가 파트너에게서 지도를 빼어 들더니 접힌 선을 따라 찢기 시작했다. 그리고 한 변이 20센티쯤 되는 정사각형으로 찢은 지도를 카사비안에게 건네고 나머지는 바닥에 버렸다. “여기가 십셰드 베이야.” 그가 말했다. “파크웨이의 어디서 빠져야 하는지 알고 싶은 거잖아, 응? 염병할 브루클린의 다른 지역은 알 필요도 없잖아?”

“맙소사.” 카사비안이 말했다.

“미안, 조니. 지랄맞게 불안해서 그래. 조니, 총 갖고 있어?”

“그런 건 필요 없어.”

스킵이 책상 서랍을 열더니 책상 위에 푸른빛이 도는 강철 자동 권총을 올렸다. “우린 바 뒤에 이걸 둬.” 그가 내게 말했다. “야간 영업 영수증을 계산할 때 머리를 날려 버리고 싶을 경우를 대비해서. 정말 안 가져갈 거야, 존?" 카사비안이 머리를 저었다. "맷?"

"난 필요 없을 것 같아."

"이걸 가져가고 싶지 않다고?"

"될 수 있으면."

그는 총을 들고 숨길 데를 찾았다. 45구경이었고, 군대에서 장교에게 지급하는 종류로 보였다. 크고 무거운 총으로, '관대한 총'이라고 불리는 것이었다. 겨냥이 좋지 않아도 파괴력이 대단해서 어깨를 맞혀도 사람을 죽일 수 있었다.

"일 톤은 나가겠는데." 스킵이 말했다. 그는 그것을 허리춤에 넣었고, 그 불룩한 모습에 얼굴을 찌푸렸다. 이내 바지에서 셔츠를 빼 권총을 감추었다. 셔츠는 바지 밖으로 빼 입는 타입이 아니어서 아주 이상해 보였다. "제기랄." 그가 투덜댔다. "이걸 어디다 숨겨야 해?"

"너라면 잘 해결할 거야." 카사비안이 그에게 말했다. "그동안 우린 갈게. 그래야겠지, 맷?"

나는 그의 말에 동의했다. 키건과 루슬랜더가 나가고 난 다음 우리는 한 번 더 검토했다. 그들은 십셰드 베이로 차를 몰고 가 찻길을 사이에 두고 어느 레스토랑 반대편에 차를 세우되 정확히 반대편에는 세우지 않을 것이었다. 그들은 거기서 시동과 라이트를 끄고 기다리며 우리가 도착할 때까지 그곳을 살필 터였다.

"아무것도 하려고 하지 마." 내가 그에게 말했다. "의심스러운 게 보이거든 관찰만 해. 차 번호를 적는다든가 그런 거."

"놈들을 따라가야 할까?"

"따라가야 할 사람이 누군지 어떻게 알겠어?" 그가 어깨를 으쓱했다. “그때그때 봐 가면서 해.” 내가 말했다. “되도록 주위에 있으면서 지켜만 보고.”

“알았어.”

그가 나간 뒤 스킵이 책상 위에 공공칠가방을 올리고 딱 소리를 내며 잠금장치를 열었다. 사용한 지폐 묶음이 가득했다. “이게 오만이야.” 그가 말했다. “많아 보이지 않지?”

“종이일 뿐이야.”

“네 거라도 그렇게 보여?”

“글쎄.”

“나도.” 그가 지폐 위에 45구경을 올리고 가방을 닫았지만 닫히지 않았다. 그는 지폐를 다시 정리해 총이 들어갈 자리를 만들어 다시 닫았다.

“차를 타고 갈 때까지만이야.” 그가 말했다. “〈하이눈〉의 게리 쿠퍼처럼 거리를 걷고 싶진 않으니까.” 그는 셔츠를 다시 바지 안에 집어넣었다. 차로 갈 때 그가 말했다. “모두가 날 보는 것 같아. 수리공 같은 차림에 은행원처럼 가방을 들고 가니까. 빌어먹을 뉴욕 놈들. 갱처럼 옷을 입었다면 아무도 안 쳐다볼 텐데. 차에 타자마자 잊지 말고 가방에서 총을 꺼내라고 상기시켜 줘.”

“알았어.”

“놈들이 돈을 가져가고 우릴 쏘는 것만 해도 충분히 나쁜데, 우리 총으로 그 짓을 한다면 더 나쁠 테니까.”

차는 55번가 주차 빌딩에 있었다. 그는 안내원에게 1달러를 팁으로 주고 길모퉁이 소화전 앞에 차를 세우게 했다. 그는 공공칠가방을 열고 권총을 뺀 다음 탄창을 확인했다. 그리고 우리 사이 좌석에 총을 놓았다. 그러더니 생각을 바꿔 의자 등받이와 쿠션 사이에 쑤셔 넣었다.

차는 길고 차체가 낮은, 2년 된 셰비 임팔라로 스프링이 헐거웠다. 외장은 흰색, 내장은 베이지색과 흰색이었고, 디트로이트에서 출고된 이래 한 번도 세차하지 않은 것처럼 보였다. 재떨이에는 담배꽁초가 흘러넘쳤고, 바닥은 쓰레기가 수북했다.

"차가 내 삶 같아." 10번가에서 신호에 걸렸을 때 그가 말했다. "마음 편한 난장판. 카사비안에게 알려 준 길과 같은 길로 가는 거야?"

"아니."

"더 나은 길을 알아?"

"더 나은 건 아니고 그냥 다른 길이야. 웨스트사이드 드라이브로 가되 파크웨이 대신 브루클린으로 통하는 길을 탈 거야."

"더 천천히 가야겠지?"

"아마. 우리보다 저 친구들을 먼저 가게 해야 하니까."

"네가 그렇다면. 무슨 특별한 이유라도 있는 거야?"

"우리가 미행당하고 있다면 이렇게 하는 게 알기 쉬울 거야."

"그런 것 같아?"

"별 의미는 없어. 놈들은 우리가 어디로 가는지 아니까. 그래도 우리가 한 놈을 상대하는지 여러 놈을 상대하는지 알 방법은 없어."

"그게 문제야."

"다음 모퉁이에서 우회전해서 오십육 번가에서 웨스트사이드 드라이브를 타."

"알았어. 맷? 뭔가를 원해?"

"무슨 말이야?"

"술을 원해? 사물함을 봐. 거기 뭐가 있을 거야."

사물함에는 블랙 앤드 화이트스카치위스키 브랜드 1파인트짜리 병이 들어 있었다. 실제로 그것은 1파인트가 아니라 10분의 1갤런일 터였다. 나는 주머니에 넣기 편한 휴대용 술병처럼 살짝 굴곡이 진 그 녹색 병을 기억한다.

"넌 어떤지 모르지만," 그가 말했다. "난 좀 긴장돼. 일을 망치고 싶진 않지만 긴장을 좀 푸는 게 나을 것 같아."

"한 모금만." 나는 동의하고 병을 땄다.

웨스트사이드 드라이브에서 커낼가로 빠져 맨해튼 다리를 건너 브루클린으로 간 다음 플랫부시가와 오션가가 만나는 곳으로 갔다. 우리는 빨간불에 번번이 걸렸는데, 그럴 때마다 그의 눈이 사물함에 고정되는 것을 눈치챘다. 하지만 그는 아무 말도 하지 않았고, 조금 전 한 모금씩 한 뒤로 블랙 앤드 화이트 병에 손을 대지 않았다.

그는 가는 내내 유리창을 내리고 운전했다. 왼 팔꿈치를 창틀에 올리고 차 지붕에 댄 손끝으로 이따금 지붕을 두드렸다. 우리는 간혹 대화를 나누고 간혹 말없이 차를 달렸다.

갑자기 그가 입을 열었다. "맷, 난 이게 어떤 놈의 짓인지 궁금해. 내부 소행 같지 않아? 누군가가 기회를 보다 그걸 가져갔어. 장부를 보고 그게 뭔지 안 놈. 우리 가게에서 일했던 놈. 하지만 어떻게 그 안에 들어갔을까? 내가 어떤 멍청이를 해고했다면 그건 술 취한 바텐더나 돌대가리 웨이트리스일 텐데, 어떻게 내 사무실에 당당히 들어와 내 장부들을 들고 나갔지? 상상이 가?"

"네 사무실은 들어가기 어렵지 않아, 스킵. 내부 구조를 아는 사람이라면 화장실에 가는 척하면서 누구의 주의도 끌지 않고 네 사무실에 들어갈 수 있어."

"그렇겠지. 놈들이 그 안에서 책상 서랍에 오줌을 안 싼 게 다행이겠지." 그는 가슴께 주머니에 든 담뱃갑에서 꺼낸 담배를 운전대에 톡톡 두드렸다. "난 조니에게 오천을 빚졌어."

"어떻게?"

"놈들에게 줄 돈. 걔가 삼만을 내고 내가 이만을 냈어. 걔 안전 금고에 든 게 내 거보다 많아. 내가 알기론 오만이 더 어디에 숨겨져 있을지 모르지만 삼만을 낸 게 어디야." 그는 브레이크를 밟아 집시 택시콜택시 면허로 몰래 거리에서 영업하는 택시를 우리 앞으로 가게 했다. "저 자식 좀 보게." 그가 악의 없이 말했다. "사람들이 어디서나 저렇게 운전하는 거야, 아니면 여기가 브루클린이라서 그런 거야? 내가 강을 건너자마자 모두가 이상하게 운전하기 시작했어. 무슨 얘길 하고 있었지?"

"카사비안이 낸 돈."

"맞아. 그래서 녀석이 오천의 차액을 메울 때까지 일주일에 몇몇 계산서를 자기 몫으로 뗄 거야. 맷, 난 은행 대여 금고에 이만 달러가 있었는데, 이제 그 모두가 가방에 들어가 전달된 준비를 마쳤어. 몇 분 내로 그건 더 이상 내 게 아니게 되겠지. 그게 실감이 안 나. 무슨 말인지 알겠어?"

"알 것 같아."

"그게 그냥 종이일 뿐이라서라는 뜻은 아니야. 종이 이상이지. 그게 그냥 종이였다면 사람들이 그렇게 그거에 미치겠어? 하지만 돈이 은행에 꽁꽁 싸매져 있을 땐 실감이 나지 않아. 그게 사라져도 실감이 안 날 테지. 난 나한테 이런 짓을 하는 놈을 꼭 알아야겠어, 맷."

"우리가 찾아낼 거야."

"씨발, 난 꼭 알아야겠어. 내가 카사비안을 믿는 거 알지? 이런 사업은 자기 파트너를 믿지 못하면 끝이야. 술장사 파트너가 하루 종일 서로를 감시하면 육 개월 내로 망할 거야. 절대 잘될 수 없어. 그곳은 바워리가술집, 여관 등이 모여 있는 뉴욕의 거리의 놈팡이들이 도저히 참을 수 없는 분위기가 되고 말걸. 하루 스물세 시간 파트너를 감시할 수 있다 해도 파트너 혼자 문을 연 한 시간 동안 모든 걸 훔쳐 갈 수 있어. 카사비안은 아침에 술을 매입하고 있어, 맙소사. 술을 매입하면 술 거래처와 얼마나 깊은 관계가 될 수 있는지 알아?"

"요점이 뭐야, 스킵?"

"요점은 내 머릿속의 목소리가 이게 내게서 이만 달러를 등치는 조니의 멋진 방법이라고 말한다는 거야. 그건 말이 안 돼, 맷. 걔도 돈을 내놔야 하고, 누군가를 고용하려면 그 돈도 나눠야 하는데, 날 등치려고 왜 이런 방법을 택하겠어? 내가 걔를 믿는다는 사실을 차치하더라도 걔를 믿지 않을 이유가 없어. 걔는 늘 내게 정직했고, 걔가 날 벗겨 먹고 싶다면 더 쉬운 방법이 천 가지나 있어. 난 뒤통수를 맞은 걸 절대 눈치도 못 챌 거야. 하지만 그 목소리가 여전히 들려. 그리고 염병할 내기를 해도 좋은데, 녀석이 날 보는 눈이 전과 다르다는 걸 눈치챘어. 아마 나도 녀석을 같은 눈초리로 봤겠지. 왜 이래야 하지? 내 말은 이게 우리가 놈들에게 줘야 할 대가보다 더 나쁘다는 거야. 이런 게 하루아침에 술집 문을 닫게 하는 거라고."

"오션가에 다 온 것 같은데."

"그래? 아직 엿새 밤낮밖에 안 달린 것 같은데. 좌회전해야 해?"

"우회전."

"확실해?"

"거의."

"난 브루클린에만 오면 길을 잃어." 그가 말했다. "맹세코 이곳에 사라진 십 지파이스라엘의 12지파 중 10지파가 아시리아의 침략으로 북이스라엘 왕국이 멸망한 후 역사에서 사라졌다가 자리 잡았을 거야. 그들은 돌아가는 길을 몰라서 이곳에 땅을 일구고 집을 지었어. 그리고 하수관을 놓고 전기를 들였지. 살기 좋은 집으로 만든 거야."

에먼스가의 레스토랑들은 해산물 전문이었다. 그중 룬디스는 어마어마한 양의 해산물 요리가 놓이는 큰 테이블에 자신들을 밀어 넣는 대식가 취향의 거대한 창고 같은 곳이었다. 우리가 향한 곳은 모퉁이에서 두 블록 떨어져 있었다. 카를로스 클램 하우스가 그곳 이름으로, 빨간 네온사인이 조개가 입을 벌렸다 닫는 것을 형상화하며 깜빡였다.

카사비안이 그 레스토랑 몇 집 위쪽 거리의 반대편에 주차해 있었다. 우리는 그 옆에 차를 세웠다. 보비가 조수석에 앉아 있었다. 빌리 키건은 뒷좌석에 혼자 앉아 있었다. 말할 것도 없이 카사비안이 운전석에 앉아 있었다. 보비가 말했다. "왜 이렇게 오래 걸렸어? 무슨 일이 일어난다고 해도 여기선 안 보여."

스킵이 끄덕였다. 우리는 반 블록 더 달려 소화전 옆에 주차했다.

"견인해 가진 않겠지?" 그가 말했다.

"그럴걸."

"그럼 됐어." 그가 말했다. 그가 시동을 껐고, 우리는 시선을 교환했다. 그의 눈이 사물함으로 향했다.

그가 말했다. "키건 봤어? 뒷좌석에 앉아 있는?"

"으음."

"녀석은 차 안에서 두세 잔 마신 게 분명해."

"아마."

"우린 기다려야겠지? 일이 끝날 때까진?"

"당연히."

그가 허리춤에 꽂은 총을 셔츠로 감추었다. "이런 차림이 여기 스타일일지도 몰라." 그는 그렇게 말한 다음 차 문을 열고 공공칠가방을 들었다. "십셰드 베이. 셔츠 자락 펄럭이기의 고장. 긴장돼, 맷?"

"조금."

"좋아. 혼자 긴장하고 싶진 않으니까."

우리는 큰길을 건너 그 레스토랑으로 접근했다. 밤은 훈훈했고, 바다 냄새가 났다. 나는 잠시 총을 가져왔어야 했는지 궁금했다. 그가 총을 쏴 본 적이나 있는지, 그냥 마음이 편해지라고 갖고 있는 것인지 궁금했다. 그리고 사격 솜씨가 좋은지 어떤지도. 그는 군 경험이 있었지만 그게 권총에 능하다는 뜻은 아니었다.

나는 권총을 잘 다루었다. 어쨌든 총알이 어디로 튈지 모른다는 것을 빼면.

"저 네온사인을 봐." 그가 말했다. "조개가 벌름거리는 걸. 더럽게 야한데. '이리 와 봐, 자기, 자기 벌린 모습 좀 보자.' 가게가 빈 것 같은데."

"월요일 밤인 데다 늦은 시각이야."

"여기선 오전 열 시쯤이면 늦은 걸 거야. 총 무게가 일 톤이야. 눈치챘어? 바지가 무릎까지 내려간 것 같아."

"그걸 차에 두고 오고 싶어?"

"농담해? '이건 자네 무기다, 병사. 이게 자네 목숨을 구할 거다.' 난 괜찮아, 맷. 계속 긴장이 돼서 그럴 뿐이야."

"그렇겠지."

그가 먼저 문에 손을 댔고, 날 위해 문을 잡아 주었다. 모든 게 포마이카와 스테인리스스틸로 되어 있었다. 우리 왼쪽으로는 식사를 할 수 있는 카운터가, 오른쪽으로는 칸막이 좌석이 있었고, 안쪽에는 더 많은 테이블이 있었다. 계산대 가까이에 있는 칸막이 좌석에 앉은 10대 소년 네 명이 큰 접시에 담긴 프렌치프라이를 집어 먹고 있었다. 더 안쪽에는 양손에 반지를 잔뜩 낀 머리 허연 여자가 도서관 대출용 비닐 커버를 씌운 하드커버 책을 읽고 있었다.

카운터 너머의 키 큰 남자는 뚱뚱했고, 완전한 대머리였다. 나는 그가 머리를 밀었으리라 추측했다. 땀이 이마에 송골송골 맺혀 있었고, 셔츠를 적시고 있었다. 에어컨이 풀가동 중이라 실내는 충분히 시원했다. 카운터에는 손님 두 명이 있었는데, 한 명은 실패한 회계사처럼 보이는, 흰색 민소매 셔츠를 입은 등이 굽은 남자였고, 한 명은 굵은 다리에 피부가 안 좋은, 무신경해 보이는 여자였다. 카운터 뒤에서 웨이트리스가 담배를 피우며 쉬고 있었다.

우리는 카운터에 자리를 잡고 커피를 시켰다. 누군가가 옆 스툴에다 오후에 발행된 「포스트」를 두고 갔다. 스킵이 그것을 들고 페이지를 훌훌 넘겼다.

그는 담배에 불을 붙이고 연기를 내뿜으며 매 순간 문을 힐끗거렸다. 우리는 각자의 커피를 모두 비웠다. 그가 메뉴판을 들고 메뉴를 훑었다. "메뉴가 백만 가지나 되는데. 메뉴만 대 봐. 여기 다 있을 거야. 근데 내가 이걸 왜 보고 있지? 먹을 생각도 없는데."

그는 또 다른 담배에 불을 붙이고 담뱃갑을 카운터에 놓았다. 나는 거기서 하나를 빼 입술 사이에 끼웠다. 그가 눈썹을 치켜올렸지만 말없이 내게 불을 붙여 주었다. 나는 두세 모금 빠끔거리고 꺼 버렸다.

전화벨 소리를 들은 것 같았다. 하지만 웨이트리스가 이미 전화를 받으러 갔을 때까지 인식하지 못했다. 웨이트리스가 돌아와 등이 굽은 남자에게 아서 디보냐고 물었다. 그는 그 말에 깜짝 놀란 것 같았다. 스킵이 그 전화를 받으러 갔고, 나는 뒤를 따랐다.

전화를 받은 그가 잠시 듣고 있더니 종이와 연필이 필요하다는 시늉을 했다. 나는 수첩을 꺼내 그가 내게 반복한 말을 받아 적었다.

한바탕 웃음소리가 레스토랑 앞쪽에서 들려왔다. 아이들이 서로에게 프렌치프라이를 던지고 있었다. 카운터에 있던 직원이 육중한 몸을 포마이카 카운터에 기대고 아이들에게 뭐라고 말하고 있었다. 나는 그들에게서 눈을 떼고 스킵이 하는 말을 받아 적는 데 집중했다.

16

스킵이 말했다. “십팔 번 애비뉴와 어빙턴가가 만나는 데. 거기가 어딘지 알아?”

“알 것 같아. 어빙턴가는 알아. 베이 리지를 쭉 따라가면 돼. 하지만 십팔 번 애비뉴는 거기서 서쪽인데. 거긴 이제 벤슨허스트에 포함됐을 거야. 워싱턴 묘지 남쪽에 있는.”

“이 빌어먹을 모든 걸 사람들은 어떻게 아는 거야? 방금 십팔 번 애비뉴라고 했지? 브루클린에 애비뉴가 열여덟 개나 있다고?”

“스물여덟 개인 것 같은데, 이십팔 번 애비뉴는 겨우 두 블록 길이야. 크롭시에서 스틸웰까지.”

“그게 어디에 있는데?”

“코니아일랜드에. 우리가 있는 데서 그렇게 멀지 않아.”

그가 알 수 없는 구區와 거리가 지천이라는 듯 손을 내저었다. “우리가 갈 데를 네가 잘 안다 해도,” 그가 말했다. “카사비안에게서 지도를 가져오자고. 이런, 젠장. 걔들이 갖고 있는 지도에 우리가 갈 데가 나와 있어?"

"아닐걸."

"빌어먹을. 난 왜 지도를 찢었을까? 맙소사."

우리는 이제 레스토랑 밖에 있었다. 등 뒤에서 네온사인이 깜빡였다. 스킵이 말했다. "맷, 이건 내 영역이 아니야. 왜 놈들은 먼저 여기로 오게 한 다음 전화를 걸어 우릴 그 교회로 보내는 거지?"

"그럼 놈들은 우리를 앞서 관찰할 수 있어서겠지. 그리고 우리의 연락책을 방해하고."

"지금 누가 우릴 감시하고 있는 것 같아? 그럼 조니에게 우릴 따라오라고 어떻게 알리지? 걔들이 할 일이 우릴 따라다니는 거잖아?"

"걔들은 아마 집에 가야 할 거야."

"왜?"

"왜냐하면 놈들은 우릴 따라오는 걔들을 알아차릴 테고, 어쨌든 우리가 걔들한테 상황을 설명하는 것도 알아차릴 테니까."

"우리가 감시당한 것 같아?"

"가능해. 이게 놈들이 일을 이런 식으로 준비한 이유야."

"빌어먹을." 그가 말했다. "난 조니를 집으로 보낼 수 없어. 내가 걜 의심한다면 걔도 아마 날 같은 식으로 의심할 테니까 난 그럴 수…… 우리 다 한 차에 타는 건 어때?"

"두 대가 나을 거야."

"방금 두 대는 안 된다며."

"이렇게 해 보자고." 나는 그렇게 말하며 그의 팔을 잡고 이끌었다. 우리는 카사비안과 두 친구가 세워 놓은 차를 향해 걷지 않고 스킵의 임팔라를 향해 걸었다. 내 지시대로 그는 시동을 걸고 라이트를 두 번 깜빡인 다음 길모퉁이로 차를 몰아 우회전했다. 그리고 한 블록을 달려 연석에 차를 댔다.

몇 분 뒤 카사비안의 차가 우리 옆에 섰다.

"네 말이 맞았어." 스킵이 나에게 말했다. 그가 세 친구에게 말했다. "너흰 생각보다 똑똑한데. 전화를 받았는데, 놈들이 우리만 찾을 수 있는 보물찾기를 시키는 중이야. 우린 십팔 번 애비뉴와 어디의 교차점에 있는 교회로 가야 해."

"어빙턴." 내가 말했다.

아무도 거기가 어디인지 몰랐다. "우릴 따라와." 내가 그들에게 말했다. "반 블록 거리를 유지하고, 우리가 블록을 돌아 주차할 때 우리 뒤에 주차해."

"우리가 놓치면?" 보비가 알고 싶어 했다.

"집으로 가."

"어째서?"

"따라오기나 해." 내가 말했다. "놓치지 않을 거야."

우리는 코니아일랜드가를 거쳐 베이 파크웨이를 타는 킹스 하이웨이로 간 다음 방향을 잃었고, 방향을 잡기 위해 몇 블록을 더 갔다. 번호를 매긴 거리 하나를 가로질러 18번 애비뉴에 닿았고, 어빙턴가 모퉁이에서 우리가 찾던 교회를 발견했다. 베이 리지에서 어빙턴가는 베이 리지가의 남쪽으로 베이 리지가와 한 블록을 평행하게 달린

다. 포트 해밀턴 파크웨이와 예전 68번가였던 곳에서도 어빙턴가는 여전히 평행을 이루지만 거기서는 북쪽으로 한 블록이 평행하게 이어진다. 이곳 지리를 아는 사람도 헷갈려하며, 브루클린의 길은 전부 이런 식이다.

교회 바로 맞은편에는 주차 구역이 없었지만 스킵은 거기에 셰비를 댔다. 그는 라이트를 끄고 시동을 껐다. 우리는 카사비안의 차가 나타날 때까지 말없이 앉아 있었다. 이내 차가 우리를 스쳐 지나간 다음 모퉁이를 돌아 사라졌다.

"우릴 보기나 한 걸까?" 스킵이 궁금해했다. 나는 그들이 봤을 거라고, 모퉁이를 돈 것이 그 때문일 거라고 말했다. "그렇겠지." 그가 말했다.

나는 몸을 돌려 뒤 창문 밖을 지켜보았다. 몇 분 뒤에 그들의 라이트가 보였다. 그들은 반 블록 뒤에서 주차할 자리를 찾았고, 이내 라이트가 꺼졌다.

주변은 도로에 면해 나무들이 서 있고 집 앞에 잔디가 깔린, 전쟁 전에 유행했던 큰 목조 가옥들이 대부분이었다. 스킵이 말했다. "여긴 뉴욕 같지 않은데. 무슨 말인지 알겠어? 이 주변은 이 나라 나머지 곳처럼 평범한 데 같아."

"브루클린이 대개 이래."

"퀸스 일부도. 내가 자란 곳은 아니지만 곳곳이 이래. 이게 나한테 뭘 상기시키는지 알아? 리치먼드힐퀸스에 있는 도시. 리치먼드힐 알아?"

"잘 몰라."

"거기서 한 번 육상 대회가 열렸어. 우린 놀라서 똥을 쌌지. 하지만 집들은 여기와 상당히 비슷해." 그가 창밖으로 담배를 떨어뜨렸다. "우리가 하는 게 나을 것 같아." 그가 말했다. "안 그래?"

"마음에 안 드는데." 내가 말했다.

"마음에 안 든다고? 난 장부가 사라진 이래 아무것도 마음에 안 들었어."

"처음엔 남의 눈에 띄는 장소였어." 내가 말했다. 나는 수첩을 펼쳐서 내가 받아 적은 것을 읽었다. "교회 왼쪽에 지하로 내려가는 계단이 있다. 문이 열려 있을 것이다. 불 켜진 데도 없는데. 보여?"

"아니."

"공격당하기 아주 쉬운 방법처럼 보이는군. 넌 여기 있는 게 나을 것 같아, 스킵."

"너 혼자인 게 더 안전하다는 거야?"

나는 머리를 저었다. "잠시 떨어져 있는 게 우리 둘 다에게 더 안전할 것 같아. 돈은 네가 갖고 있어. 난 놈들이 우릴 위해 어떤 환영 행사를 준비했는지 내려가서 보고 싶어. 거래 방식이 안전해 보이면 놈들에게 불을 세 번 껐다 켜게 할게."

"불?"

"네가 볼 수 있는 불." 나는 그에게 몸을 기울이고 가리켰다. "지하실 창문들이 저 아래쪽에 있어. 그리고 등이 있겠지. 그럼 넌 켜진 불을 볼 수 있을 거야."

"그러니까 네가 불을 세 번 껐다 켜면 나더러 돈을 가져오란 말이군. 그 환영이 마음에 안 들면?"

"그럼 너를 데려와야 한다고 말하고 나온 다음 우린 차를 몰고 맨해튼으로 돌아가는 거야."

"돌아가는 길을 찾을 수 있다면." 그가 눈살을 찌푸렸다. "만약…… 아니야."

"뭔데?"

"만약 네가 나오지 못하면 어떡하냐고 말하려고 했어."

"가다 보면 집으로 가는 길을 찾을 수 있을 거야."

"웃기는군. 뭐 하는 거야?"

나는 차의 실내등 커버를 벗기고 전구를 돌려 뺐다. "감시당하고 있다면," 내가 말했다. "차 문을 열고 나가는 게 나라는 걸 놈들에게 알리고 싶지 않아."

"모든 걸 생각하는 사나이. 네가 폴란드인이 아니라서 다행이야. 네가 전구를 잡고 있는 동안 우린 차를 돌리는 데 열다섯 명은 필요했을 테니까전구를 하나 가는 데 폴란드인이 몇 명 필요한가'라는, 1970년대에 유행한 농담. 총을 원해, 맷?"

"아니."

"'그는 빈손으로 혼자 적을 상대하러 가다.' 염병할 총을 가져가."

"그럼 줘."

"가볍게 한 모금은 어때?"

나는 사물함으로 손을 뻗었다.

차에서 나와 지하실 유리창에서 보이지 않도록 차 뒤에서 몸을 숙였다. 그리고 카사비안의 차까지 반 블록을 걸어 그들에게 상황을 알렸다. 카사비안에게는 차에 남아서, 스킵이 교회로 들어가는 모습이 보이면 시동을 걸라고 말했다. 그리고 나머지 두 명에게는 교회가 있는 블록 주위에 있으라고 말했다. 만약 놈들이 교회 뒷문으로든 담장을 넘어서든 마당을 가로질러서든 도망친다면 보비와 빌리가 놈들의 얼굴을 봐 둘 수 있을지도 몰랐다. 그들이 더 많은 것을 할 수 있을지도 몰랐지만 아마 둘 중 하나는 자동차 번호판을 볼 수 있을 터였다.

나는 임팔라로 돌아가 스킵에게 내가 한 일을 말했다. 그리고 다시 실내등 전구를 끼웠고, 다시 차 문을 열었을 때는 들어온 불이 차 안을 밝혔다. 그리고 차 문을 쿵 닫고 길을 건넜다.

총은 바로 뽑을 수 있도록 몸 앞 바지춤에 손잡이가 나오게 쑤셔 넣었다. 엉덩이 위 권총집에 넣는 게 나았겠지만 선택의 여지가 없었다. 걸을 때 방해가 되어 교회 옆 그늘에 들어섰을 때 총을 빼서 들고 걸었지만 그것 역시 마음에 들지 않아 다시 있던 곳에 넣었다.

계단은 가팔랐다. 콘크리트 계단의 녹슨 철 난간은 벽돌 벽에 헐겁게 고정되어 있었다. 볼트 한두 개가 빠져 있는 게 분명했다. 계단을 내려가며 어둠 속에 사라지는 나를 느꼈다. 아래에 문이 있었다. 문손잡이를 찾아 더듬었다. 손잡이를 잡고 주저하다 주의 깊게 귀를 기울이며 안에서 무슨 소리가 들리는지 들으려고 애썼다.

아무 소리도 들리지 않았다.

나는 손잡이를 돌려 문이 잠겨 있지 않은 것을 확인할 만큼만 문을 안쪽으로 밀었다. 이내 다시 닫고 노크했다.

아무런 대답이 없었다.

나는 다시 노크했다. 이번에는 안쪽에서 움직이는 소리가 들렸고, 한 목소리가 알아들을 수 없는 말을 외쳤다. 나는 다시 손잡이를 돌려 문 안으로 들어섰다.

칠흑같이 어두운 계단을 내려왔던 것이 내게 유리하게 작용했다. 앞에 있는 창으로 지하실에 약간의 빛이 스며들었고, 내 동공은 그 빛의 덕을 볼 만큼은 커졌다. 나는 가로세로가 10미터, 15미터쯤 되는 방에 서 있었다. 바닥에 의자와 테이블 들이 흩어져 있었다. 등 뒤로 문을 닫고 한쪽 벽을 향해 어둠 속으로 움직였다.

한 목소리가 말했다. "디보?"

"스커더." 내가 말했다.

"디보는 어딨지?"

"차에."

"그건 상관없어." 또 다른 목소리가 말했다. 전화상으로 들었던 목소리가 둘 중 누구인지 알 수 없었지만 그 목소리는 위장된 것이었고, 아마 지금 목소리들도 위장된 것일 터였다. 그들의 어투는 뉴욕 출신처럼 들리지 않았지만 특별히 그 밖에 어느 지역 출신처럼도 들리지 않았다.

첫 번째 목소리가 말했다. "돈을 갖고 왔나, 스커더?"

"차에 있어."

"디보한테 말이지."

"디보한테." 나는 인정했다.

목소리는 여전히 둘뿐이었다. 하나는 방 저 끝에 있었고, 하나는 그의 오른쪽에 있었다. 나는 목소리로 그들의 위치를 가늠할 수 있었지만 어둠이 그들을 감싸고 있었고, 둘 중 하나의 목소리는 뒤집힌 테이블이나 그것과 비슷한 무언가 뒤에서 말하는 것처럼 들렸다. 놈들이 내가 볼 수 있는 곳으로 나온다면 나는 놈들을 향해 총을 뽑을 수 있었고, 그래야 한다면 놈들을 쏠 수도 있었다. 한편으로는 놈들이 이미 나에게 총을 겨누고 있으며, 내가 바지에서 총을 뽑기도 전에 지금 서 있는 이 자리에 나를 쓰러뜨릴 수 있을 공산이 컸다. 그리고 내가 먼저 두 놈을 쏜다 해도 어둠 속에 무장한 채 서 있는 또 다른 놈들이 있을 수도 있었고, 내가 그들의 존재를 알아차리기도 전에 놈들은 나를 벌집으로 만들 수도 있었다.

그리고 나는 누구도 쏘고 싶지 않았다. 돈과 장부를 교환하고 여기서 후딱 나가고 싶을 뿐이었다.

"네 친구에게 돈을 가져오라고 해." 둘 중 하나가 말했다. 나는 그 목소리가 전화상의 목소리라고 확신했다. 지금은 부드러운 남부 억양을 내지 않았지만. "장부가 국세청으로 보내지길 원치 않는다면."

"걘 그걸 원하지 않지만," 내가 말했다. "깜깜한 골목에 걸어 들어오지도 않을 거야."

"계속해 봐."

"먼저 불을 켜. 우린 어둠 속에서 사업을 하고 싶지 않아."

속닥이며 회의하는 소리가 들리더니 한 명이 움직이는 기척이 났다. 그중 하나가 벽 스위치를 딸깍이자 천장 한가운데 형광등 하나가 켜졌다. 수명이 다한 것처럼 껌뻑이며 다른 형광등들도 켜졌다.

깜빡이는 불만큼이나 나는 내가 본 것에 눈을 깜빡였다. 순간 그들이 히피거나 산山사람이거나 어떤 기이한 종족이라고 생각했다. 곧 그들이 변장하고 있다는 것을 깨달았다.

그들은 둘이었고, 나보다 작고 말랐다. 둘 다 풍성한 수염을 붙인데다 머리칼뿐 아니라 머리 전체를 감추는 광대 가발을 쓰고 있었는데, 그게 이마 밑으로 내려오고 있었다. 낮은 머리 선과 수염이 시작되는 부위 사이에 각각 눈과 코의 위쪽 반을 가리는 마스크를 쓰고 있었다. 불을 켠, 둘 중 키가 더 큰 자는 진노랑 가발에 검은 마스크를 쓰고 있었다. 의자들이 쌓인 테이블에 반쯤 몸을 감춘 자는 다갈색 가발에 흰 마스크를 쓰고 있었다. 둘 다 검은색 수염이었고, 키가 작은 자는 총을 들고 있었다.

불이 켜져서 나는 우리 셋 다 벌거벗은 느낌이었으리라고 생각한다. 나는 그랬고, 같은 느낌이라는 것을 가리키는 그들의 태도에 긴장이 흘렀다. 총을 든 자는 딱히 나를 겨누고 있지는 않았지만 그렇다고 해서 완전히 다른 데로 총구를 돌린 것도 아니었다. 어둠이 우리 셋 모두를 보호했었지만 이제 우리는 그것을 옆으로 튕겨 냈다.

"문제는 우리가 서로를 두려워한다는 거야." 내가 그에게 말했다. "너흰 우리가 대가 없이 장부를 가져갈 걸 두려워하지. 우린 너희가 돈을 빼앗은 다음 아무것도 주지 않거나 그 책을 다시 빼앗거나 누군가에게 이 장부의 소문을 내는 걸 두려워해."

키 큰 자가 머리를 저었다. "이 거래는 한 번뿐이야."

"서로에게는. 우린 한 번만 돈을 내고 그걸로 끝이야. 만약 복사본을 만들었다면 그걸 없애."

"복사본은 없어."

"좋아." 내가 말했다. "장부가 여기 있나?" 어두운색 가발을 쓴 키 작은 사내가 지하실을 가로지르도록 네이비블루색 세탁물 자루를 발로 밀쳤다. 그의 파트너가 자루를 들어 올렸다가 바닥에 다시 내려놓았다. 나는 그 안에 빨래든 어떤 것이든 들어 있을 수도 있지 않느냐며 자루에 든 것을 보여 달라고 말했다.

"돈을 보여 주면," 키 큰 사내가 말했다. "장부들을 보여 주지."

"난 장부를 검사하겠다는 게 아니야. 내 친구에게 돈을 가져오라고 말하기 전에 그것들을 자루에서 꺼내라는 거야."

그들은 얼굴을 마주 보았다. 총을 가진 녀석이 어깨를 으쓱했다. 다른 한 명이 세탁물 자루의 끈을 풀어 스킵의 책상 위에서 보았던 가짜 장부와 비슷한 장정의 장부를 꺼내는 동안 그가 총으로 나를 겨누었다.

"좋아." 내가 말했다. "형광등을 세 번 껐다 켜."

"누구한테 신호를 보내는 거야?"

"해안 경비대."

그들은 눈빛을 교환했고, 스위치 옆에 있던 녀석이 스위치를 세 번 올렸다 내렸다. 형광등이 고르지 못하게 깜빡였다. 우리 셋은 어색하게 서서 영원처럼 느껴지는 시간을 기다렸다. 나는 스킵이 그 신호를 보았는지 궁금했고, 차에서 홀로 있었던 게 겁을 먹기 충분한 시간이었는지 궁금했다.

곧 그가 계단을 내려와 문 앞에 서는 소리가 들렸다. 나는 그에게 들어오라고 외쳤다. 문이 열리고 그가 왼손에 공공칠가방을 들고 들어왔다.

그는 나를 보았고, 이내 수염과 가발과 마스크로 변장한 그들 둘을 힐끗 보았다.

"맙소사." 그가 말했다.

내가 말했다. "양쪽에서 한 사람은 돈과 장부를 교환하고, 한 사람은 그 사람의 뒤를 봐 줄 거야. 그러면 아무도 이상한 짓을 못 할 테고, 장부와 돈은 동시에 교환한다."

스위치를 켰던 키 큰 녀석이 말했다. "넌 이런 일에 숙련된 사람 같은데."

"이 일에 대해 생각할 시간을 가졌지. 스킵, 내가 뒤를 봐 줄게. 가방을 이리 가져와서 내 옆에 놔. 좋아. 이제 너와 우리의 친구 중 하나가 이 방 한가운데에 테이블을 놓고 테이블 주위에 있는 다른 가구들을 치울 수 있겠지."

그들은 서로를 보았고, 예상대로 키 큰 녀석이 세탁물 자루를 파트너에게 발로 차더니 앞으로 나왔다. 놈이 내게 자기가 뭘 하길 바라느냐고 물어서 나는 놈과 스킵이 가구를 배치하게 했다.

"이거에 대해 조합이 뭐라고 할지 모르겠군." 그가 말했다. 수염이 그의 입을 가리고 마스크가 눈 주위를 가렸지만 나는 그가 웃고 있다는 것을 감지했다.

내 지시로 그와 스킵이 형광등 거의 바로 밑, 지하실 한가운데에 놓인 테이블 앞에 자리를 잡았다. 테이블은 길이 2미터에 폭 1미터로, 놈들과 우리를 나누며 놓였다.

나는 한쪽 무릎을 꿇은 자세로 쌓인 의자들 뒤에 쭈그리고 앉았다. 방 저 끝에서 총을 든 녀석이 나와 비슷하게 몸을 숨기고 있었다. 나는 스킵에게 돈이 든 가방을 가져오라고 말하고, 키가 큰 노란 가발 녀석에게는 장부들을 가져오게 했다. 두 사람은 신중하게 움직여 긴 테이블 끝으로 각자의 물건을 가져왔다. 스킵이 먼저 가방을 내려놓고 버튼을 눌러 자물쇠를 열었다. 금발 가발 사내는 자루 밖으로 두 장부를 꺼내 조심스럽게 내려놓고 손을 든 채 뒷걸음질 쳤다.

나는 두 사람에게 2미터쯤 물러나라고 한 다음 테이블 양 끝으로 서로의 위치를 바꾸라고 했다. 무거운 장부를 펼친 스킵은 협상한 장부들이 맞는지 확인했다. 상대는 공공칠가방을 열고 지폐 묶음을 꺼냈다. 놈은 그것을 훌훌 넘겨 보고 제자리에 놓은 다음 다른 묶음을 꺼냈다.

"장부는 맞아." 스킵이 알렸다. 그가 무거운 장부를 덮고 그것을 세탁물 자루에 넣은 다음 자루를 들어 올려 내 쪽으로 돌아오기 시작했다.

총을 가진 녀석이 말했다. "잠깐."

"왜?"

"저 친구가 돈을 셀 때까지 그 자리에 있어."

"저 친구가 오만을 셀 때까지 여기 서 있으라고? 진심이군."

"빨리 세." 총을 든 자가 파트너에게 말했다. "액수가 맞는지 확인해. 신문 조각이 가득 든 가방을 들고 집에 가고 싶진 않으니까."

"정말 그랬고말고." 스킵이 말했다. "염병할 모노폴리 지폐가 가득 든 가방을 들고 총 앞으로 정말 걸어왔고말고. 그런 지적은 어디 다른 곳에서 하지그래? 점점 짜증이 나거든."

대답이 없었다. 스킵은 앞으로 몸을 기울이고 자리를 지켰다. 내 등에 경련이 일었고, 바닥에 대고 있는 무릎이 약간 아파 왔다. 노란 머리 사내가 지폐 묶음을 훑으며 신문 쪼가리나 1달러짜리 지폐가 섞여 있지 않은지 확인하는 동안 시간이 멈춘 것 같았다. 놈은 아마 최대한 빨리 셌겠지만 놈이 만족해하며 가방을 닫고 자물쇠를 채우기 전까지 영원의 시간이 흐른 것 같았다.

"좋아." 내가 말했다. "이제 두 사람은……,"

스킵이 말했다. "잠깐. 우리가 세탁물 자루를 가져가고 놈들이 공공칠가방을 가져가는 거군, 맞아?"

"근데?"

"그러니까 그건 불공평해 보이는데. 저 가방은 거의 백 달러짜리고 이 년도 안 쓴 건데, 세탁물 자루는 얼마나 가치 있지? 이 달러?"

"뭘 말하려는 거야, 디보?"

"너희들이 뭔가 던져 줄 수도 있잖아." 그가 힘이 들어간 목소리로 말했다. "이 일을 계획한 게 누군지 말해 줄 수도 있지 않겠냐고."

그들 둘이 그를 뚫어지게 쳐다보았다.

"난 너희를 몰라." 스킵이 말했다. "너희 둘 다 몰라. 너흰 내 물건을 훔쳤어. 좋아. 어쩌면 네놈들 여동생이 수술이나 뭔가가 필요할지도 모르지. 내 말은 모두가 먹고는 살아야 한다는 거야, 안 그래?"

무응답.

"하지만 누군가가 이걸 계획했다면 내가 아는 놈이고, 나를 아는 놈이야. 누군지 말해. 그거면 돼."

긴 침묵이 흘렀다. 이내 갈색 가발을 쓴 자가 억양 없는 목소리로 단정 짓듯 말했다. "잊어버려." 스킵의 어깨가 체념하듯 내려갔다.

"우리가 알아보지." 스킵이 말했다.

그리고 스킵과 노란 가발 사내는 테이블에서 뒷걸음질 쳤다. 한 명은 공공칠가방을 들고, 한 명은 세탁물 자루를 들고. 나는 상황을 지휘했다. 놈들이 뒤쪽 커튼이 쳐진 아치형 입구로 움직이는 모습을 놀랄 것도 없이 지켜보며 스킵을 그가 들어온 문으로 보냈다. 스킵이 문을 열고 나가려고 할 때 갈색 가발을 쓴 자가 말했다. "기다려."

그의 총열이 긴 권총이 스킵을 향해 움직였고, 순간 나는 놈이 쏘리라고 생각했다. 나는 양손으로 45구경을 쥐고 놈을 겨냥했다. 이내 놈의 총이 옆으로 움직였고, 놈이 총을 들어 올리며 말했다. "우리가 먼저 간다. 너흰 십 분간 여기 남아 있어. 알았어?"

"좋아." 내가 말했다.

그가 총을 천장으로 향하더니 두 방 쏘았다. 형광등이 머리 위에서 폭발했고, 지하실은 어둠 속에 남겨졌다. 총소리는 컸고 형광등이 터지는 소리는 더 컸지만 무슨 이유에서인지 그 소리도 어둠도 나를 겁먹게 하지 않았다. 나는 아치형 문으로 움직이는, 어둠 속 놈의 그림자를 지켜보며 손가락을 방아쇠에 올리고 놈의 등짝에 45구경을 겨누고 있었다.

우리는 10분간 기다리라는 지시를 따르지 않았다. 거기서 서둘러 나왔다. 스킵은 장부가 담긴 세탁물 자루를 들고 있었고, 나는 여전히 한 손에 총을 움켜쥐고 있었다. 우리가 셰비를 향해 길을 건너기 전, 카사비안이 기어를 넣고 우르릉거리며 블록을 달려 내려와 귀청을 찢는 브레이크 소리를 내며 우리 옆에 차를 세웠다. 우리가 뒷좌석에 뛰어들어 이 블록을 돌라고 말한 순간 차는 이미 우리가 말을 끝내기도 전에 움직이고 있었다.

우리는 좌회전한 다음 다시 좌회전했다. 17번가에서 한 손으로 나무를 잡고 숨을 헐떡이고 있는 보비 루슬랜더를 발견했다. 길 저편에서는 빌리 키건이 우리를 향해 천천히 걸음을 옮기다가 잠시 멈춰 서서 성냥을 손으로 감싸고 담배에 불을 붙였다.

보비가 말했다. “오, 염병, 난 쓸모없는 놈이야. 놈들이 저 진입로에서 뛰쳐나왔어. 분명 그놈들이겠지. 돈 가방을 들었으니까. 난 네 집 아래 있었는데, 놈들을 봤지만 놈들에게 즉각 뛰어가고 싶진 않더라고. 왜인지 알겠지? 한 놈이 총을 들고 있는 것 같았으니까.”

“총소리는 못 들었어?”

그는 듣지 못했다. 둘 중 누구도 듣지 못했다. 나는 놀라지 않았다. 갈색 머리가 쏜 총은 소구경이었고, 밀폐된 지하실에서는 충분히 큰 소리를 냈지만 그 소리를 멀리까지는 퍼뜨리지 못한 듯싶었다.

“놈들이 여기 있던 차에 뛰어들더니,” 보비가 주차되어 있던 곳을 가리키며 말했다. “급히 빠져나가면서 타이어 자국을 남겼어. 난 놈들이 차에 타자마자 번호판을 볼 수 있으리라 생각해 즉각 움직여서 놈들을 쫓아갔는데, 어두워서……,” 그가 어깨를 으쓱했다. “아무것도 못 봤어.” 그가 말했다.

스킵이 말했다. “적어도 시도는 했잖아.”

“난 쓸모없는 놈이야.” 보비가 말했다. 그가 자신의 배를 찰싹 때렸다. “다리도 짧고 폐활량도 없고 눈도 그렇게 좋지 않지. 코트를 누벼야 하는 진짜 농구 시합의 심판은 될 수 없을걸. 그러다간 뒈질 거야.”

“휘슬을 불 수도 있었잖아.” 스킵이 말했다.

“젠장, 그걸 갖고 있었으면 그랬겠지. 놈들이 차를 세우고 항복했을 것 같아?”

“아마 널 쐈을 거야.” 내가 말했다. “번호판은 잊어버려.”

“적어도 난 시도는 했어.” 그가 말했다. 그가 빌리를 힐끗 보았다. “키건은 저쪽에서 놈들과 더 가까이 있었는데, 꿈쩍도 안 하던데. 황소 페르디난드디즈니 애니메이션에 등장하는 캐릭터처럼 나무 밑에 앉아서 꽃 냄새만 맡고 있더라니까.”

“개똥 냄새를 맡고 있었지.” 키건이 말했다. “뭔가를 연구할 땐 가까운 데 있는 걸로 해야 해.”

“그래서 미니어처 병들을 연구해 온 거냐, 빌리?”

“그건 적당량의 술을 유지하기 위해서지.” 키건이 말했다.

나는 보비에게 차종을 보았는지 물었다. 그는 입을 오므려 한숨을 내쉬더니 고개를 저었다. “어두운색의 신형 세단.” 그가 말했다. “어쨌든 요즘 나오는 차는 모두 비슷해 보이니까.”

“그 말은 맞아.” 카사비안이 그렇게 말했고, 스킵이 그의 말에 동의했다. 내가 다른 질문을 생각하고 있을 때 빌리 키건이 그 차가 삼사 년 된 검은색 혹은 네이비블루 머큐리 마퀴라고 말했다.

우리 모두 멈춰 서서 그를 쳐다보았다. 그는 얼굴에 애써 표정을 드러내지 않으며 가슴께 주머니에서 종잇조각을 꺼냈다. “LJK-구일사.” 그가 읽었다. “이게 너희 중 누구에게라도 의미가 있을까?” 그리고 우리가 계속 그를 응시하는 동안 그가 말했다. “이게 그 차 번호야. 뉴욕 번호판. 아까 지루해서 죽기 전에 모든 번호판과 차종을 적어 뒀어. 염병할 코커스패니얼처럼 차들을 쫓느니 이게 더 쉬워 보였거든.”

“빌어먹을 빌리 키건.” 놀란 눈으로 스킵은 그렇게 말하며 그에게

다가가 그를 끌어안았다.

“제군은 술을 조금 마시는 사람에 관한 판단을 서두르는 경향이 있군.” 키건이 말했다. 그는 주머니에서 미니어처 병을 꺼내 봉인된 뚜껑을 딴 다음 머리를 젖혀 단숨에 위스키를 들이켰다.

“적당량의 유지.” 그가 말했다. “그뿐이야.”

17

보비는 그것을 극복할 수 없었다. 그는 빌리의 천재성에 거의 상처받은 것처럼 보였다. “왜 아무 말도 안 해 준 거야?” 그가 따졌다. “내가 같이 번호들을 적었을 수도 있었잖아. 더 많은 차를 커버할 수 있었을 텐데 말이야.”

키건이 어깨를 으쓱했다. “그걸 몰래 해야 할 것 같았어.” 그가 말했다. “놈들이 여기 있는 차들을 타지 않고 제롬가에서 버스를 탄다면 내가 바보처럼 보일 거 아니겠어.”

“제롬가는 브롱크스에 있어.” 누군가가 말했다. 빌리는 제롬가가 어디 있는지 알고, 삼촌이 제롬가에 살았었다고 말했다. 나는 그 한 쌍이 진입로에서 뛰쳐나왔을 때 변장하고 있었는지 물었다.

“모르겠어.” 보비가 말했다. “놈들이 뭣처럼 보였어야 했는데? 작은 마스크를 쓰고 있었어.” 그는 양손 엄지와 중지로 두 개의 동그라미를 만들어 마스크 흉내를 내며 그것을 얼굴에 갖다 댔다.

"놈들한테 수염이 있었어?"

"당연히 있었지. 놈들이 도망치는 와중에 면도라도 했을까 봐?"

"그 수염은 가짜야." 스킵이 말했다.

"오."

"가발도 썼어? 하나는 어두운색, 하나는 밝은색?"

"그럴걸. 놈들이 가발을 썼는지 모르겠어. 난 캄캄한 데 있었어, 아서. 가로등이 여기저기에 있긴 했지만 놈들은 진입로로 나와 놈들의 차로 달려갔으니까. 멈춰 서서 사진기자들에게 포즈를 취하며 기자회견은 열지 않았어."

내가 말했다. "여기서 벗어나는 게 좋겠어."

"그건 왜? 브루클린 한복판에 이렇게 서 있는 게 좋은데. 어릴 때 길모퉁이를 싸돌아다니던 기억이 나서 말이야. 경찰 때문에 그러는 거야?"

"뭐, 총소리가 났잖아. 눈에 띄어 봤자 좋을 게 없어."

"무슨 말인지 알겠군."

카사비안의 차를 향해 걸은 우리는 차에 올라탄 다음 한 번 더 블록을 돌았다. 우리는 빨간불에 걸렸고, 나는 카사비안에게 맨해튼으로 돌아가는 길을 알려 주었다. 우리는 장부들을 손에 넣었고, 그 대가를 치렀다. 나중에 그걸 누군가에게 이야기하든 말든 우리는 모두 무사했다. 게다가 키건의 알딸딸한 천재성은 칭찬해 마땅했다. 이 모든 게 우리의 분위기를 더 낫게 바꾸었고, 나는 이제 돌아가는 길을 명확하게 알려 줄 수 있었으며, 카사비안도 그 지시를 알아들을 수 있었다.

교회 근처에 왔을 때 우리는 교회 앞에 누군가를 기다리고 있는 것처럼 서 있는 러닝셔츠 바람의 남자 몇몇을 보았다. 저 멀리서 물결치듯 다가오는 경찰차의 사이렌 소리가 들렸다.

나는 카사비안에게 우리 모두를 집에 태워 달라고 말하고 싶었다. 스킵의 차는 내일 찾으러 올 수도 있었다. 하지만 차는 소화전 앞에 있었고, 그것은 눈에 띌 터였다. 카사비안은 차를 세웠고-그는 군중과 사이렌의 조합을 생각하지 못했는지도 몰랐다-, 스킵과 나는 차에서 내렸다. 길 건너 무리 중에서 머리가 벗어지기 시작하고 맥주배가 나온 남자가 우리를 바라보고 있었다.

나는 그에게 무슨 일이 있느냐고 소리쳐 물었다. 그는 내가 경찰서에서 나온 사람인지 알고 싶어 했다. 나는 머리를 저었다.

"누가 교회에 들어가 기물을 파손했소." 그가 말했다. "애들이겠지, 아마. 우리가 경찰이 올 때까지 출구를 막고 있소."

"애들이란." 내가 심각하게 말하자 그가 웃었다.

"교회 지하실에 있었을 때보다 지금이 더 긴장되는 것 같아." 몇 블록을 지나온 뒤에 스킵이 말했다. "난 막 강도질을 한 것처럼 세탁물 자루를 메고 있었던 데다 넌 허리춤에 사십오 구경을 꽂고 있었잖아. 저 사람들이 총을 봤다면 우리 꼴이 대단했을 거야."

"총을 거기에 넣어 뒀다는 걸 깜빡했군."

"게다가 우린 주정뱅이가 가득 찬 차에서 내렸어. 우리의 또 하나의 유리한 포인트였지."

"취한 사람은 키건 한 명뿐이었어."

"게다가 녀석은 천재이기도 했고. 그걸 알아볼 거야? 술 취한 녀석이 말한……."

나는 사물함에서 스카치를 꺼내 그를 위해 뚜껑을 열었다. 그는 길게 한 모금 마시고 나에게 병을 넘겼다. 우리는 병이 빌 때까지 그것을 주고받았다. 스킵이 말했다. "염병할 브루클린." 그리고 병을 창밖으로 던졌다. 나는 그가 그러지 않았다면 행복했을 것이었다. 우리는 숨결에서 술 냄새가 났고, 면허가 없는 총을 소지하고 있었다. 우리의 존재를 해명하기에 좋은 행동이 아니었다. 하지만 나는 잠자코 있었다.

"놈들은 꽤 전문적이었어." 스킵이 말했다. "그 변장하며 모든 게. 왜 놈은 형광등을 쐈을까?"

"우리 행동을 늦추려고."

"난 거기서 순간 놈이 날 쏘는 줄 알았어. 맷?"

"왜?"

"왜 놈을 쏘지 않았어?"

"놈이 널 겨눴을 때? 놈이 쏠 것 같았으면 그랬을 거야. 난 놈을 겨누고 있었어. 그 상황에선 내가 놈을 쐈다면 놈이 널 쐈을 거야."

"그 후에 말이야. 놈이 형광등을 쏜 후에. 넌 놈을 겨누고만 있었잖아. 놈이 그 문으로 나갈 때도 겨누고만 있었고."

나는 대답하는 데 시간이 걸렸다. 내가 말했다. "넌 그 장부들을 국세청으로부터 지키려고 그 돈을 주기로 했어. 벤슨허스트에 있는 교회에서 총질을 했다면 어떻게 됐을 것 같아?"

"맙소사, 그건 생각 못 했네."

"그리고 어쨌든 놈을 쐈다고 해도 돈은 회수하지 못했을 거야. 돈은 이미 다른 놈이 뒷문 밖으로 가지고 나갔으니까."

"알아. 내 생각이 짧았어. 실은 난 놈을 쐈을지도 몰라. 그게 맞기 때문이 아니라 발끈해서."

"뭐, 발끈하면 자기가 무슨 짓을 할진 아무도 모르니까."

신호 대기에 걸렸을 때 나는 수첩을 꺼내 스케치를 시작했다. 스킵이 내게 뭘 그리는지 물었다.

"귀." 내가 말했다.

"왜?"

"경찰학교에 다닐 때 교수가 우리에게 한 말이 있어. 사람의 귀 모양은 아주 독특한데, 성형수술로 감추거나 바꾸는 경우는 거의 없다더군. 그 두 놈에게서 볼 수 있는 건 많지 않았어. 잊어버리기 전에 놈들의 귀를 스케치하고 싶어서."

"놈들의 귀가 어떻게 생겼는지 기억한다고?"

"뭐, 포인트를 기억해 뒀어."

"오, 그건 중요하겠는데." 그가 담배를 한 모금 빨았다. "난 놈들의 귀가 보였는지도 장담 못 하겠어. 가발에 가리지 않았어? 아니니까 네가 그리고 있는 거겠지만. 어떤 파일 같은 걸로 놈들의 귀를 체크할 수 있어? 지문처럼?"

"난 그냥 놈들을 알아볼 방법을 찾고 싶을 뿐이야." 내가 말했다. "만약 놈들이 오늘 밤 진짜 목소리를 냈다면 놈들의 목소리를 알아볼지도 모르겠어. 그리고 아마 놈들은 그랬던 것 같아. 키에 관해서는,

한 놈은 백칠십오에서 백칠십팔 센티 정도였고, 다른 놈도 고만고만하거나 더 멀리 서 있어서인지 좀 더 작아 보였어." 나는 내 스케치를 보고 머리를 저었다. "어느 귀가 어떤 놈 귀인지 모르겠군. 이걸 바로 그렸어야 했는데. 그런 기억은 빨리 사라지니까."

"그게 문제 같아, 맷?"

"놈들의 귀가 어떻게 생겼는지가?" 나는 생각해 보았다. "아마 아니겠지." 나는 인정했다. "수사의 적어도 구십 퍼센트가 어디로도 이끌지 않아. 그 구십 퍼센트는 사람들과 얘기를 나누고 뭔가를 확인하는 데 걸리는 시간이야. 하지만 수사를 계속하다 보면 그중에 걸리는 게 한 가지는 있어."

"그 일이 그리워?"

"경찰이었던 때? 가끔은."

"사람은 누구라도 뭔가를 그리워해." 그가 말했다. "어쨌든 난 귀만을 말한 건 아니야. 이 모든 것에 뭔가 의미가 있는지 말한 거야. 우린 놈들에게 보기 좋게 당했어. 그 번호판이 단서가 될 것 같아?"

"아니. 난 놈들이 훔친 차를 쓸 만큼은 똑똑했을 것 같아."

"내 생각도 그래. 난 그때 분위기를 깨고 싶지 않아서, 빌리의 활약에 찬물을 끼얹고 싶지 않아서 아무 말도 안 했지만 놈들이 들인 수고, 변장이라든가 교섭 장소에 가기까지 우릴 뺑뺑이 돌렸다든가 한 걸 보면 놈들이 번호판 때문에 발이 걸려 넘어질 거라는 생각은 안 들어."

"가끔은 그런 일이 일어나기도 해."

"그렇겠지. 놈들이 차를 훔친 게 우리한테 더 나은지도 몰라."

"어째서?"

"어쩌면 놈들이 그 차에 타고 있다가 도난 차량 리스트를 본 눈 좋은 경찰에게 잡힐지도 모르잖아. 그걸 뭐라고 해?"

"핫카 시트hot-car sheet. 하지만 도난 차량이 거기에 실리는 덴 시간이 좀 걸려."

"아마 놈들은 그것까지 계획했겠지. 일주일 전에 차를 훔쳐서 튜닝했을 거야. 놈들이 체포된다면 죄목이 뭐겠어? 교회 훼손?"

"오, 젠장." 내가 말했다.

"왜?"

"그 교회."

"그게 뭐?"

"차 세워, 스킵."

"응?"

"잠깐 차 좀 세워 볼래?"

"진심이야?" 그가 나를 보았다. "진심이군." 그가 그렇게 말하고 길모퉁이에 차를 댔다.

나는 눈을 감고 어떤 생각에 초점을 맞추려고 애썼다. "그 교회." 내가 말했다. "어떤 교회인지 봤어?"

"교회는 나한테 다 똑같아 보이는데. 그 교회는, 모르겠어. 벽돌에 돌에. 뭐가 다르다는 거야?"

"내 말은 개신교냐 가톨릭이냐 아니면 다른 뭐냐고."

"그 교회가 뭔지 내가 어떻게 알아?"

"입구에 게시판이 있었어. 예배가 몇 시고 이러저러한 설교가 있다고 하는, 검은 바탕에 흰 글씨가 쓰인 유리 케이스가."

"그건 어디나 똑같잖아. 네가 그러고 싶어도 그러지 못하는 걸 알려 주겠다는."

나는 눈을 감고 그 빌어먹을 것을 떠올려 보려 했지만 그 글자들에 초점을 맞출 수 없었다. "못 봤다고?"

"마음속으로 생각하는 건 있어, 맷. 그런다고 뭐가 달라져?"

"가톨릭이었어?"

"몰라. 가톨릭에 유감이라도 있는 거야? 어릴 때 수녀들한테 자로 맞기라도 했어? '불순한 생각을 하다니, 찰싹, 혼 좀 나 봐야겠구나, 이 못된 자식.' 시간이 좀 걸릴 것 같아, 맷?" 나는 눈을 감고 기억과 레슬링 중이라 그에게 대답하지 않았다. "길 건너 주류 판매점이 있어서 말이야. 브루클린에서 돈을 쓰긴 싫지만 그래야겠어. 괜찮아?"

"그럼."

"그게 미사주라고 생각해." 그가 말했다.

그는 종이봉투에 1파인트짜리 티처스를 담아 왔다. 그는 봉투에서 병을 꺼내지 않은 채 봉인을 뜯고 뚜껑을 연 다음 한 모금 마시고 봉투를 나에게 건넸다. 나는 잠시 그것을 쥐고 있다가 들이켰다.

"이제 가도 돼." 내가 말했다.

"어디로?"

"집으로. 맨해튼으로 돌아가."

"구일기도나 뭘 해야 해서 돌아가면 안 되는 거 아냐?"

"교회는 루터교였어."

“그리고 그게 우리가 맨해튼으로 갈 수 있다는 뜻이고.”

“맞아.”

그는 시동을 걸고 모퉁이를 빠져나왔다. 그가 손을 내밀어 나는 그에게 병을 주었고, 그는 들이켠 다음 다시 내게 그것을 건넸다.

그가 말했다. “캐묻는 건 아니지만 스커더 탐정 선생……,”

“아니지만 그게 다 뭐냐고?”

“그래.”

“이런 말을 하는 게 좀 바보 같긴 한데,” 내가 말했다. “틸러리가 며칠 전에 내게 한 말이 있어. 그 말이 사실인지조차 모르지만 벤슨허스트에 있는 교회에 관한 얘기였어.”

“가톨릭교회.”

“그럴 거야.” 나는 그렇게 대답한 다음 마피아 지부장의 어머니가 다니는 교회를 턴 두 꼬마와 그 대가로 그들이 치른 것에 관해 토미가 해 준 이야기를 그에게 들려주었다.

스킵이 말했다. “정말? 정말 있었던 일이야?”

“몰라. 토미도 몰라. 돌고 도는 얘기지.”

“고기 매다는 고리에 걸려서 염병할 산 채로 가죽이 벗겨졌다고…….”

“그게 투토의 마음에 든 방법이었나 보지. 돔 더 부처Dom the Butcher라고 불렸으니까. 그는 식육 도매업에 관심이 있었던 것 같아.”

“맙소사, 그게 그가 다니는 교회였다면……,”

“그의 어머니가 다니던 교회야.”

“어쨌든. 유리가 녹을 때까지 그 병을 쥐고 있을 거야?”

“미안.”

“만약 그게 그가 다녔던 교회든, 그의 어머니가 다녔던 교회든, 뭐든 간에……,”

“나라면 오늘 밤 거기서 총질이 있었을 때 우리가 거기에 있었다는 걸 그가 알게 하고 싶지 않을 거야. 교회가 털린 것과 똑같진 않겠지만 그래도 그는 기분 나쁘게 받아들일걸. 그가 어떻게 반응할지 누가 알겠어?”

“맙소사.”

“하지만 거긴 분명 개신교 교회였고, 그의 어머니는 가톨릭교회에 다녔을 거야. 가톨릭교회라면 벤슨허스트에 네다섯 군데 있을 텐데. 더 많을지도 모르고.”

“언제 날 잡아서 세야겠어.” 그가 담배를 한 모금 빨고 기침하더니 창밖으로 담배를 던졌다. “왜 사람들은 그런 짓을 하는 걸까?”

“그러니까 네 말은……,”

“두 꼬마를 매달아 염병할 껍질을 벗겼다는 거 말이야. 두 꼬마가 한 일은 교회에서 대수롭잖은 걸 좀 훔친 것뿐인데, 누군가는 왜 그런 짓을 할까?”

“모르지.” 내가 말했다. “투토가 왜 그런 짓을 하려고 했는지는 알 것 같은데.”

“왜?”

“그들에게 교훈을 주려고.”

그는 그에 관해 생각했다. “뭐, 분명 효과가 있을 거야.” 그가 말했다. “장담하는데, 두 꼬마 녀석은 절대 다른 교회를 털지 않겠지.”

18

우리가 집으로 돌아왔을 때쯤 1파인트짜리 티처스는 비어 있었다. 나는 많이 마시지 않았다. 계속 홀짝이던 스킵이 마침내 빈 병을 뒷좌석으로 휙 던졌다. 아직 강 저편에 있었다면 그는 그것을 창밖으로 던졌을 터였다.

우리는 돔 더 부처에 관한 대화 이후로 많은 이야기를 나누지 않았다. 술이 이제 그에게 효과를 나타내고 있었고, 운전에서 약간 드러나 있었다. 그는 정지 신호를 몇 번 지나치고 코너를 거칠게 돌았지만 사람이나 사물을 치지는 않았다. 경찰에게 검문당하지도 않았다. 그해 뉴욕시에서는 수녀라도 치지 않는 한 교통 위반으로 소환되지 않았다.

미스 키티네에 차를 세웠을 때 그는 운전대에 팔꿈치를 올려놓은 채 몸을 앞으로 기울이고 있었다. "음, 가게가 아직 열려 있군." 그가 말했다. "오늘 밤 바에서 일할 친구를 구했는데, 아마 그가 벤슨허스트의 그놈들만큼이나 우리에게서 많은 걸 훔쳤을 거야. 들어가자. 난 이 장부들을 치우고 싶어."

사무실에서 나는 그에게 장부를 금고에 넣어 두는 편이 좋겠다고 말했다. 그가 나를 보더니 금고 다이얼을 돌렸다. "오늘 밤만." 그가 말했다. "내일 이걸 둘로 쪼개서 소각장에 갖다 버릴 거야. 이제 정직한 장부 따윈 필요 없어. 그편이 마음 편할 테니까."

그는 장부들을 금고에 넣고 큼직한 문을 닫기 시작했다. 나는 그러는 그를 막으려고 그의 팔을 잡았다. "이것도 거기에 넣어 둬야 할 거야." 나는 그렇게 말하고 45구경을 그에게 건넸다.

"그걸 깜빡했군." 그가 말했다. "하지만 그건 금고에 넣지 않을 거야. 그러면 강도에게 이렇게 말해야 할 테니까. '네놈 머리를 날려 버리게 금고에서 총을 꺼내 올 테니 잠깐만 기다려 주실래요?' 우린 그걸 바 뒤에 둬." 그가 내게 총을 받아 들더니 눈에 안 띄게 가져갈 방법을 찾아 주위를 둘러보았다. 커피와 샌드위치를 포장해 주는 데 쓴 얼룩진 흰 종이 가방이 있어서 스킵은 그 안에 총을 넣었다.

"이걸로," 그는 금고를 닫고 다이얼을 돌린 다음 확실히 잠겼는지 보려고 손잡이를 잡아당겼다. "완벽해." 그가 말했다. "이제 너한테 한잔 살게."

우리는 밖으로 나갔고, 그가 바 뒤로 들어가 우리가 차 안에서 마셨던 것과 같은 스카치를 두 잔 따랐다. "넌 버번을 원했을 텐데," 그가 말했다. "깜빡했네. 아까 그 술을 샀을 때도 깜빡했어."

"이것도 괜찮아."

"정말?" 그가 바에서 몸을 떼 바 뒤쪽 어딘가에 그 총을 넣었다. 오늘 밤을 위해 고용된 바텐더가 다가오더니 그와 이야기하길 원했고, 둘은 자리를 피해 몇 분간 이야기를 나누었다. 스킵이 돌아와 입에 잔을 털어 넣고 차가 견인되기 전에 차를 주차 빌딩에 넣어 두고 싶다면서 곧 돌아오겠다고 말했다. 아니면 같이 가겠느냐고.

"가 봐." 내가 그에게 말했다. "나도 슬슬 가야겠어."

"오늘 밤은 일찍 끝내는 거야?"

"그것도 나쁘지 않겠지."

"그렇고말고. 그럼 내가 돌아왔을 때 네가 가고 없다면 내일 봐."

나는 곧장 집으로 가지 않았다. 가기 전에 몇몇 술집을 들렀다. 암스트롱은 아니었다. 더 이상 어떤 대화도 나누고 싶지 않았다. 취하고 싶지도 않았다. 나도 내가 뭘 원하는지 잘 몰랐다.

폴리스 케이지에서 나왔을 때 57번가에서 서쪽으로 달리고 있는, 토미의 뷰익과 비슷한 차를 보았다. 운전석의 남자는 잘 보이지 않았다. 차가 간 길을 따라 걷다가 다음 블록 중간쯤에서 주차 공간으로 들어가는 그 차를 보았다. 그때 운전자가 차에서 내려 문을 잠갔고, 나는 그 사람이 토미라는 사실을 알 만큼 가까이 있었다. 그는 재킷에 넥타이 차림이었고, 꾸러미 두 개를 들고 있었다. 하나는 부채꼴 모양으로, 꽃다발처럼 보였다.

나는 캐럴린이 사는 건물로 들어가는 그를 지켜보았다.

왜인지 모르게 나는 그녀가 사는 건물 길 건너편으로 가서 보도 위에 섰다. 그녀의 집 창문을 찾았다. 불이 켜져 있었다. 불이 꺼질 때까지 한동안 거기 서 있었다.

나는 공중전화로 가 411에 전화를 걸었다. 번호 안내원은 내가 말한 주소에 확실히 캐럴린 치텀 명의의 전화번호가 등록되어 있지만 번호는 알려 줄 수 없다고 말했다. 다시 전화를 걸자 다른 안내원이 나왔고, 사용자의 요청에 따라 전화번호부에 등록되어 있지 않은 번호를 조사하는 경찰의 방식을 따랐다. 변변찮은 귀 스케치가 있는 수첩 페이지에 그 번호를 적었다. 그들의 귀가 별 특징이 없는 귀라는 생각이 들었다. 어디에라도 있을 만한 귀였다.

공중전화에 동전을 넣고 그 번호를 돌렸다. 네 번 울리고 나서 그녀가 전화를 받더니 "여보세요."라고 말했다. 대체 내가 뭘 기대했는지 몰랐다. 나는 아무 말도 하지 않았고, 그녀는 두 번 "여보세요."라고 하더니 끊었다.

등과 어깨에 엉겁결에 힘이 들어갔다. 어딘가에서 피라도 한 바가지 흘리며 싸우고 싶은 기분이었다. 무언가를 치고 싶었다.

이 분노는 어디에서 오는 걸까? 올라가서 그녀에게서 그를 떼어내 그의 얼굴에 한 방 날리고 싶었지만 대체 그가 어쨌길래? 며칠 전 나는 그녀를 방치하는 그에게 화가 났었다. 지금은 그가 그러지 않아서 화가 났다.

내가 질투하는 걸까? 하지만 왜? 나는 그녀에게 관심이 없었다.

미쳤군.

다시 가서 그녀의 창문을 보았다. 불은 여전히 꺼져 있었다. 루스벨트 병원에서 나온 앰뷸런스 한 대가 사이렌을 울리며 9번가로 빠르게 달려갔다. 신호가 바뀌길 기다리고 있는 차에서는 라디오의 록음악이 요란하게 울려 댔다. 이내 그 차가 빠르게 달려가고 앰뷸런스의 사이렌 소리가 희미해지자 도시가 잠시 완전한 정적에 빠진 것 같았다. 이윽고 사이렌이 또 울렸다가 사라졌고, 나는 결코 완전히 사라지지 않는 주위의 모든 소음을 다시 자각하게 되었다.

키건이 나에게 틀어 준 그 노래가 떠올랐다. 전부는 아니었다. 음은 생각이 나지 않았고, 단편적인 가사만 기억났다. 시와 포즈의 밤에 관한 부분. 뭐, 그런 밤인지도 몰랐다. 누구나 혼자가 되리라는 걸 알리라. 성스러운 술집이 문 닫을 때.

나는 맥주를 좀 사서 호텔로 돌아갔다.

19

6분서는 그리니치빌리지 블리커가와 허드슨가 사이 서10번가에 있다. 수년 전 내가 거기서 근무했을 때는 찰스가에서 서쪽으로 한참 떨어진 곳의 화려한 건물에 있었다. 이후 그 건물은 장다름이라는 이름의 공동주택으로 바뀌었다.

새 경찰서는 아무도 아파트로 개조할 것 같지 않을 흉한 현대 건축물이다. 나는 화요일 오후 조금 전에 그곳에 도착해 안내 데스크를 거쳐 곧장 에디 콜러의 방으로 갔다. 그 방이 어디 있는지 알았기에 데스크에 물을 필요가 없었다.

그는 읽고 있던 보고서에서 고개를 들어 나를 보고 눈을 찡긋했다. "저 문은 말이야," 그가 말했다. "누구라도 통과할 수 있지."

"좋아 보이는데, 에디."

"뭐, 알잖아. 건전한 삶. 앉아, 맷."

나는 자리에 앉았고, 우리는 잠시 잡담을 나누었다. 우리는 알고 지낸 지 오래되었다. 에디와 나는. 잡담이 시들해졌을 때 그가 말했다. "마침 근처에 있었던 거야?"

"자네 생각이 나서 자네가 새 모자가 필요하지 않을까 생각했지."

"이 날씨에?"

"아마 파나마모자. 햇빛을 막아 주는 멋진 밀짚모자 말이야."

"아마 피스 헬멧더운 나라들에서 머리 보호용으로 쓰는, 가볍고 단단한 소재로 된 흰색 모자. 하지만 이 동네에서 그걸 썼다간," 그가 말했다. "여자들한테 무슨 말을 들을지 모르지."

나는 수첩을 꺼냈다. "차 번호." 내가 말했다. "날 위해 그걸 확인해 봐 줄 수 있을 것 같은데."

"차량계에 전화해 보라고?"

"먼저 도난 차량 리스트를 확인해 줘."

"뭐야, 뺑소니? 자네 의뢰인이 자기를 친 놈을 알고 싶대? 고발 대신 합의금을 받으려고?"

"자넨 상상력이 풍부해."

"차 번호를 갖고 와서 아무 설명도 없고, 나는 도난 차량을 조사해야 한단 말이지? 젠장. 번호가 뭐야?"

나는 그에게 번호를 알려 주었다. 그는 번호를 받아 적고 책상 의자를 밀치고 일어섰다. "잠깐 기다려." 그가 말했다.

그가 나간 동안 나는 내 귀 스케치를 보았다. 귀는 정말 제각각이다. 문제는 귀들을 알아보기 위해서는 훈련이 필요하다는 것이다.

그는 알아보는 데 오래 걸리지 않았다. 돌아온 그는 회전의자에 털썩 앉았다. "리스트엔 없어." 그가 말했다.

"차량계에 등록이 됐는지 확인해 줄 수 있어?"

"그럴 수 있지만 그럴 필요 없어. 도난 차는 리스트에 늘 그렇게 빨리 오르지 않아. 그래서 도난 신고계에 전화해 봤지. 그랬더니 맞아, 도난 차량이야. 다음 리스트에는 오를 거야. 어젯밤에 도난 신고 전화가 왔대. 오후 늦게나 초저녁에 도둑맞은 것 같다고."

"그렇군." 내가 말했다.

"칠십삼 년형 머큐리 맞지? 진청색 세단?"

"맞아."

"알고 싶은 게 그거야?"

"어디서 도난당했대?"

"브루클린 어디에서. 오션 파크웨이의 번지 숫자가 높은 데서. 여기서 꽤 멀 거야."

"말 되는군."

"그래?" 그가 말했다. "뭐가?"

나는 머리를 저었다. "아무것도 아니야." 내가 말했다. "그 차가 중요할지도 모른다고 생각했는데, 그게 도난당한 차라면 별로 단서가 못 돼."

나는 꺼낸 지갑에서 전통적인 경찰 용어인 모자값으로 25달러를 뺐다. 그 돈을 책상 위에 놓았다. 그는 거기에 손을 올렸지만 집지는 않았다.

"이제 내가 질문할 차례야." 그가 말했다.

"그래?"

"왜지?"

“사적인 일이야.” 내가 말했다. “누군가를 위해 일하고 있어서 말할 수……,”

그는 머리를 젓고 있었다. “전화로 물었으면 공짜일 일에 왜 이십오 달러를 들인 거야? 젠장, 맷, 경찰 배지를 몇 년을 갖고 다녔는데, 차량계에서 리스트를 구할 방법을 잊어버린 거야? 전화를 걸어서 누구라고 가짜 신분을 대는 거 알잖아?”

“도난 차량이라고 생각했어.”

“그러니까 먼저 도난 차량을 확인하고 싶었다면 그 부서의 누군가에게 전화하면 됐잖아. 난 잠복 중인 형사다. 지어내고 싶은 말은 뭐든 해서. 도난 차로 의심되는 차를 발견했으니 확인해 줄 수 있냐? 그랬으면 여기까지 오지 않아도 되고 모자값도 아꼈을 거 아냐.”

“그럼 경찰 사칭이잖아.” 내가 말했다.

“오, 그러셔?” 그가 돈을 톡톡 쳤다. “법률 용어를 쓰고 싶다면,” 그가 말했다. “이건 뇌물수수야. 선을 긋기엔 이상한 곳을 골랐어.”

이 대화가 나를 불편하게 하고 있었다. 경찰을 사칭해 전화번호 안내 센터에서 캐럴린 치텀의 미등록 전화번호를 알아낸 지 채 열두 시간도 되지 않았는데도. 내가 말했다. “어쩌면 자네가 보고 싶었는지도 모르지, 에디. 그건 어때?”

“어쩌면. 어쩌면 자네 머리가 녹슬고 있는 건지도 모르고.”

“그럴 가능성도 있지.”

“어쩌면 술을 끊고 사람다운 생활로 돌아와야 할지도 모르고. 그 가능성은?”

나는 자리에서 일어났다. “언제 봐도 반가워, 에디.” 그가 무슨 말을 더 하려 했지만 이곳에서 그 말을 듣고 있을 필요는 없었다.

이곳에서 가까운, 강 근처 크리스토퍼가에 빨간 벽돌로 지은 성베로니카 성당이 있었다. 부랑자 한 명이 나이트트레인위스키 브랜드 빈 병을 움켜쥔 채 계단 위에 자리를 잡고 있었다. 내게 암울한 암시를 하려고 에디가 미리 전화를 걸어 저 남자에게 저기에 자리를 잡으라고 한 것이 아닌가 하는 생각이 들었다. 나는 웃어야 할지, 어깨를 으쓱해야 할지 몰랐다.

계단을 올라 성당 안으로 들어갔다. 성당은 휑뎅그렁하게 비어 있었다. 나는 신자석에 앉아 잠시 눈을 감고 있었다. 내 두 의뢰인, 토미와 스킵을 떠올리며 그들을 위해 내가 하는 일이 별 의미 없다는 생각이 들었다. 토미는 내 도움이 필요 없었고, 내가 도움이 되지도 않았다. 스킵에 관해서라면 장부와 돈의 교환이 원활하게 이루어지게끔 도움이 되었겠지만 나는 실수를 저질렀다. 젠장, 나는 빌리와 보비에게 번호판들을 적어 두라고 해야 했고, 빌리 혼자 생각하도록 내버려 두지 말았어야 했다.

나는 그 차가 훔친 차로 밝혀져 거의 기뻤다. 키건이 얻어 낸 단서가 소용이 없어져 내 생각 부족이 눈에 덜 띄도록.

멍청하긴. 어쨌든 내가 그들을 거기에 배치하지 않았던가? 그들이 다른 블록에서 카사비안과 같이 있었더라면 차 번호는 고사하고 그 차를 보지도 못했을 게 아닌가.

나는 걸음을 옮겨 헌금 함에 1달러를 넣고 초에 불을 켰다. 내 왼쪽 몇 미터 옆에서 한 여자가 무릎을 꿇고 있었다. 그녀가 온전히 몸을 일으켰을 때 그녀가 트랜스젠더임을 알았다. 그녀는 나보다 5센티미터는 더 컸다. 외모는 라틴계와 아시아계의 혼혈이었지만 어깨와 상박은 근육질이었고, 가슴은 입고 있는 물방울무늬 홀터를 압박하는 멜론 사이즈였다.

"안녕하세요." 그녀가 말했다.

"안녕하세요."

"성베로니카를 위해 촛불을 켜러 왔나요? 그분에 대해 알아요?"

"아니요."

"나도요. 하지만 난 그분을," 그녀가 이마에 흘러내리는 머리카락을 정리했다. "성 베로니카 레이크금발로 유명한 미국 배우로 생각하길 좋아한답니다."

N 열차가 어빙턴가와 18번가에 있는 그 교회 근처로 나를 데려갔다. 물감이 튄 무늬의 청바지와 밀리터리 셔츠를 입은 꽤 산만해 보이는 여자가 나에게 목사 사무실을 가리켰다. 책상 앞에는 사람이 없었고, 얼굴에 온통 주근깨투성이인 뚱뚱한 젊은 남자만이 있었다. 그는 한 발을 의자 팔걸이에 올리고 기타를 튜닝하고 있었다.

나는 그에게 목사가 어디 있는지 물었다.

"접니다." 그가 몸을 일으키며 말했다. "뭘 도와 드릴까요?"

나는 어젯밤 지하실에서 약간의 기물 파손이 있었던 것으로 안다고 말했다. 그가 나를 보고 활짝 웃었다. "그게 기물 파손이었습니까? 누가 우리 형광등을 쏜 것 같더군요. 손해가 대단친 않을 거예요. 그걸 보고 싶으세요?"

내가 어젯밤 내려갔던 계단으로 내려갈 필요는 없었다. 우리는 건물 내부 계단으로 내려가 복도를 지나 가발을 쓰고 수염을 단 우리의 친구들이 탈출구로 사용했던, 커튼이 쳐진 아치형 입구를 통해 그 지하실로 들어갔다. 지하실은 그때 이후로 정리가 되어 있었다. 의자가 쌓여 있었고, 테이블이 포개져 있었다. 햇빛이 창문에 걸러졌다.

"저겁니다." 그가 천장을 가리키며 말했다. "바닥에 유리 조각이 떨어져 있었지만 치웠죠. 경찰 보고서를 보셨겠지만요."

나는 아무 말 없이 주위를 둘러보았다.

"경찰 아니십니까?"

캐묻는 게 아니었다. 그는 확인해 두고 싶은 것뿐이었다. 하지만 무언가가 나를 말렸다. 어쩌면 그것은 에디 콜러가 한 마지막 말 때문인지도 몰랐다.

"아니요." 내가 말했다. "난 경찰이 아닙니다."

"오? 그럼 당신은……,"

"어젯밤 여기 있었습니다."

그가 이어질 말을 기다리며 나를 보았다. 매우 참을성이 있는 젊은이군. 나는 생각했다. 내 말을 듣고 싶어 해. 내가 알아서 말하도록 내버려 두고. 성직자에게 유용한 자질이라는 생각이 들었다.

내가 말했다. "경찰이었습니다. 지금은 사립 탐정이죠." 그것은 엄밀히 따져 정확한 말은 아니었지만 사실에 가까웠다. "어젯밤 의뢰인을 위해 여기 있었습니다. 몸값이 될 돈과 의뢰인의 어떤 물건을 교환하려고요."

"그렇군요."

"우선 내 의뢰인의 물건을 훔친 상대는 범죄자들로, 교환 장소로 이곳을 골랐습니다. 총을 쏜 건 그자들입니다."

"그렇군요." 그가 그 말을 반복했다. "누가…… 맞았습니까? 경찰은 혈흔을 찾던데요. 부상을 당하면 무조건 피를 흘리는지는 모르지만요."

"아무도 맞지 않았습니다. 두 발이 발사됐고, 모두 천장으로 향했습니다."

그가 한숨을 쉬었다. "안심이 되네요. 그럼, 성함이……,"

"스커더입니다. 매슈 스커더."

"저는 넬슨 퍼먼입니다. 우린 통성명할 기회를 놓쳤던 것 같군요." 그가 여드름투성이 이마를 문질렀다. "경찰은 방금 하신 말씀을 모르는 것 같던데요."

"네, 모릅니다."

"그리고 당신은 경찰이 모르는 편이 좋으시고요."

"그들이 모르는 편이 분명히 편할 겁니다."

그는 생각하더니 고개를 끄덕였다. "어쨌든 그들에게 말할 기회가 있을지 모르겠습니다." 그가 말했다. "그들이 또 오진 않겠죠? 대단한 사건이 아니니."

"누군가가 더 알아볼지도 모르죠. 하지만 더 많은 얘길 들을 거라는 기대는 마십시오."

"그들은 보고서를 철할 테죠." 그가 말했다. "그리고 그걸로 된 거겠죠." 그가 다시 한숨을 쉬었다. "내가 당신의 방문을 경찰에게 말할 위험을 감수하실 이유가 있으시군요. 아시고 싶은 게 뭐죠?"

"그들이 누군지 알고 싶습니다."

"그 악당들이요?" 그가 웃음을 터뜨렸다. "그들을 어떻게 불러야 할지 모르겠네요. 제가 경찰이었다면 그들을 가해자라고 불렀겠죠."

"목사님이라면 죄인이라고 부르셔도 될 겁니다."

"아, 하지만 그건 우리 모두 그렇지 않나요?" 그가 나를 보고 미소를 지었다. "그들의 정체를 모르세요?"

"네. 가발과 수염으로 변장해서 어떻게 생겼는지도 모릅니다."

"제가 어떻게 도움을 드려야 할지 모르겠네요. 그들이 교회와 연관이 있는 건 아니겠죠?"

"아닐 거라고 거의 확신합니다. 하지만 그들은 이곳을 골랐습니다, 퍼먼 목사님. 그리고……,"

"넬슨이라고 불러 주세요."

"……그리고 그건 이 교회, 특히 이 지하실과 친숙하다는 걸 시사합니다. 경찰이 무단 침입과 관련한 어떤 증거라도 찾았습니까?"

"아닐걸요. 못 찾았습니다."

"저 문을 봐도 되겠습니까?" 나는 바깥 계단으로 나가는 문의 자물쇠를 조사했다. 누가 손댔다면 알 수 있었다. 나는 밖으로 나가는 다른 문들을 물었고, 그가 나를 안내했다. 조사해 보았지만 어느 문에도 불법 침입의 흔적은 없었다.

"경찰은 문이 열려 있었을 거라더군요." 그가 말했다.

"이게 공공 기물 파손이나 고의적인 기물 파손일 뿐이라면 그게 논리적인 추측일 겁니다. 아이들이 열린 문을 발견하고 들어와 법석을 좀 떠는 거요. 하지만 이건 계획적으로 준비된 거였습니다. 난 우리의 죄인들이 문이 열려 있길 기대했으리라고 생각하지 않습니다. 아니면 여긴 문을 열어 둡니까?"

그가 머리를 저었다. "아니요, 우린 늘 잠급니다. 이곳처럼 좋은 동네라도 그래야 하죠. 어젯밤 경찰이 도착했을 때, 두 문이 열려 있었습니다. 이 문과 뒤쪽에 있는 문이요. 분명 두 문 다 안 잠근 채 두지 않았을 겁니다."

"하나가 열려 있었다면 다른 문은 안에서 열었을 수도 있습니다."

"오, 그렇죠. 하지만……."

"여벌 열쇠가 많은 것 같군요, 목사님. 분명 이 공간을 쓰는 커뮤니티 그룹이 많겠군요."

"오, 당연하죠." 그가 말했다. "우리에게 필요 없을 때 이 공간을 쓸 수 있게 하고 있습니다. 그것도 교회 일의 일부니까요. 그리고 그 대여비는 교회의 중요한 수입원입니다."

"그럼 지하실은 밤에 종종 사용하는군요."

"오, 그렇죠. 어디 보자. 매주 목요일 밤에 이 방에서 알코올중독자 갱생 모임이 있고, 그리고 화요일에 다른 알코올중독자 모임이 이 방을 쓰죠. 그러고 보니 오늘 밤에들 오겠네요. 그리고 금요일, 금요일에는 누가 쓰더라? 이 공간은 내가 여기에 온 몇 년간 여러 모임이 교체되었죠. 연극 소그룹이 리허설을 하기도 했고, 한 달에 한 번 모든 장비를 갖춘 보이스카우트 모임도 있고요. 이제 아시겠지만 이곳에 자유롭게 출입할 수 있는 그룹이 많답니다."

"하지만 월요일 밤에는 여기에 아무 모임이 없고요."

"네. 석 달 전까진 여기서 월요일마다 여성 의식 고취 모임이 있었는데, 다른 데서 모이기로 했다고 알고 있습니다." 그가 머리를 기울였다. "당신은 그, 어, 죄인들이 지난밤 이곳이 비어 있으리란 사실을 알고 있는 사람들이라고 말하시려는 거군요."

"그렇게 생각 중이었습니다."

"하지만 그들은 전화로 물어봤을 거예요. 이 공간에 관심이 있으면 전화로 문의해 사용할 수 있는지 확인했을 겁니다."

"그런 전화를 받았습니까?"

"오, 우린 늘 그런 전화를 받죠." 그가 말했다. "그래서 일일이 기억하진 못해요."

"왜 당신들은 늘 이런 곳에 오죠?" 여자가 알고 싶어 했다. "너 나 할 것 없이 미키 마우스에 관해 물어보면서요."

"누구요?"

그녀가 웃음을 터뜨렸다. "미겔리토 크루스요. 미겔리토가 미겔의 애칭인 거 알아요? 마이클의 미키 같은. 사람들은 그를 미키 마우스라고 불러요. 뭐, 나도요."

우리는 4번가 식물성 약품을 파는 가게와 정장 대여 가게 사이에 자리 잡은 푸에르토리코인 바에 있었다. 나는 벤슨허스트에 있는 루터교 교회를 방문한 후 N 열차를 타고 맨해튼으로 돌아오는 중에 갑자기 어떤 생각이 떠올라 선셋 파크의 53번가에서 내렸다. 그날은 이제 스킵을 위해 할 일이 별달리 없었기에 토미 틸러리에게 받은 보수를 정당화할 시간을 갖는 게 좋으리라고 생각했다.

게다가 점심때이기도 해서 검은콩을 올린 밥 요리가 당겼다.

그것은 기대만큼 맛있었다. 나는 찬 맥주 한 잔으로 입가심하고 디저트로 플랜달걀, 치즈, 과일 등을 넣은 파이을 시킨 다음 에스프레소 두 잔을 마셨다. 이탈리아인들은 그것을 골무 같은 잔에 따라 주지만 푸에르토리코인들은 그것을 컵 한가득 따라 준다.

이윽고 맥주로 시작해 맥주로 끝나는 술집 순례를 시작했고, 이제 왜 내가 미키 마우스에 관심이 있는지 알고 싶어 하는 여자를 만났다. 검은 머리에 검은 눈, 서른다섯 정도인 그녀의 얼굴은 드센 목소리에 어울리게 드세 보였다. 술과 담배, 매운 음식으로 거칠어진 그녀의 목소리는 유리가 깨지는 소리처럼 들렸다.

큰 눈은 눈빛이 부드러웠고, 드러난 부위의 몸이 눈빛에 어울리게 부드러울 것 같았다. 입고 있는 옷은 화사한 색 일색이었다. 머리칼은 진분홍 스카프로 둘려 있었고, 블라우스는 강청색, 밑위가 짧은 바지는 연노랑, 하이힐은 형광 노란색이었다. 블라우스는 불룩한 가슴골이 드러나도록 단추가 풀려 있었다. 피부는 구릿빛이었지만 안에서 불을 비춘 것처럼 붉은빛을 띠었다.

내가 말했다. "미키 마우스를 압니까?"

"알다마다요. 늘 만화에서 봐요. 재밌는 쥐죠."

"내 말은 미겔리토 크루스요. 그 미키 마우스를 압니까?"

"당신, 경찰이에요?"

"아니요."

"경찰처럼 생겨서 경찰처럼 행동하고 경찰처럼 묻는데요."

"경찰이었습니다."

"도둑질이 들통나서 쫓겨났나요?" 그녀가 금니 두 개를 드러내며 웃음을 터뜨렸다. "뇌물을 먹다가?"

나는 머리를 저었다. "아이를 쏴서." 내가 말했다.

그녀가 더 크게 웃음을 터뜨렸다. "말도 안 돼. 경찰은 그런 걸로 쫓겨나지 않아요. 당신을 서장으로 승진시켜 주겠죠."

그녀의 말에는 섬나라 억양이 없었다. 그녀는 애초에 브루클린 여자였다. 나는 크루스를 아는지 다시 물었다.

"왜요?"

"됐습니다."

"뭐라고요?"

"됐다고요." 나는 그렇게 말하고 그녀에게서 몸을 돌려 맥주로 돌아갔다. 그녀가 잠자코 있으리라고 생각지 않았다. 나는 곁눈질로 지켜보았다. 그녀는 빨대로 컬러풀한 무언가를 마시고 있었고, 마지막 한 모금을 빨아올리고 있었다.

"이봐요," 그녀가 말했다. "술 한 잔 살래요?"

나는 그녀를 보았다. 검은 눈에 망설임은 없었다. 나는 삐딱한 눈으로 세상을 보는 것처럼 뚱해 보이는 바텐더에게 손짓했다. 그는 그녀가 마시고 있던 게 뭐든 그것을 만들었다. 그것을 만들기 위해 바 뒤 선반에 있는 모든 병이 필요했다. 그는 그녀 앞에 그것을 놓고 나를 보았다. 나는 괜찮다는 것을 알리기 위해 잔을 높이 들어 보였다.

"난 그를 꽤 잘 알아요." 그녀가 말했다.

"그래요? 그가 웃은 적이 있습니까?"

"바텐더 말고요. 미키 마우스를 말이에요."

"으흠."

"'으흠'이 무슨 뜻이에요? 그는 아기예요. 어른이 되면 만나도 괜찮겠죠. 어른이 된다면."

"그에 대해 말해 봐요."

"뭘 말하라고요?" 그녀가 술을 홀짝였다. "그는 자신이 얼마나 터프하고 얼마나 똑똑한지 모두에게 보이려고 하지만 문제만 일으키죠. 하지만 그는 터프하지 않고, 아시겠지만, 똑똑하지도 않아요." 그녀의 입가가 부드러워졌다. "하지만 잘생겼죠. 늘 옷을 잘 입고 다니고, 늘 머리를 단정하게 하고 다니고, 늘 산뜻하게 면도하고요." 그녀가 팔을 뻗어 내 뺨을 쓰다듬었다. "매끈해요, 알아요? 게다가 그는 작고 귀엽죠. 팔을 뻗어 끌어안고 싶을 만큼요. 그런 다음 집으로 데려가고 싶을 만큼."

"하지만 당신이 그런 적은 없고요?"

그녀가 다시 웃음을 터뜨렸다. "이봐요, 아저씨, 난 이미 내 문제로 충분해요."

"그에게 문제가 있습니까?"

"내가 그를 집에 데려가면," 그녀가 말했다. "그는 이 생각만 할 거예요. '어떻게 하면 이년을 길거리에 내놓을 수 있을까?'"

"그가 포줍니까? 그런 말은 들은 적 없는데."

"자주색 모자와 엘도라도가 당신이 생각하는 포주라면, 잊어버려요." 그녀가 웃음을 터뜨렸다. "미키 쥐새끼가 바란 게 그거예요. 한번 그는 산투르세푸에르토리코 산후안에 속한 도시에서 가까운 마을에서 막 온 여자에게 수작을 부린 적 있어요. 아주 순진하고 애초에 세뇨리타 아인슈타인 같진 않은 여자였죠. 무슨 말인지 알겠어요? 그리고 그는 그녀에게 돈을 벌게 했어요. 그녀의 아파트에서요. 그가 찾은 남자들을 그녀에게 데려갔죠. 하루에 한두 명씩."

"어이, 조, 니 내 여동생이랑 한판 뜨지 않을 터?"

"당신의 푸에르토리코 억양은 형편없군요. 하지만 대충 그런 뜻이죠. 그녀는 이 주 동안 일하고 진절머리가 나서 비행기를 타고 섬으로 돌아갔어요. 그게 포주 미키의 스토리예요."

그때쯤 그녀는 한 잔이 더 필요했고, 나는 맥주가 한 잔 더 필요했다. 그녀는 바텐더에게서 플랜틴채소처럼 요리해서 먹는 바나나 비슷한 열매칩 한 봉지를 가져와 봉지를 뜯은 다음 우리 사이의 바 위에 그것을 흩뜨렸다. 칩에서는 포테이토칩과 대팻밥을 섞은 것 같은 맛이 났다.

미키 마우스의 문제는 뭔가를 열심히 한다는 것을 증명하려고 애쓰는 거라고 그녀가 말했다. 고등학교 시절 그는 친구 몇 명과 맨해튼으로 가 호모들을 패 주려고 웨스트 빌리지의 좁고 굽은 거리를 헤맨 것으로 자신의 터프함을 증명했다.

그녀가 말했다. "그는 미끼였어요, 알아요? 작고 귀여우니까. 그러다 그들이 그에게 접근하면 그는 미친 사람이 되어 그들을 죽이려고 했죠. 그와 함께 맨해튼으로 간 친구들은 처음엔 그가 심장이 있다고 말했지만 나중엔 뇌가 없다고 말하기 시작했어요." 그녀는 머리를 저었다. "그래서 난 그를 집에 데려간 적 없어요." 그녀가 말했다. "그는 귀엽지만 불이 꺼지고 나면 그 귀여움은 의미가 없으니까요, 알아요? 그가 내게 잘해 줬을 것 같진 않아요." 그녀가 매니큐어를 칠한 손톱으로 내 턱을 만졌다. "너무 귀여운 남자 따윈 원하지 않아요, 알아요?"

그것은 유혹의 서곡이었고, 나는 왠지 내가 그 서곡을 끝까지 듣고 싫어 하지 않는다는 것을 알았다. 그 깨달음이 어디에서 오는 것인지 모를 슬픔의 파도를 데려왔다. 나는 이 여자에게 아무것도 아니었고, 그녀는 내게 아무것도 아니었다. 나는 그녀의 이름도 몰랐다. 우리가 통성명했었다 한들 그녀의 이름을 기억하지도 못했을 터였다. 그리고 실제로도 하지 않은 것 같았다. 언급된 이름은 미겔리토 크루스와 미키 마우스뿐이었다.

나는 또 다른 이름, 앙헬 에레라를 언급했다. 그녀는 에레라에 대해 말하고 싶어 하지 않았다. 그녀는 그가 좋은 사람이라고 말했다. 그는 그리 귀엽지 않고, 아마 그리 똑똑하지도 않겠지만 아마 미겔리토보다 나은 사람일 것이었다. 하지만 그녀는 에레라에 대해서는 말하고 싶어 하지 않았다.

나는 그녀에게 가야겠다고 말했다. 바에 1달러를 올리고 그녀의 잔을 가득 채워 달라고 바텐더에게 말했다. 그녀가 웃음을 터뜨렸다. 나를 놀리는 것인지, 이 상황을 재미있어하는 것인지 나는 몰랐다. 그녀의 웃음소리는 누가 깨진 유리가 담긴 자루를 계단 아래로 쏟아 붓는 것처럼 들렸다. 그 소리가 문밖으로 나를 따라 나왔다.

20

호텔로 돌아왔을 때 애니타와 스킵에게서 온 메시지가 있었다. 나는 사요싯에 먼저 전화해 애니타와 아이들과 통화했다. 그녀와는 돈 이야기를 했다. 의뢰비를 받았으니 곧 얼마간 보내겠다고 했다. 아이들과는 야구 이야기와 곧 가게 될 캠프 이야기를 했다.

나는 미스 키티네로 전화해 스킵을 찾았다. 다른 사람이 받아 그를 부를 때까지 기다렸다.

"봤으면 하는데." 그가 말했다. "난 오늘 밤에 일해. 이따 올래?"

"그러지."

"지금 몇 시야? 아홉 시 십 분 전? 이제 겨우 두 시간 지났다고? 다섯 시간은 된 것 같은데. 맷, 두 시쯤 문 닫을 거니까 그때쯤 와서 한잔해."

나는 메츠의 경기를 보았다. 어웨이게임이었다. 시카고였다고 기억한다. 시선은 화면에 고정되어 있었지만 경기에 집중할 수 없었다.

어젯밤에 마시다 남긴 맥주가 있었다. 경기를 보면서 그것을 홀짝였지만 역시 열정을 불러일으킬 수 없었다. 경기가 끝난 후 뉴스를 반쯤 보다 TV를 끄고 침대에 누웠다.

『성인들의 삶』이라는 페이퍼백이 있어서 성베로니카를 찾아보았다. 실존했다는 확증은 없지만 그녀는 예수가 골고다 언덕을 오르며 고통을 받을 때 천으로 예수의 얼굴에서 흐르는 땀을 닦아 준 예루살렘 여인이며, 그 천에 예수의 얼굴 형상이 남았다고 나와 있었다.

그녀에게 20세기의 명성을 부여한 그 행위를 상상해 보다 나도 모르게 웃음을 터뜨렸다. 그분의 이마를 닦으려고 손을 뻗은, 내가 상상한 여인의 얼굴과 헤어스타일은 베로니카 레이크였다.

내가 갔을 때 미스 키티네는 닫혀 있었고, 나는 순간 스킵이 알 게 뭐냐며 집으로 가 버린 게 아닌가 하는 생각이 들었다. 이내 닫혀 있긴 해도 여닫이 철문이 맹꽁이자물쇠로 잠겨 있지 않은 것과 바 너머에서 낮은 와트 수의 전구가 빛나는 것을 보았다. 발로 여닫이 철문을 30센티미터쯤 열고 노크하자 그가 나와 문을 열어 주었다. 그리고 다시 여닫이 철문을 닫고 문을 열쇠로 잠갔다.

그는 피곤해 보였다. 그가 내 어깨를 툭 치며 나를 봐서 좋다고 말한 뒤 문에서 가장 먼 바 끝으로 나를 이끌었다. 그는 묻지도 않고 내 잔에 와일드 터키를 길게 따른 다음 자신의 글라스에 스카치를 가득 따랐다.

"오늘의 첫 잔이군." 내가 말했다.

“그래? 인상적인데. 오늘은 두 시간 십 분밖에 되지 않았지만.”

나는 머리를 저었다. “일어나서 첫 잔이라고. 맥주를 마시긴 했지만 그렇게 많이 마시진 않았어.” 나는 내 버번을 단숨에 들이켰다. 짜릿했다.

“뭐, 나도 그래.” 그가 말했다. “마시지 않는 날도 있어. 맥주도 안 마시는 날도 있지. 그게 뭔지 알아? 뭘 마실진 우리가 고를 수 있다는 거야. 그게 선택이지.”

“내가 할 수 있는 가장 현명한 선택이라는 생각이 들지 않는 아침도 있지.”

“젠장, 무슨 말인지 알아. 그렇긴 해도 그게 우리의 선택이야. 그게 빌리 키건 같은 녀석과 너와 나의 차이지.”

“그렇게 생각해?”

“아니라고? 맷, 그 녀석은 늘 마시고 있어. 그러니까 밤새워서. 나머지 우린, 오케이, 우리도 꽤 마시지만 우린 어젯밤엔 쉬었어, 그렇지? 어떤 때는 적당하고 어떤 때는 아니니까. 안 그래?”

“그런 것 같아.”

“일이 끝난 뒤에는 또 이야기가 달라. 일이 끝난 뒤엔 긴장을 풀고 싶어 하지. 하지만 키건은 우리가 거기 가기 전에도 고주망태였어, 맙소사.”

“그러다 영웅으로 드러났지.”

“그래, 그건 이해가 안 돼. 어, 그 번호판, 알아봤……,”

“도난 차야.”

“젠장. 뭐, 예상했잖아.”

"그래."

그는 술을 조금 마셨다. "키건은," 그가 말했다. "마시지 않으면 안 돼. 난 언제라도 끊을 수 있어. 내가 끊지 않는 건 술이 나한테 그리 나쁘지 않기 때문이야. 하지만 난 언제라도 끊을 수 있고, 너도 마찬가지라는 걸 알아."

"음, 내 생각도 그래."

"당연히 그렇고말고. 근데 키건은 모르겠어. 그 녀석을 알코올중독자라고 부르고 싶진……."

"사람을 그렇게 부르는 건 빌어먹을 짓이야."

"동의해. 걔가 그렇다는 건 아니고, 내가 갤 좋아하는 건 신도 알지만 녀석은 문제가 있는 것 같아." 그가 몸을 일으켰다. "될 대로 되라지. 녀석은 바워리가의 부랑자가 될 수도 있어. 어쨌든 그 차가 훔친 차가 아니었길 바랐는데. 안으로 들어가서 편하게 있자고."

사무실에는 우리 사이의 책상에 위스키 두 병이 놓여 있었다. 그는 의자에 몸을 기대고 책상 위에 발을 올렸다. "네가 차 번호를 확인했다는 건," 그가 말했다. "이미 조사 중이라는 거겠군."

나는 고개를 끄덕였다. "브루클린에도 갔어."

"어디? 설마 우리가 어젯밤 있었던 데는 아니겠지?"

"그 교회."

"거기 서 있으면 뭘 알아낼 거라고 생각한 거야? 놈 중 하나가 바닥에 지갑이라도 떨어뜨렸을 거라고?"

"뭘 발견할진 몰라, 스킵. 둘러봐야 해."

"그렇겠군. 나라면 어디서 시작해야 할지도 모를 거야."

"어디에서든 시작하면 돼. 그리고 생각나는 대로 움직이는 거지."

"뭐라도 알아냈어?"

"사소한 것."

"예를 들면? 됐어. 네가 조사하는 데 부담 주고 싶지 않아. 하지만 뭔가 도움이 될 만한 게 있었어?"

"어쩌면. 뭐가 도움이 되고 안 되는지는 늘 나중이 돼 봐야 알아. 알아낸 모든 게 도움이 될 수 있지. 예를 들어 그 차가 도난 차라는 걸 아는 게 뭔가를 말해 줄 수도 있어. 그 차를 누가 몰았는지 모르더라도."

"적어도 차 주인은 배제해도 되니까. 이제 팔백만 명 중에 한 사람은 아니라는 걸 알잖아. 차 주인이 누구였어? 빙고 게임을 하러 갈 때만 차를 쓰는 노부인?"

"모르지만 오션 파크웨이에서 도난당한 거야. 놈들이 처음에 우릴 보낸 해산물 레스토랑에서 멀지 않은."

"놈들이 브루클린에서 산다는 뜻이야?"

"거기까진 자기들 차로 가고 거기서 우리가 본 차를 훔쳤거나. 아니면 놈들은 지하철이나 택시를 탔을 수도 있어. 아니면……,"

"그러니까 아는 게 거의 없는 거군."

"아직은."

그는 뒤통수에 양손을 올리고 몸을 뒤로 기댔다. "보비는 그 광고 일로 전화를 받았대." 그가 말했다. "편견에 맞서는 농구 심판이라고 했던가? 내일 또 가는 것 같아. 이제 그 녀석과 네 사람만 통과해서 그쪽에서 다섯 사람 모두 다시 보자고 한대."

"좋은 거겠지."

"어찌 알겠어? 텔레비전에 이십 초 나오려고 기를 쓰고 경쟁하는 직업이 믿겨? 전구를 갈아 끼우는 데 얼마나 많은 배우가 필요한지 알아? 아홉 명. 사다리 위에 올라가 전구를 갈 사람 한 명 그리고 사다리 주위에 서서 '내가 올라갔어야 해!'라고 말할 사람 여덟 명."

"나쁘지 않은데."

"그러니까, 칭찬해야 할 땐 칭찬해라. 그 농담을 해 준 사람은 배우였어." 그는 술잔을 집어 들고 의자에 바로 앉았다. "맷, 어젯밤은 이상했어. 빌어먹게 이상한 밤이었다고."

"교회 지하실에서."

그가 끄덕했다. "놈들의 그 변장. 놈들이 필요한 건 그루초Groucho Marx 미국의 희극 배우 코와 수염과 안경이었어. 알잖아, 아이들 장난감. 그 가발과 수염이라니. 진짜처럼 보이지도 않았을뿐더러 재밌지도 않은. 진짜 총도 재미없는 데 한몫했지."

"왜 놈들은 변장했을까?"

"그래서 놈들을 알아보지 못했잖아. 달리 변장할 이유가 뭐겠어?"

"변장하지 않았다면 넌 놈들을 알아봤을 거라고?"

"모르지. 변장 안 했을 때의 놈들을 본 적 없으니까. 우린 지금 뭐야, 애벗과 코스텔로1940년대 미국의 코미디언 듀오?"

"난 놈들이 우릴 안 것 같지 않아." 내가 말했다. "내가 지하실에 들어갔을 때 놈 중 하나가 네 이름을 불렀어. 어두웠지만 놈들은 어둠에 적응할 시간이 있었을 거야. 너와 난 닮지도 않았는데."

"내가 더 잘생겼지." 그가 담배를 깊이 빨더니 큰 연기구름을 내뿜었다. "말하려는 게 뭐야?"

"모르겠어. 일단 우리가 놈들을 모른다면 놈들이 왜 귀찮게 변장까지 했는지 궁금할 뿐이야."

"나중에 알아내기 더 어렵게 하기 위해서겠지."

"그렇겠지. 하지만 왜 놈들은 우리가 놈들을 찾을 수고를 들일 거라 생각했을까? 우리가 놈들에 대해 할 수 있는 건 거의 없어. 우린 거래했고, 돈과 네 장부들을 교환했어. 그건 그렇고 그 장부들은 어떻게 했어?"

"말한 것처럼 태웠어. 그리고 우리가 놈들에 대해 할 수 있는 게 없다는 건 무슨 뜻이야? 우린 놈들을 놈들 침대에서 죽일 수도 있어."

"그래."

"그 성당을 찾아서 제단에 똥을 싼 다음에 도미닉 투토에게 놈들 짓이라고 해. 그거참 끌리는 아이디어인데. 그 정육업자와 놈들의 데이트를 주선하는 거지. 변장한 건 아마 놈들이 차를 훔친 것과 같은 이유일 거야. 놈들은 프로니까."

"놈들이 낯익어 보이진 않았어, 스킵?"

"그 가발과 수염을 꿰뚫고? 그걸 꿰뚫어 볼 수 있었을진 모르겠는걸. 목소리도 들어 본 적 없어."

"그래."

"뭔가 익숙한 게 있었는데, 그게 뭔진 모르겠어. 어쩌면 놈들이 움직이는 방식. 그거뿐이야."

"네 말을 알 것 같아."

"간결한 움직임. 발놀림이 가벼웠다고나 할까." 그가 웃음을 터뜨렀다. "전화해서 춤추러 가지 않겠느냐고 물어봐."

내 잔이 비어 있었다. 나는 버번을 조금 따르고 다시 자리에 앉아 천천히 홀짝였다. 스킵이 커피 잔에 꽁초를 담그더니, 아니나 다를까 내가 그러는 건 보고 싶지 않다고 말했다. 나는 그에게 그러고 싶지 않다고 장담했다. 그는 또 다른 담배에 불을 붙였고, 우리는 편안한 침묵 속에 앉아 있었다.

잠시 후 그가 말했다. "변장에 관한 건 잊어버려. 왜 놈들이 형광등을 쐈는지 추측해 봐."

"자기들 모습을 감추려고. 우리보다 한발 먼저 도망가려고."

"우리가 자기들 뒤를 쫓으리라고 놈들이 생각했을 거라고? 뒤뜰과 진입로로 무장한 놈들을 쫓아서?"

"놈들은 어둡길 바랐을 거고, 그런 식으로 더 좋은 기회를 잡으리라고 생각했겠지." 나는 얼굴을 찌푸렸다. "놈은 한 걸음 내디뎌서 스위치를 내렸어야 했어. 총격이 가장 나쁜 게 뭔지 알아?"

"그래, 놈들 때문에 간 떨어질 뻔했어."

"놈들은 주의를 끌었어. 프로가 주의하는 한 가지는 경찰의 주의를 끌 어떤 행동도 하지 않는다는 거야. 그게 도움이 되지 않는 한."

"그럴 가치가 있다고 생각했나 보지. 그건 경고였어. 앙갚음하지 마라."

"어쩌면."

"약간의 드라마틱한 요소를 가미해서."

"어쩌면."

"그리고 그게 충분히 드라마틱했다는 걸 신은 아실걸. 총이 날 겨눴을 때 난 내가 맞으리라고 생각했다니까. 정말로. 그리고 놈이 나 대신 천장을 쐈을 땐 똥을 싸야 할지 담담한 척해야 할지 모르겠더군. 왜 그래?"

"오, 젠장." 내가 말했다.

"왜?"

"놈은 그 총을 너한테 겨눈 다음에 천장을 향해 두 방 쐈어."

"거기에 우리가 간과한 뭐가 있어? 우리가 지금 어떤 얘길 한 것 같아?"

나는 한 손을 들었다. "잠깐 생각 좀 하자." 내가 말했다. "난 놈이 형광등을 쐈다고 생각했고, 그게 내가 그걸 놓친 이유야."

"놓치다니, 뭘? 맷, 난 전혀 모르……."

"누군가가 누군가에게 총을 겨눴지만 그 누군가를 쏘지 않았던 일이 최근에 어디서 있었지? 그리고 두 방이 천장을 향했을 때?"

"맙소사."

"알겠지?"

"하느님 맙소사. 프랭크와 제시."

"어떻게 생각해?"

"어떻게 생각해야 할지 모르겠는데. 미친 생각 같긴 해. 놈들은 아일랜드인 같지 않았어."

"모리시네 술집에 있던 놈들이 아일랜드인인지 어떻게 알지?"

"모르지. 내 추측이야. 그 손수건 마스크도 그렇고, 북아일랜드와 관련한 모금함을 턴 것도 그렇고, 전체적으로 정치적인 느낌이 들었으니까. 놈들도 움직임이 간결하지 않았어? 놈들의 아주 정밀한 방식. 누군가가 안무한 것처럼 강도질을 능숙하게 해낸."

"놈들은 댄서인가 보지."

"그래." 그가 말했다. "〈칠십오 년판 무법자들의 발레Ballet Desperadoes of '75 1938년 애런 코플랜드가 작곡한 〈Billy the Kid〉라는 발레를 두고 한 말장난〉. 난 아직 이 모든 걸 이해하려고 애쓰는 중이야. 빨간 수건을 두른 두 광대가 모리시 형제들한테 오만을 강탈한 다음 나와 카사비안한테…… 이봐, 같은 금액이야. 미묘한 패턴이 드러나기 시작하는군."

"우린 모리시 형제들이 얼마나 털렸는지 몰라."

"그래. 놈들이 금고에 얼마가 들어 있었는지는 몰랐다고 해도 패턴은 패턴이야. 내 생각은 그래. 놈들의 귀는 어땠지? 넌 어젯밤 놈들의 귀를 스케치했잖아. 프랭크와 제시의 귀는?" 그가 웃음을 터뜨렸다. "내가 하는 말을 믿을 수가 없군. '프랭크와 제시의 귀는?' 다른 나라 말을 번역한 것 같은 말이군. 놈들은 어땠어?"

"스킵, 난 그놈들 귀는 몰라."

"탐정들은 늘 촉각을 세우고 있다고 생각했는데."

"총알 사정권에서 어떻게 벗어나야 할지 생각하고 있었지. 내가 생각이란 걸 하고 있긴 했다면. 생각을 했다면, 그들이 백인fair-skinned이었다는 거. 프랭크와 제시. 그리고 어젯밤 놈들도 백인이었고."

"공정하고fair 더 인정 많은. 놈들의 눈을 봤어?"

"색깔은 못 봤어."

"난 나와 교환을 한 녀석의 눈을 볼 만큼 충분히 가까이 있었어. 하지만 봤다 해도 주의를 기울이진 않았을 거야. 그게 무슨 소용이겠냐면서. 두 놈 다 모리시네에선 입을 열지 않았지?"

“그랬던 것 같아.”

그는 눈을 감았다. “기억을 떠올리는 중인데, 그 모든 게 팬터마임이었던 것 같아. 두 번의 총성 다음에 놈들이 문밖으로 나가 계단을 내려갈 때까지 정적.”

“내 기억도 그래.”

그가 자리에서 일어나 방 안을 서성였다. “미친 짓이야.” 그가 말했다. “이봐, 어쩌면 은혜를 원수로 갚은 놈을 찾는 건 관둬야 할지 몰라. 우리가 찾는 건 내부의 적이 아니야. 헬스 키친에 있는 바들을 전문적으로 터는 위험한 갱 둘을 상대하고 있는 거라고. 이 지역 아일랜드 갱단은 아니겠지. 놈들을 뭐라고 부르더라…….”

“웨스티즈. 아니, 그렇다면 우리 귀에 들어왔을 거야. 적어도 모리시의 귀엔 들어갔겠지. 그가 내놓은 현상금 때문에 그놈들 중 누가 그 일과 관련이 있었다면 하루 만에 그게 사실로 드러났을 거야.” 나는 잔을 들어 내용물을 비웠다. 맙소사, 입에 착착 감겼다. 나는 놈들이 우리 손에 들어왔다는 것을 알았다. 놈들에 대해서는 한 시간 전이나 지금이나 아무것도 모르지만 나는 내가 그들을 잡으리라는 것을 알았다.

“그게 놈들이 변장한 이유였군.” 내가 말했다. “오, 변장은 어차피 했을지도 모르지만 우리가 자기들을 보지 않길 원한 이유가 그거였어. 놈들은 실수를 저질렀어. 우린 그놈들을 잡을 거야.”

“맙소사, 네 모습을 좀 봐, 맷. 경보가 울릴 때의 늙은 소방서 개 같아. 놈들을 대체 어떻게 잡겠다는 거야? 아직 놈들이 누군지도 모르면서.”

“그들이 프랭크와 제시라는 건 알지.”

“그래? 모리시 형제들은 쭉 프랭크와 제시를 찾아내려 했어. 실제로 그는 너에게 놈들을 찾게 하려고 했지. 이제 뭘 알았다는 거지?”

나는 내 잔에 와일드 터키를 조금 더 따르며 말했다. “어느 차에 발신기를 심은 다음 그걸 수신해서 그 차의 위치를 파악하려면 차 두 대가 필요해. 한 대로는 안 되지만 두 대가 있다면 삼각법으로 차의 위치를 파악할 수 있지.”

“내가 뭔가를 놓치고 있나 보군.”

“완전히 똑같진 않지만 이번 일은 그것과 비슷해. 우린 모리시네에서 놈들을 만났고, 벤슨허스트에 있는 교회 지하실에서 놈들을 만났어. 그게 판단의 두 기준이야. 이제 우린 그 두 기준으로 삼각법을 통해 범인들의 위치를 파악할 수 있어. 천장에 두 발. 그게 놈들의 염병할 트레이드마크야. 놈들은 잡히고 싶었는지도 몰라. 그 일에 사인을 남겼으니까.”

“그래, 불쌍한 녀석들이군그래.” 그가 말했다. “장담하는데, 놈들은 초조해하고 있을걸. 이번 달엔 아직 십만 달러밖에 벌지 못했으니까. 놈들이 아직 깨닫지 못한 건, 맷 ‘불독’ 스커더가 자기들을 쫓고 있다는 것과 그 불쌍한 개자식들은 그 돈을 한 푼도 쓰지 못할 거라는 사실이지.”

21

전화벨 소리에 깼다. 나는 일어나 앉아 햇살에 눈을 깜빡였다. 전화벨이 계속 울리고 있었다.

수화기를 들었다. 토미 틸러리가 말했다. "맷, 경찰이 왔다 갔어. 그가 여기 왔었다고. 그게 믿기나?"

"어디에 말입니까?"

"회사. 난 내 사무실에 있네. 자네가 아는 사람이야. 적어도 그는 자넬 안다더군. 어떤 형사야. 아주 불쾌한 남자."

"누구를 말하는지 모르겠군요, 토미."

"이름을 잊어버렸어. 그가 말했는데……,"

"그가 뭐랍디까?"

"내 집에 둘이 같이 있었다는데."

"잭 디볼드."

"그 이름이야. 그럼 그가 한 말이 사실인가? 그가 내 집에서 자네와 함께 있었다고?"

나는 관자놀이를 문지르며 손을 뻗어 손목시계를 찾아 시간을 보았다. 10시를 조금 넘긴 시각이었다. 내가 언제 자러 갔었는지 생각해 내려 했다.

"거기에 함께 간 게 아닙니다." 내가 말했다. "거기서 집 안을 살펴보고 있는데 그가 나타났죠. 수년 전부터 알고 지낸 사입니다."

언제 자러 갔는지 생각해 내려 했지만 소용없었다. 프랭크와 제시를 곧 잡겠다고 스킵에게 장담한 이후의 일은 아무것도 기억나지 않았다. 곧장 집으로 돌아왔는지도 모르고, 새벽까지 그와 앉아 술을 마셨는지도 몰랐다. 알 길이 없었다.

"맷? 그가 캐럴린을 귀찮게 하고 있네."

"그녀를 귀찮게 한다고요?"

방문은 잠겨 있었다. 그것은 좋은 신호였다. 문을 잠그는 것을 잊어버리지 않았다면 아주 나쁜 상태는 아니었을 것이었다. 반면 내 바지는 의자에 던져져 있었다. 바지가 옷장에 걸려 있다면 더 나았을 터였다. 하지만 바닥에 내팽개쳐 있지는 않았고, 여전히 입고 있지도 않았다. 실마리를 찾는 위대한 탐정은 지난밤 상태가 얼마나 안 좋았는지 알아내려 애쓰는 중이었다.

"그녀를 괴롭히고 있다고. 그녀에게 몇 번이나 전화하고 한 번은 집으로 찾아가기도 했어. 그녀가 나를 보호하고 있다는 듯, 자네도 그게 뭔지 알겠지만, 암시하면서 말이야. 그 모든 게 캐럴린을 혼란스럽게 할뿐더러 회사에서의 날 불편하게 해."

"어떤지 알겠습니다."

"맷, 그를 예전부터 안 모양이군. 자네가 나에게서 그를 떼어 낼 수 있을 것 같나?"

"맙소사, 토미, 내가 어떻게 그럴 수 있겠습니까. 경찰은 옛 친구가 부탁한다고 해서 살인 사건 수사를 늦추지 않아요."

"오, 규칙에 어긋나는 건 부탁하지 않을 거야, 맷. 오해하지 말라고. 하지만 살인 사건 수사와 괴롭힘은 별개야. 동의하지 않나?" 그는 내게 대답할 틈을 주지 않았다. "문제는 그 친구가 내게 악감정을 품고 있다는 걸세. 그의 머릿속에서 난 범죄자야. 가능하면 그와 얘기를 좀 나눠 보게. 무슨 말인지 알겠지? 그에게 내가 좋은 사람이라고 말하라고."

나는 토미에 대해 잭에게 어떻게 말했는지 기억해 내려 애썼다. 기억 나지는 않았지만 추천장을 써 줄 정도의 말은 아니었던 듯했다.

"그리고 드루에게 연락해서 내 일을 봐 달라고 하게, 오케이? 그는 자네가 뭘 알아냈다면 자네에게서 들은 게 있는지, 어제 내게 묻더군. 자네가 잘해 주고 있는 건 알아, 맷. 그리고 그에게도 알려 주는 게 나을 것 같네. 그에게 상황을 알리라고. 무슨 말인지 알겠지?"

"그러죠, 토미."

나는 전화를 끊고 수도꼭지에서 물 한 잔을 따라 아스피린 두 알을 삼켰다. 그리고 샤워하면서 면도하다가 사실상 토미를 포기하도록 잭 디볼드를 설득하겠다는 데 동의했다는 것을 깨달았다. 그가 팔러 다니는 게 부동산이든 뭐든 그 개자식이 사람들에게 그런 것을 파는 일에 얼마나 능숙한지 처음으로 깨달았다. 모든 사람이 한 말이 그것이었다. 그는 전화상으로 매우 설득력이 있었다.

바깥 날씨는 맑았고, 햇살이 필요 이상으로 내리쬐었다. 나는 맥고번에 들러 해장술을 한 잔 마셨다. 그리고 길모퉁이에서 1달러를 내고 쇼핑백 레이디에게서 신문을 산 다음 축복 세례를 받으며 걸음을 옮겼다. 음, 나는 그녀의 축복을 받을 터였다. 내가 받을 수 있는 모든 도움을 이용할 터였다.

레드 플레임에서 잉글리시 머핀을 먹고 커피를 마시며 신문을 읽었다. 스킵의 사무실에서 나왔을 때의 기억이 나지 않는 게 나를 괴롭혔다. 숙취가 그다지 심하지 않기 때문에 그리 나쁜 상태는 아니었으리라고 중얼거렸다. 하지만 숙취와 상태가 필연적인 상관관계는 아니었다. 때로는 추악한 음주의 밤을 보내고 필름이 끊긴 뒤에도 멀쩡한 정신에 팔팔한 몸으로 깨어나기도 했다. 취한 느낌도 없고 뜻밖의 아무 일도 일어나지 않은 데다 기억도 멀쩡한 밤을 보낸 다음 날에 숙취로 하루 종일 침대에 누워 있던 날들도 있었다.

신경 쓰지 말자. 잊어버려.

나는 커피를 다시 채워 달라고 하고, 우리가 프랭크와 제시라고 부르는 두 사내와 관련해 내가 발견한 삼각법에 대해 생각했다. 무언가 확신했던 것이 기억났는데, 그 확신이 무엇이었는지 기억이 나지 않았다. 어쩌면 나에게 계획이 있었고, 상황을 간파해 놈들을 쫓을 방법을 알아냈는지도 몰랐다. 혹시나 적어 두지 않았을까 싶어 수첩을 보았다. 그런 행운은 없었다. 선셋 파크의 바에서 나온 뒤로 아무것도 적은 게 없었다.

하지만 나는 미키 마우스 그리고 빌리지에서 호모 혐오자로서의 그의 청소년기 이력을 적었다. 너무나 많은 노동자 계층의 청소년들은 그 행위를 스포츠로 여겼고, 진짜 분노에 따라 행동하며 그 과정에서 자신들의 남성성을 확인하고 있었다. 그들은 인정하지 않겠지만 자신들의 일부를 죽이려고 애쓰고 있다는 사실을 전혀 깨닫지 못하면서. 이따금 그들은 게이를 불구로 만들거나 죽이는, 강한 성취욕을 발휘했다. 나는 그런 사건으로 몇 건의 체포를 한 적이 있었고, 체포된 아이들은 매번 자신들이 진짜 문제에 빠졌다는 것을, 우리 경찰들이 자신들의 편이 아니라는 것을, 자신들이 한 짓으로 정말 감옥에 갈지도 모른다는 것을 깨닫고 깜짝 놀랐다.

수첩을 주머니에 넣으려다가 자리에서 일어나 공중전화 부스로 가서 전화기에 동전을 넣었다. 그리고 드루 캐플런의 전화번호를 찾은 다음 다이얼을 돌렸다. 나는 미키 마우스에 대해 말해 준 여자가 생각났고, 지금 같은 아침에 그녀의 화사한 옷차림을 보지 않아도 되어 기뻤다.

"스커더입니다." 내가 그렇게 말하자 전화를 받은 여자가 캐플런에게 연결했다. "도움이 될진 모르겠지만 우리의 친구들이 성가대원 같지는 않다는 증거를 조금 더 찾았습니다."

그 후 오래 산책했다. 나는 9번가로 걸어가 존 카사비안에게 인사하려고 미스 키티네에 잠깐 들렀다. 오래 있지 않았다. 42번가의 교회에 들렀다가 시내로 계속 걸어 포트 오소리티 버스 터미널의 뒷문을 지나 헬스 키친과 첼시를 거쳐 빌리지로 갔다. 도축업 지역을 걷다가 워싱턴가와 13번가가 만나는 모퉁이의 정육업자들의 바에 들러 작은 맥주잔으로 입가심하는, 피투성이 앞치마 차림의 남자들 사이에서 가볍게 한잔했다. 그리고 밖으로 나와 강철 갈고리에 걸린 소와 양의 시체들을 바라보았다. 정오의 햇볕 속에 그것들 주위로 파리들이 윙윙거렸다.

조금 더 걸었다. 제인가와 4번가 사이에 있는 코너 비스트로에서 한잔한 다음 허드슨가에 있는 쿠키 바에서 또 한잔했더니 해가 졌다. 나는 화이트 호스의 테이블에 앉아 햄버거를 먹으며 맥주를 마셨다.

이 긴 산책을 하며 줄곧 생각에 빠져 있었다.

신에 맹세코 나를 포함해 사람이 어떻게 사물을 이해해 내는지 나는 모른다. 영화에서는 누군가가 해답을 알아낼 때까지 단서를 조합해 무언가를 어떻게 밝혀냈는지 설명하고, 그것을 들으면 완벽하게 이해가 된다.

하지만 내 일이 되고 보면 거의 그렇게 되지 않는다. 경찰에 몸담고 있었을 때 내가 맡은 사건 대부분은 두 가지 패턴으로 해결(사건들이 해결에 다가가기나 한다면)에 다가섰다. 죽 모르고 있다가 갑자기 유력한 증거가 될 만한 새로운 정보가 나타나거나 범인이 누구인지 알고 있지만 법정에서 그 사실을 증명하기 충분한 증거가 필요한 경우였다. 내가 답을 도출해 낸 사건 중에는 극히 소수이긴 하지만 어떤 경로로 답을 도출해 냈는지 그때도 몰랐고 지금도 모르는 사건이 있다. 내가 가진 것을 응시하고, 응시하고, 응시하면 갑자기 같은 것이 새로운 견해로 보이고 그 답이 머릿속에 있다.

지그소 퍼즐을 해 본 적 있는가? 하다 보면 막히는 순간이 있다. 조각들을 이리저리 맞춰 본다. 이미 1백 번이나 엄지와 검지로 잡고 이곳저곳에 맞춰 본 조각이 마침내 제자리에 놓일 때까지. 그리고 어느 순간 그 조각이 깔끔하게 제자리를 찾아간다. 1분 전에 그 자리에 맞춰 봤다고 맹세할 수 있는 자리에 들어맞는다. 완벽하게. 즉, 답은 거기에 내내 있었던 셈이다.

나는 화이트 호스의 테이블에 앉아 있었다. 누군가가 자신의 이니셜을 새겨 놓은 테이블에. 바니시를 부분 부분 대충 칠한 진갈색 테이블에. 나는 햄버거를 다 먹고, 맥주를 다 마시고, 버번을 신중하게 탄 커피 한 잔을 마시고 있었다. 조각들과 이미지들이 내 머릿속을 스쳐 갔다. 나는 넬슨 퍼먼이 자신의 교회 지하실을 드나드는 모든 사람에 대해 한 이야기를 들었다. 나는 재킷에서 레코드판을 끄집어내 그것을 턴테이블에 올리는 빌리 키건을 보았다. 나는 입술 사이에 파란색 휘슬을 문 보비 루슬랜더를 보았다. 나는 마지못해 테이블을 옮기는 데 동의한, 노란 가발을 쓴 죄인, 프랭크인지 제시인지를 보았다. 나는 간호사 프랜과 〈이상한 녀석〉을 본 뒤 미스 키티네를 향해 걷는 그녀와 그녀의 친구들을 보았다.

그때까지 나는 답을 알지 못했고, 이제 나는 답을 알았다.

답을 알아내기까지 내가 무엇을 했다고는 말할 수 없다. 아무것도 한 게 없었다. 나는 퍼즐 조각들을 계속 들고 이리저리 맞춰 보았다. 그러다 갑자기 조각들이 하나하나 수월하고 완벽하게 제자리를 찾아가 전체 퍼즐이 맞춰졌다.

이것 모두를 전날 밤에 생각하고 있었을까? 의식이 없는 동안 페넬로페의 태피스트리처럼 내 모든 생각이 풀려 버렸던 걸까? 정말 그렇게 생각하지는 않는다. 그런 게 의식이 없다는 것의 본질이기 때문에 이렇다 저렇다 확실하게 말할 순 없지만. 하지만 거의 그렇게 느껴졌다. 도출된 답은 너무나 명확했다. 지그소 퍼즐처럼 일단 그 조각이 들어맞으면, 그것을 즉시 못 보았다는 게 믿기지 않는다. 답이 너무 명확해서 나는 내가 내내 알고 있던 무언가를 발견하고 있는 것처럼 느껴졌다.

나는 넬슨 퍼먼에게 전화했다. 그는 내가 원한 정보를 갖고 있지 않았지만 그의 비서가 내게 어떤 전화번호를 주었고, 내 어떤 질문에 대답할 수 있는 어떤 여자와 연락할 수 있었다.

에디 콜러에게 전화를 거는 중에 6분서가 고작 두 블록 떨어져 있다는 것을 깨달았다. 그곳으로 걸어가 책상 앞에 앉은 그를 만난 나는 전날 그가 산 모자를 하나 더 살 기회가 있다고 말했다. 그는 책상을 떠나지 않고 전화를 두어 통 걸었고, 나는 그곳에서 나오면서 수첩에 몇 가지 항목을 적었다.

길모퉁이 전화 부스에서 나도 전화를 몇 통 걸고 허드슨가까지 걸어가 시내로 가는 택시를 잡아탔다. 11번가와 51번가가 만나는 교차로에서 내려 강 쪽을 향해 걸었다. 모리시네 술집 앞에서 멈췄지만 문을 두드리거나 벨을 누르지 않았다. 대신 시간을 들여 1층 극장의 포스터를 읽었다. 〈이상한 녀석〉은 단기 흥행에 그쳤다. 존 B. 킨아일랜드의 극작가의 연극이 내일 밤 첫 공연으로 잡혀 있었다. 제목은 〈클레어에서 온 남자〉였다. 주연 배우의 사진이 걸려 있었다. 걱정이 가득한 음울한 얼굴의 뻣뻣한 붉은 머리 남자였다.

극장 문을 밀어 보았다. 잠겨 있었다. 노크했지만 응답이 없어서 몇 번 더 두드렸다. 결국 문이 열렸다.

20대 중반의 아주 키가 작은 여자가 나를 올려다보았다. "미안해요." 그녀가 말했다. "매표소는 내일 오후에 열어요. 우린 마지막 리허설 중이라 손이 부족한 데다……."

나는 그녀에게 티켓을 사러 온 게 아니라고 말했다. "몇 분만 시간을 내주시면 됩니다." 내가 말했다.

"누구라도 그 몇 분이 필요하죠. 게다가 난 그럴 시간이 없고요." 그녀는 극작가가 마치 그녀를 위해 그 대사를 썼다는 듯 잘난 체하며 그렇게 말했다. "미안하군요." 그녀가 더욱 사무적인 목소리로 말했다. "다른 시간에 오셔야 할 거예요."

"아니, 지금이어야 합니다."

"맙소사, 뭐죠? 경찰이라도 돼요? 우리가 누군가에게 뇌물을 주는 걸 잊어버리기라도 한 건가요?"

"나는 위층 친구를 위해 일합니다." 나는 위층을 가리키는 제스처를 하며 말했다. "그는 당신이 내게 협조하길 바랄 겁니다."

"모리시 씨요?"

"원하신다면 팀 팻에게 전화해서 물어보십시오. 내 이름은 스커더입니다."

극장 안쪽에서 누군가가 심한 아일랜드 억양으로 외쳤다. "메리 진, 대체 뭐가 그렇게 오래 걸리는 거야?"

그녀는 눈을 굴리고 한숨을 쉬더니 내가 들어오도록 문을 잡았다.

아일랜드 극장에서 나온 뒤 스킵의 아파트에 전화했지만 응답이 없어 그의 술집으로 갔다. 카사비안이 헬스장을 찾아보라고 했다.

나는 먼저 암스트롱네로 갔다. 그는 거기에 없었고, 데니스는 그가 오지도 않았다고 하며 대신 다른 누군가가 왔었다고 했다. “당신 같은 사람이었어요.” 그가 내게 말했다.

“누구?”

“이름은 말하지 않았어요.”

“어떻게 생겼는데?”

그는 그 질문을 곰곰이 생각했다. “만약 당신이 경찰과 강도 놀이에서 한쪽을 고른다면,” 그가 잠시 뜸을 들이다 말했다. “강도로 고를 것 같진 않은 사람이었어요.”

“메시지를 남겼나?”

“아니요. 팁도요.”

나는 델리카트슨 위쪽 브로드웨이가의 넓게 튼 2층 로프트에 있는, 스킵이 다니는 헬스장으로 갔다. 일이 년 전에는 볼링장이던 곳이었다. 헬스장은 임차 기간을 갱신할 것 같지 않았다. 두어 남자가 웨이트트레이닝을 하고 있었다. 땀으로 번들거리는 흑인 남자가 힘겹게 벤치프레스를 하는 동안 백인 파트너가 그를 보고 있었다. 그 오른쪽에서는 덩치 큰 남자가 정신없이 샌드백을 두드리고 있었다.

나는 랫머신으로 등 근육 운동 중인 스킵을 발견했다. 회색 트레이닝복 바지에 상의를 탈의한 그는 엄청나게 땀을 흘리고 있었다. 등과 어깨와 상박 근육이 꿈틀거렸다. 그가 한 세트를 마칠 때까지 몇 미터 떨어진 곳에 서서 지켜보았다. 그의 이름을 부르자 그가 고개를 돌려 나를 보고 놀란 미소를 짓더니 한 세트를 더 하고 자리에서 일어나 나와 악수하려고 다가왔다.

그가 말했다. “어쩐 일이야? 내가 여기 있는 줄 어떻게 알았어?”

“네 파트너가 짐작했지.”

“음, 타이밍이 좋은데. 쉴 참이었어. 담배 한 대 피우면서.”

워터쿨러 주변으로 안락의자 세 개가 모여 있는 흡연실이 있었다. 그가 담뱃불을 붙이고 말했다. “운동이 도움이 돼. 일어났을 땐 머리가 쪼개지는 것 같더라고. 우리 어제 꽤 마셨지? 집에 잘 들어갔어?”

“젠장, 내 꼴이 심했어?”

“아니, 나보단 나았지. 기분이 꽤 좋은 것 같던데. 네 말대로라면 프랭크와 제시는 독 안에 든 쥐들이고 넌 잡을 준비가 돼 있었지.”

“내가 좀 낙관적인 것 같았어?”

“헤이, 그거야 뭐 어떻든 상관없어.” 그가 카멜을 빨았다. “난 다시 사람이 된 것 같아. 피를 돌게 하고 술독을 땀으로 배출했더니. 운동 좀 해, 맷?”

“아니, 몇 년간은 안 했어.”

“전엔 했고?”

“오, 백 년 전엔 복싱을 좀 좋아했던 것 같은데.”

“정말? 전엔 치고받고 했다고?”

“고등학교 때. YMCA 체육관에서 웨이트트레이닝을 하며 많은 시간을 보냈지. 한두 번 시합을 해 보고 난 내가 남의 얼굴을 때리길 싫어한다는 걸 알았어. 링이 불편했고, 그래서 내가 서투르다고 느꼈고, 그 느낌이 별로더군.”

“그래서 대신 권총을 갖고 다니는 직업을 택했군.”

“배지와 경찰봉도.”

그가 웃음을 터뜨렸다. “그럼 달리기나 복싱도,” 그가 말했다. “보기만 할 뿐인 거군. 여기에 온 건 이유가 있어서고.”

“으흠.”

“그래서?”

“놈들이 누군지 알아냈어.”

“프랭크와 제시? 농담은.”

“진짜야.”

“누군데? 그리고 어떻게 알아냈어? 그리고……,”

“오늘 밤 우리 팀이 모두 모일 수 있을지 궁금한데. 영업시간이 끝나고. 말해 봐.”

“팀? 누굴 말하는 거야?”

“며칠 전 날 밤 우리와 브루클린을 누볐던 인원 모두. 우린 인력이 좀 필요하고, 새로운 사람을 포함시키는 건 별 의미 없어.”

“인력이 필요하다고? 우리가 뭘 하는데?”

“오늘 밤은 아무것도 안 하지만 작전 회의를 하고 싶어서. 네가 괜찮다면.”

그가 재떨이에 담배꽁초를 찔렀다. “내가 괜찮으냐고?” 그가 말했다. “물론 나야 괜찮지. 누굴 원해, 황야의 칠인? 아니, 우린 다섯이었지. 황야의 칠인 빼기 이인. 너, 나, 카사비안, 키건 그리고 루슬랜더. 오늘이 무슨 요일이지, 수요일? 빌리에게 좋은 말로 부탁하면 녀석은 한 시 반쯤 문 닫을 거야. 보비에겐 전화로 말하고 존에겐 직접 말할게. 정말 놈들이 누군지 아는 거야?”

“알고말고.”

"내 말은 대충 안다는 거야, 아니면……."

"전부 다." 내가 말했다. "이름, 주소, 직업."

"낱낱이 말이군. 그래서 놈들이 누구야?"

"두 시쯤 네 사무실로 갈게."

"빌어먹을 놈. 그동안 네가 버스에 치이기라도 하면?"

"그럼 그 비밀은 나와 함께 죽는 거야."

"염병할 놈. 난 벤치프레스나 더 해야겠어. 몸을 좀 덥히는 정도의 벤치프레스 한 세트 해 볼래?"

"아니." 내가 말했다. "한잔하러 가고 싶어."

나는 한잔하지 않았다. 어느 바를 들여다보았더니 사람이 너무 많아 호텔로 돌아오니 로비 의자에 잭 디볼드가 앉아 있었다.

내가 말했다. "자넨 줄 알았어."

"뭐, 그 중국 바텐더가 날 묘사했다고?"

"그 친군 필리핀 사람이야. 그 친구가 뚱뚱하고 나이 든 남자가 팁도 주지 않고 갔다더군."

"바에 누가 팁을 줘?"

"모두가."

"정말이야? 난 테이블에선 팁을 주지만 서 있는 바에선 팁을 주지 않아. 모두가 그런 줄은 몰랐는걸."

"오, 제발. 어디서 마시고 있었나, 블라니 스톤? 화이트 로즈?"

그가 나를 보았다. "기분 좋아 보이는데." 그가 말했다. "활기차고 원기 왕성해 보이는군그래."

"뭐, 딱 그런 셈이지."

"오?"

"모든 게 제자리에 맞아떨어지고 헷갈렸던 것들이 와해될 때의 기분을 아나? 지금이 딱 그런 오후야."

"우린 같은 사건을 말하는 게 아니지?"

나는 그를 보았다. "자넨 아무 말 안 했잖아." 내가 말했다. "자넨 무슨 사건을…… 오, 토미, 맙소사. 아니, 난 그 사건을 말한 게 아니야. 그 건은 손댈 만한 데가 없어."

"알아."

나는 내 하루가 어떻게 시작되었는지 생각났다. "그가 아침에 전화했더군." 내가 말했다. "자네에 대한 불만을 늘어놓으려고."

"그랬겠지."

"자넨 그를 괴롭히고 있어. 그의 말에 따르면."

"그래. 그게 나에게 많은 도움이 되고 있지."

"난 자네한테 그가 정말 좋은 사람이라는 추천장을 전해야 할 의무가 있네."

"그렇겠군. 뭐, 그는 정말 좋은 사람인가?"

"아니, 그는 개자식이야. 하지만 내 편견일 수도 있고."

"그래. 어쨌든 그는 자네 의뢰인이니까."

"그렇지." 이야기를 나누는 동안 그는 의자에서 일어나 있었고, 우리 둘은 호텔 앞 보도로 나갔다. 연석에서 택시 기사와 꽃 배달 밴 운전사가 말다툼하고 있었다.

내가 말했다. "잭, 오늘 왜 날 보러 왔지?"

"이 동네에 오니 자네 생각이 나서."

"으음."

"오, 젠장." 그가 말했다. "자네가 뭘 알아냈는지 궁금했네."

"틸러리에 대해? 틸러리에 관해서라면 난 아무것도 조사하지 않을 생각인데. 게다가 뭘 알아내더라도…… 그는 내 의뢰인이야."

"내 말은 자네가 그 히스패닉계 꼬마들에 관해서 뭘 알아냈는지 말이야." 그가 한숨을 쉬었다. "그 건이 재판에서 지지 않을까 하는 생각이 슬슬 들어서 그래."

"정말? 강도 건은 자백받았잖아."

"그래. 놈들이 기꺼이 강도 짓을 인정했다면 그걸로 끝이지. 근데 검사 측은 살인죄를 적용하고 싶어 해. 그래서 재판으로 가면 분명 지고 말 거라고."

"자네들은 녀석들의 집에서 일련번호가 있는 장물들을 압수했잖아. 지문도 확보하고, 자네들은……,"

"오, 빌어먹을." 그가 말했다. "법정에선 어떻게 될지 모른다는 걸 알잖나. 수색에 대한 절차상의 문제로 갑자기 훔친 물건들이 더 이상 증거가 아니게 됐네. 수색 절차상의 문제로. 도난당한 계산기인지 뭔지를 찾는 영장으로 도난당한 타이프라이터를 찾은 거야. 게다가 지문 건. 그래, 놈 중 하나가 쓰레기를 치우러 틸러리네 집에 몇 달 전에 갔었으니까. 그걸로 지문이 설명된다는 거지. 안 그래? 똑똑한 변호사라면 아무리 견고한 사건이라고 해도 간단히 구멍을 낼 수 있을 걸세. 그래서 만약 자네가 뭔가를 우연히 알게 됐다면 그에 대해 알 수 있지 않을까 하는 생각이 들었던 것뿐이야. 크루스와 에레라가 잡혀 들어가면 자네 의뢰인에게도 좋은 거잖나, 안 그래?"

"그렇겠지. 하지만 난 아무것도 아는 게 없어."

"하나도?"

"내가 아는 한."

결국 나는 그를 암스트롱으로 데려갔고, 한두 잔 사게 되었다. 책의 반응을 보는 기쁨을 위해 데니스에게 팁을 주었다. 그리고 호텔로 돌아가 프런트에 새벽 1시에 깨워 달라는 모닝콜을 부탁하고 보험으로 내 자명종도 맞춰 두었다.

샤워하고 침대 끝에 앉아 도시를 내다보았다. 하늘이 너무 빨리 코발트블루빛으로 바뀌며 어두워지고 있었다.

잠이 들 거라는 기대 없이 침대에 누워 기지개를 켰다. 다음 순간 전화가 울리고 있었고, 곧바로 수화기를 들었다 놓자 자명종이 울어댔다. 나는 옷을 입고 얼굴에 찬물 끼얹은 다음 밥값을 하러 나갔다.

22

내가 도착했을 때 그들은 키건을 기다리고 있었다. 스킵이 바 대용으로 파일 캐비닛 상판에 술 네댓 병과 물과 소다수와 얼음이 든 버킷을 올려 두는 중이었다. 바닥에 놓인 스티로폼 아이스박스에는 찬 맥주가 가득 들어 있었다. 나는 남은 커피가 있는지 물었다. 카사비안이 아마 주방에 있을 거라며 커피가 가득 든 단열 플라스틱 주전자와 머그잔과 크림과 설탕을 가지고 돌아왔다. 나는 잔에 커피만 따르고 일단 거기에 어떤 술도 타지 않았다.

커피를 한 모금 마셨을 때 노크 소리가 들렸다. 스킵이 문을 열었고, 빌리가 들어왔다. "지각 대장 빌리 키건." 보비가 그렇게 말했고, 카사비안이 빌리가 암스트롱에서 마시는 것과 똑같은 12년산 아이리시 위스키를 따라 그에게 건넸다.

정감 어린 많은 농담과 우스갯소리가 오갔다. 그리고 일시에 그 모든 소리가 가라앉았다가 다시 시작되려고 할 때 내가 자리에서 일어나 말했다. "너희한테 하고 싶은 말이 있어."

"생명보험." 보비 루슬랜더가 말했다. "그러니까, 너흰 그걸 어떻게 생각해? 그러니까, 뭐랄까, 그거에 대해 정말 생각해 봤어?"

내가 말했다. "스킵과 난 어젯밤 얘길 나눴고, 우린 뭔가를 알아냈어. 가발과 수염으로 변장한 두 녀석 말이야. 우린 우리가 놈들을 전에 봤다는 걸 깨달았지. 놈들은 몇 주 전 모리시네 영업 이후 시간에 거길 털었던 녀석들이야."

"놈들은 손수건 마스크를 쓰고 있었어." 보비가 말했다. "그리고 요전 날 밤 녀석들도 가발에 수염에 마스크로 변장하고 있었는데, 같은 놈들이란 걸 어떻게 알아?"

"그놈들이었어." 스킵이 말했다. "정말로. 천장에 두 발, 기억나?"

"네가 무슨 말을 하는지 모르겠는데." 보비가 말했다.

빌리가 말했다. "월요일 날 밤 멀리서 보비와 나만 그놈들을 봤어. 존, 넌 놈들을 아예 못 봤지? 맞아, 넌 그 블록 끝에 있었으니까, 당연히. 그리고 모리시네가 털린 날 밤 너도 거기 있었어? 널 거기서 본 기억이 안 나는데."

카사비안이 자기는 모리시네에 가 본 적이 없다고 말했다.

"그러니까 우리 셋은 잘 몰라." 빌리가 말을 이었다. "너희가 그게 같은 놈들이라고 하면 그런 거겠지, 됐냐? 내가 뭔가를 놓치고 있지 않은 한 우린 여전히 놈들이 누군지 몰라."

"맞아, 우린 그래."

모두가 나를 보았다.

내가 말했다. "어젯밤 난 여기서 우리가 놈들을 잡았다고 스킵에게 말하면서, 일단 놈들이 그 두 사건의 동일범이라는 사실을 안 이상 그놈들을 겨냥하기만 하면 된다며 매우 자만했어. 그렇게 말한 게 주로 와일드 터키 탓이라고 생각했지만 그 말엔 어느 정도 진실이 담겨 있었고, 오늘 난 운이 좋았지. 나는 놈들이 누군지 알아. 어젯밤 스킵과 내가 옳았고, 동일한 두 놈이 그 두 건을 했고, 난 놈들이 누군지 알아."

"그러니까 우리가 여기서 어디론가 가는 거야?" 보비가 알고 싶어 했다. "우리가 지금 뭘 해야 하는데?"

"그건 나중 일이고," 내가 말했다. "난 먼저 너희에게 놈들이 누군지 말하고 싶어."

"들어 보자고."

"놈들의 이름은 게리 애트우드와 리 데이비드 커틀러야. 스킵은 제임스 형제에게서 따와서 놈들을 프랭크와 제시라고 불렀는데, 놈들에게서 가족 간의 유사성을 발견했는지도 모르지. 애트우드와 커틀러는 사촌 간이야. 애트우드는 이스트빌리지 알파벳 시티 B가와 C가 사이의 구 번가에 살아. 커틀러는 여자 친구와 살고. 그녀는 학교 선생이고, 워싱턴하이츠에 살아. 이름은 리타 도네지안."

"아르메니아인이군." 키건이 말했다. "그녀는 네 사촌이 분명해, 존. 사정이 복잡해지는데."

"놈들을 어떻게 찾은 거야?" 카사비안이 궁금해했다. "놈들이 전에도 이런 짓을 했어? 전과가 있어?"

"전과가 있는 것 같진 않아. 중요해 보이지 않아서 그건 아직 확인하지 않았어. 놈들은 아마 조합원증을 갖고 있을 거야."

"응?"

"배우 조합원증." 내가 말했다. "놈들은 배우야."

스킵이 말했다. "농담이겠지."

"아니."

"나도 얼빠진 놈이군. 말이 돼. 빌어먹게 말이 돼."

"알겠어?"

"알겠고말고." 그가 말했다. "그걸로 그 억양이 설명되는군. 그걸로 모리시네를 털 때 놈들이 아일랜드인처럼 보인 이유도 설명돼. 놈들은 한마디도 하지 않고 아일랜드인을 떠올리게 하는 짓도 하지 않았지만 연기를 하고 있어서 아일랜드인처럼 느껴졌던 거야." 그가 몸을 돌려 보비 루슬랜더를 노려보았다. "배우들." 그가 말했다. "난 염병할 배우들한테 강도를 당한 거야."

"넌 배우 두 명한테 강도를 당한 거야." 보비가 말했다. "배우 전체가 아니라."

"배우들." 스킵이 말했다. "존, 우린 두 배우한테 오만 달러를 뜯긴 거야."

"놈들 총에는 진짜 총알이 들어 있었어." 키건이 그에게 그 사실을 상기시켰다.

"배우들." 스킵이 말했다. "우린 출연료를 지불한 거야."

나는 단열 주전자에서 커피를 조금 더 따랐다. 내가 말했다. "어째서 그 사실을 깨달았는지는 나도 몰라. 그냥 그 생각이 들었어. 일단 그런 생각이 들자 그럴 만한 많은 이유가 나오더군. 그중 하나는 일반적인 인상이었어. 놈들에겐 뭔가 묘한 데가 있었어. 우리가 공연을 보고 있다는 느낌. 모리시 술집에서와 월요일 밤 우리를 위한 무대는 아주 다른 공연이었어. 일단 두 번 모두 같은 두 놈이란 걸 알게 되자 그 방식이 다른 점을 간과할 수 없게 됐지."

"난 그게 어떻게 배우와 결부되는지 모르겠는데." 보비가 말했다. "그건 그냥 놈들이 가짜라는 거겠지."

"다른 게 있었어." 내가 말했다. "놈들은 직업적으로 동작을 의식하는 사람들처럼 움직였어. 스킵, 넌 놈들의 움직임이 안무가가 짠 것 같다고, 놈들이 댄서일지도 모른다고 했어. 그리고 놈 중 하나가 한 말이 있었는데, 너무 그 배역에 맞지 않아서 그냥 자신의 성격을 드러낸 말 같았어. 자신이 하고 있는 역할에서 나온 말이 아니라 그 사람의 성격에서."

스킵이 말했다. "그 말이 뭐였는데? 나도 거기서 들은 말이야?"

"그 교회 지하실에서. 너와 그 노란 가발이 앞으로 나와 테이블을 옮겼을 때."

"기억나. 놈이 뭐라고 했더라?"

"조합이 찬성할지 모르겠다라던가 뭐라던가, 그런 말."

"그래, 놈이 그렇게 말한 게 기억나. 이상한 말이었지만 난 신경 쓰지 않았어."

"나도 그랬지만 그 말을 기억하고 있었어. 그리고 그 말을 할 땐 목소리도 달랐어."

그가 눈을 감고 그날 일을 되살렸다. "네 말이 맞아." 그가 말했다.

보비가 말했다. "어떻게 그걸로 놈이 배우라는 거야? 그게 의미하는 건 놈이 어느 조합의 일원이라는 것뿐이야."

"무대 쪽 조합의 힘은 상당히 세서," 내가 말했다. "그들은 무대를 움직이거나 배우들이 무대를 적절하게 사용할 수 있는 다른 비슷한 일을 못 하게 해. 그건 배우가 아니면 할 수 없는 말이었고, 그 해석에 맞는 태도였어."

"꼭 집어 그들이란 걸 어떻게 알았어?" 카사비안이 물었다. "그들이 배우였다는 걸 알았다 해도 이름과 주소까진 알 수 없었을 텐데."

"귀." 스킵이 말했다.

모두가 그를 보았다.

"이 친구가 놈들의 귀를 그렸어." 그가 나를 가리키며 말했다. "수첩에. 몸에서 가장 바꾸기 어려운 부위가 귀야. 날 보지 마. 확실한 사람의 입에서 나온 말이니까. 이 친구가 놈들의 귀를 스케치했어."

"그래서 뭘 했는데?" 보비가 캐물었다. "오디션 광고를 내고 모두의 귀를 살펴봤어?"

"사진이 있는 배우 인명록을 살펴봤을 수도 있지." 스킵이 말했다. "배우들의 홍보 사진을 보고 맞는 귀를 찾았는지도."

"여권 사진을 찍을 땐," 빌리 키건이 말했다. "양쪽 귀가 완전히 보여야 해."

"그렇게 안 하면?"

"안 하면 여권 발급이 안 되겠지."

"가엾은 반 고흐." 스킵이 말했다. "나라 없는 남자The Man Without a Country E. E. Hale의 단편소설로, 반역죄로 바다에서 여생을 보내라는 선고를 받은 미군 중위에 관한 이야기."

"그들을 어떻게 찾았어?" 카사비안이 계속 알고 싶어 했다. "귀로 알아낸 건 아닐 텐데."

"물론 아니야." 내가 말했다.

"번호판." 빌리가 말했다. "다들 번호판을 잊은 거 아니야?"

"그 번호는 도난 차량 번호로 드러났어." 내가 그에게 말했다. "일단 놈들이 배우라는 생각이 드니까 그 교회가 다시 보이더군. 난 놈들이 특별히 그 교회 지하실을 무작위로 고른 다음 그 문을 부수고 들어가진 않았으리란 건 알았어. 놈들은 그 문을 열고 들어갔어. 아마 열쇠로. 목사의 말에 따르면 거기에 접근할 수 있는 커뮤니티 그룹이 많고, 아마 많은 열쇠가 돌아다니고 있었을 거야. 그가 지나가면서 언급한 그룹 중 하나가 오디션과 리허설로 그 지하실을 쓰는 아마추어 연극 그룹이었어."

"아하." 누군가가 그런 소리를 냈다.

"난 교회에 전화해서 그 연극 그룹과 연결할 수 있는 사람의 이름을 얻어 냈어. 그 사람과 간신히 연락이 닿아 지난 몇 달간 그 그룹과 일했던 어떤 배우를 찾고 있다고 설명했지. 둘 중 누구에게라도 맞는 체형을 말해 줬어. 기억날 거야. 오 센티 정도의 키 차이를 빼면 놈들은 매우 비슷한 체형이었어."

"그렇게 이름을 알아냈다고?"

"몇몇 이름을 알아냈지. 그중 하나가 리 데이비드 커틀러였어."

"그렇게 벨이 울렸군." 스킵이 말했다.

"무슨 벨?" 카사비안이 말했다. "그 이름이 처음 나온 거뿐이잖아, 아니야? 아니면 내가 뭘 놓치고 있는 거야?"

"아니, 네가 맞아." 내가 그에게 말했다. "그 시점에서 커틀러는 내 수첩에 있는 몇몇 이름 중 하나였을 뿐이야. 나는 그 몇몇 이름 중 하나를 또 다른 범죄와 연결 짓기만 하면 됐지."

"무슨 다른 범죄? 오, 모리시네. 어떻게? 그는 일이 없을 때의 배우를 웨이터나 바텐더로 고용하지 않는 유일한 술집 주인이야. 그는 자기 가족하고만 일한다고."

내가 말했다. "일 층이 뭐였지, 스킵?"

"오." 그가 말했다.

빌리 키건이 말했다. "그 아일랜드 극장. 동키 레퍼토리 극단Repertory Company 한 가지 연극만 계속하지 않고 프로그램을 계속 바꾸어 손님을 끄는 극단인지 뭔지."

"오늘 오후에 거기에 갔었어." 내가 말했다. "그들은 새 연극의 마지막 리허설 중이었는데, 팀 팻의 이름을 흘리고 어느 젊은 여자의 시간을 몇 분 뺏었지. 로비에는 포스터가 전시돼 있었는데, 배역들의 개인 홍보 사진이었어. 그들이 헤드샷이라고 부르는 것 같은 얼굴 사진이. 그녀는 지난 몇 년간 자신들이 공연했던 연극의 여러 배역 사진을 보여 줬어. 알겠지만 그들은 단기 공연 위주라 상당히 많은 연극을 올려 왔지."

"그래서?"

"리 데이비드 커틀러는 오월 마지막 주에서 유월 첫 주까지 브라이언 프리엘아일랜드의 극작가의 희곡 〈도니브룩〉에 출연했어. 난 사진 밑의 이름을 보기 전에 그를 알아봤지. 그리고 그의 사촌 사진도 알아봤어. 가족 유사성은 변장하지 않았을 때 더 강해. 사실, 오해의 여지가 없었어. 둘이 닮은 게 그 배역을 얻는 데 도움이 됐을 거야. 그 극단의 정규 멤버가 아닌데도. 어쨌든 그들은 형제로 연기했고, 그래서 그 유사성은 확실한 자산이었어."

“리 데이비드 커틀러와,” 스킵이 말했다. “다른 한 명의 이름이 뭐였지? 무슨 애트우드.”

“게리 애트우드.”

“배우들이군.”

“맞아.”

그는 손등에 톡톡 친 담배를 입에 물고 불을 붙였다. “배우들이라. 놈들은 일 층에서 연극을 하다가 출세하기로 마음먹은 거야, 그렇겠지? 거기서 연극을 하다가 모리시네를 털 아이디어가 떠오른 거지.”

“어쩌면.” 나는 커피를 한 모금 마셨다. 와일드 터키 병이 파일 캐비닛 위에 있었고, 내 눈이 그 병에 쏠렸지만 지금 당장은 내 지각을 흐리게 할 어떤 것도 원하지 않았다. 나는 내가 술을 마시지 않아서 기뻤고, 모두가 그래서 기뻤다.

내가 말했다. “놈들은 연극을 공연하는 중에 한두 번 위층에서 술을 마셨을 거야. 어쩌면 놈들은 잠긴 벽장에 대해 들었는지도 모르고, 어쩌면 팀 팻이 그 안에 돈을 넣거나 거기서 뭔가를 빼는 걸 봤는지도 모르지. 어떤 일이 있었든, 그곳이 손쉽게 털 수 있는 곳이라는 게 그들 머리에 떠올랐겠지.”

“그걸 쓸 만큼 산다면.”

“아마 놈들은 모리시 형제가 얼마나 무서운 사람들인지 충분히 알지 못했을 거야. 뭐, 그럴 수 있지. 장난삼아 그 작업 계획을 짰는지도 몰라. 연극이라고 생각하면서 팀 팻과는 다른 어느 아일랜드파 일원으로 자신들을 캐스팅하면서. 분쟁에 관한 어떤 오래된 연극의 말 없는 총잡이로. 그러다 놈들은 그 가능성에 홀려 밖으로 나가 총을 사고 자신들의 연극을 무대에 올린 거야."

"아주 간단히."

나는 어깨를 으쓱했다. "아니면 그런 전적이 있는지도 모르지. 모리시네가 그들의 데뷔작이라고 추측할 이유는 없어."

"그게 사람들의 개를 산책시키는 아르바이트를 하거나 사무실 임시직보다는 낫겠지." 보비가 말했다. "젠장 배우의 생계란. 어쩌면 나도 복면하고 총을 들어야 할지도 몰라."

"넌 가끔 바텐더로 일하잖아." 스킵이 말했다. "그것도 강도질이나 같지만 그런 소품은 필요 없잖아."

"놈들이 우릴 어떻게 골랐지?" 카사비안이 물었다. "아일랜드 극단에서 일하는 동안 여길 들르기 시작했을까?"

"어쩌면."

"하지만 그걸로 놈들이 그 장부에 대해서 어떻게 알았는지는 설명되지 않아." 그가 말했다. "스킵, 놈들이 우리 가게에서 일한 적 있어? 애트우드와 커틀러? 우리가 아는 이름인가?"

"아닐걸."

"나도 그렇게 생각해." 내가 말했다. "놈들이 이곳을 알고 있었는지 모르지만 그건 중요하지 않아. 놈들은 스킵의 얼굴을 몰랐기 때문에 여기서 일하지 않은 게 거의 확실해."

"연기였는지도 모르지." 스킵이 의견을 냈다.

"어쩌면. 말했듯이 그건 별로 중요하지 않아. 놈들에겐 책을 훔치고 책값을 내도록 주선한 내부자가 있었어."

"내부자?"

나는 끄덕였다. "우린 처음부터 그걸 알고 있었어, 기억나? 그게 네가 날 고용한 이유고, 스킵. 장부와 돈의 교환을 차질 없이 진행하기 위해서기도 했지만 널 작업한 자가 누구인지 찾아내기 위해서."

"맞아."

"그러니까, 그게 바로 놈들이 애초에 이곳을 알았고 장부를 얻게 된 이유야. 아마 놈들은 미스 키티에 발을 들인 적 없을 거야. 그럴 필요가 없었지. 놈들에겐 상이 다 차려져 있었으니까."

"내부자에 의해."

"그거야."

"그래서 넌 내부자가 누군지 알아?"

"그래." 내가 말했다. "알아."

방 안이 매우 조용해졌다. 나는 책상을 돌아가 파일 캐비닛 위의 와일드 터키 병을 들었다. 얼음이 든 글라스에 2온스쯤 따르고 병을 제자리에 돌려놓았다. 나는 위스키를 맛보지 않고 잔을 들었다. 이 순간을 연장해 긴장이 고조되게 하고 싶은 만큼 술을 마시고 싶지 않았다.

내가 말했다. "내부자는 교환이 끝난 후에도 해야 할 역할이 있었어. 그는 애트우드와 커틀러에게 우리가 놈들의 자동차 번호를 알고 있다는 사실을 알려야 했어."

보비가 말했다. "그 차는 훔친 차라며."

"그 차는 도난 차량으로 보고됐어. 그렇게 도난 차량 기록에 올라갔지. 오후 다섯 시와 일곱 시 사이에 도난당한 차로. 월요일 오션 파크웨이가에서."

"그래서?"

"도난 차라고 보고된 걸 알고 차에 관해서 난 포기했어. 오늘 오후에 난 어쩌면 곧바로 했었어야 하는 일을 했고, 그 차의 소유주 이름을 알아냈어. 차 주인은 리타 도네지안이었어."

"애트우드의 여자 친구." 스킵이 말했다.

"커틀러의. 어느 쪽이든 크게 상관은 없지만."

"혼란스러운데." 카사비안이 말했다. "놈이 여자 친구의 차를 훔쳤다고? 이해가 안 되는데."

"모두가 아르메니아인들을 괴롭히지." 키건이 말했다.

내가 말했다. "놈들은 그녀의 차를 가져갔어. 애트우드와 커틀러가 리타 도네지안의 차를 가져갔지. 나중에 그들은 공범에게서 자신들의 차 번호가 알려졌다는 전화를 받았어. 그래서 놈들은 경찰서에 전화해 오션 파크웨이가 어딘가에서 차를 도둑맞은 지 한참 됐다고 신고했어. 오늘 오후에 좀 더 깊게 파 보고 알게 됐는데, 그 도난 신고 전화는 자정이 가까워서야 걸려 온 거였어.

내가 좀 두서없이 말하는군. 도난 차량 기록부에 실린 머큐리 차주 이름은 리타 도네지안이 아니었어. 실려 있는 이름이 플래허티인지 팔리인지 잊어버렸지만 아일랜드식 이름이었고, 장소는 오션 파크웨이가의 어디였어. 전화번호가 남겨져 있었지만 엉터리 번호로 드러났고, 적힌 주소에서는 플래허티나 팔리라는 사람은 찾을 수 없었지. 그래서 차량계에 문의해 봤더니 그 차의 차주는 리타 도네지안으로, 주소지는 오션 파크웨이가에서도, 브루클린의 어느 지역에서도 먼 워싱턴하이츠의 카브리니 대로에 있었어."

나는 와일드 터키를 조금 마셨다.

"난 리타 도네지안에게 전화했어." 내가 말했다. "경찰이라고 밝히고 어느 차가 돌아왔고 어느 차가 아직 돌아오지 않았는지, 도난 차량 리스트를 확인하는 통상적인 절차라고 하면서. 그녀가 오, 그러냐면서 차를 바로 되찾았다고 하더군. 어쨌든 자긴 정말 도난당한 게 아니라고 생각했다며. 술을 좀 마신 남편이 주차해 둔 곳을 잊어버렸는데, 자기가 도난당했다고 신고한 뒤에 주차했다고 생각한 곳에서 몇 블록 떨어진 곳에서 차를 찾았다더군. 난 그 차가 브루클린에서 도난당한 걸로 기재돼 있고 당신은 맨해튼 위쪽에 사니 우리가 기재 실수를 한 것 같다고 했어. 그녀는 아니라고 하면서 자기들은 브루클린에 사는 남편의 형네 집을 방문 중이었다고 하더군. 난 성姓이 플래허티라고 기재돼 있는데, 대체 그 이름이 뭐든, 우리가 성도 잘못 기재한 것 같다고 했어. 그녀는 아니라고 하면서 실수가 아니라 그게 남편 형의 성이라더군. 이내 여자는 조금 당황하면서 실은 남편의 매형이라고 설명했어. 남편 누나가 플래허티라는 성의 남자와 결혼했다면서."

"불쌍한 아르메니아 여자," 키건이 말했다. "아일랜드인과 함께 파멸하다. 그걸 생각해 봐, 조니."

스킵이 말했다. "그 여자가 사실을 말한 게 있어?"

"난 그녀에게 당신이 리타 도네지안인지, 차량 번호가 LJK 구일사인 머큐리 마퀴의 차주인지 물었어. 그녀는 그 두 질문에 그렇다고 했어. 그게 그녀가 내게 진실을 말한 마지막이었어. 그녀는 줄곧 거짓말을 했어. 자신이 그들을 보호하고 있다는 것도, 자신이 그렇게 창의적이지 못했다는 것도 그 여잔 알아. 그녀는 남편이 없어. 자기 남편으로 커틀러를 언급했는지 모르지만 그녀는 그를 도네지안 씨라고 불렀고, 유일한 도네지안 씨는 그녀의 아버지야. 나는 내가 한 전화가 단순한 통상적인 절차 이상의 뭔가라고 그녀가 알길 바라지 않아서 너무 밀어붙이고 싶지 않았어."

스킵이 말했다. "누군가가 지하실에서의 거래 후에 놈들에게 전화했단 이야기군. 우리가 그 차 번호를 안다고 알려 주려고."

"맞아."

"그래서 그걸 누가 알았다는 거야? 우리 다섯 말고 누가? 키건, 네가 사람 많은 술집에서 네가 얼마나 영웅이고, 어떻게 그 차 번호를 적었는지 떠벌린 거야? 그런 거야?"

"고해성사하러 갔다가," 빌리 키건이 말했다. "오훌리헌 신부한테 말했어."

"빌어먹을, 난 진지해."

"난 결코 그 교활한 자식을 믿은 적 없다니까." 빌리가 말했다.

존 카사비안이 부드럽게 말했다. "스킵, 아무도 아무에게도 떠벌리진 않은 것 같아. 맷이 낸 결론이 그거 같아. 그건 우리 중 하나야. 아니야, 맷?"

스킵이 말했다. "우리 중 하나? 여기 있는 우리 중 하나?"

"아니야, 맷?"

"맞아." 내가 말했다. "보비였어."

23

모두가 보비를 보는 동안 정적이 길어졌다. 이내 스킵이 방 안에 메아리가 칠 정도의 격렬한 웃음을 터뜨렸다.

"맷, 이 빌어먹을 자식." 그가 말했다. "깜빡 넘어갈 뻔했네. 속을 뻔했어."

"사실이야, 스킵."

"내가 배우라서, 맷?" 보비가 날 보고 활짝 웃었다. "모든 배우가 서로 알 거라고 생각하는구나. 카사비안이 그 학교 선생을 알 거라고 빌리가 생각한 것처럼. 맙소사, 아마 이 도시에는 아르메니아인보다 배우가 더 많을걸."

"해로운 두 집단이지." 키건이 담담히 읊조렸다. "배우와 아르메니아인. 둘 다 굶주려 왔어."

"난 그 자식들에 대해 들어 본 적도 없어." 보비가 말했다. "애트우드와 커틀러? 그게 그들 이름이야? 둘 다 들어 본 적 없다고."

내가 말했다. "그럴 리 없을걸, 보비. 넌 뉴욕 연극 아카데미에서 게리 애트우드와 수업을 같이 들었어. 작년 이 번가에 있는 갈린다 극장에서는 리 데이비드 커틀러와 공연했고."

"스트린드베리스웨덴의 극작가의 연극을 말하는 거야? 여섯 번 공연 동안 좌석이 텅텅 비었던? 감독조차 그 연극이 뭘 말하려는지 몰랐던? 오, 그게 커틀러였군. 베른트를 연기한 그 깡마른 녀석? 그게 네가 말한 사람이야?"

나는 아무 말도 하지 않았다.

"리라고 해서 몰랐어. 모두 그 친굴 데이브라고 불렀으니까. 그 친구가 기억나는 것도 같긴 하지만……,"

"보비, 이 개자식, 넌 거짓말을 하고 있어!"

그가 고개를 돌려 스킵을 보았다. 그가 말했다. "내가 말이야, 아서? 그렇게 생각하는 거야?"

"그게 내가 빌어먹게 잘 아는 거야. 난 널 알아. 내 평생 널 알아왔어. 네가 거짓말하면 알아."

"인간 거짓말탐지기가 따로 없군." 그가 한숨을 쉬었다. "네가 맞힐 때도 있지."

"믿을 수가 없군."

"뭐, 결정해, 아서. 넌 뭐든 동의하지 않는 놈이지만. 내가 거짓말을 하고 있는지, 아닌지. 네가 원하는 게 어느 쪽이야?"

"넌 날 털었어. 넌 그 장부들을 훔치고 날 배반했어. 네가 어떻게 그럴 수 있지? 이 쥐새끼야, 어떻게 네가 그럴 수 있냐고?"

스킵이 자리에서 몸을 일으키고 있었다. 보비는 손에 빈 글라스를 쥐고 여전히 자리에 앉아 있었다. 키건과 카사비안이 보비의 양옆에 있었지만 언쟁이 오가는 동안 그에게서 살짝 떨어져 있었다. 두 사람에게 공간을 내주려는 듯이.

나는 스킵의 오른쪽에 서서 보비를 바라보고 있었다. 그는 스킵의 물음을 신중하게 심사숙고할 만하다는 듯이 대답에 시간을 들이고 있었다.

"이런, 젠장." 그가 마침내 입을 열었다. "왜 그런 짓을 하겠어? 난 그 돈을 원했어."

"놈들이 너한테 얼마를 줬지?"

"그렇게 많진 않아. 솔직히 말해서."

"얼마야?"

"삼분의 일을 원했어. 그들은 웃더군. 그래서 만을 원했더니 놈들은 오천을 말했고, 칠천으로 합의 봤지." 그가 양손을 펼쳤다. "난 형편없는 협상가야. 난 배우지, 사업가가 아니니까. 흥정에 대해 내가 뭘 알겠어?"

"칠천 달러에 날 엿 먹였군."

"이봐, 난 그보단 많길 바랐어. 정말이야."

"나랑 농담할 생각 마, 이 더러운 새끼야."

"그럼 나한테 그런 식으로 말하지 마, 이 멍청한 놈아."

스킵은 눈을 감았다. 그의 이마에 땀이 맺혀 있었고, 목에 힘줄이 드러나 있었다. 그는 주먹을 쥐었다 폈다 했다. 그는 라운드가 끝날 때마다의 권투 선수처럼 입으로 숨을 쉬고 있었다.

그가 말했다. "그 돈이 왜 필요한 거야?"

"글쎄, 어디 보자, 여동생은 수술이 필요한 데다……."

"보비, 어릿광대짓은 그만둬. 맹세코 씨발, 널 죽여 버릴 거야."

"그래? 난 그 돈이 필요했어, 정말로. 수술이 필요할 예정이니까. 다리가 부러지면."

"대체 무슨 소릴 하는 거야?"

"오천 달러를 빌려서 코카인 매매에 손을 댔는데 그게 엉망진창이 됐고, 오천을 당장 돌려줘야 했단 소릴 하는 거야. 그걸 체이스 맨해튼 은행에서 빌린 게 아니니까. 난 거기에 좋은 친구가 없거든. 난 그 돈을, 내게 필요한 담보는 내 두 다리뿐이라고 말한, 우드사이드 외곽에 있는 어떤 남자한테 빌렸어."

"대체 마약 거래로 뭘 하고 있었던 거야?"

"돈을 벌어서 삶을 바꿔 보려고. 바닥 생활에서 벗어나려고."

"아메리칸드림 같은 소리 하고 있네."

"그건 염병할 악몽이었어. 거래는 물거품이 됐고, 난 여전히 돈을 빚졌고, 일주일에 이자만 백 달러를 내야 했어. 넌 그게 어떻게 돌아가는지 알잖아. 평생 일주일에 백 달러를 내도 여전히 오천은 빚이야. 내 지출도 감당 못 하는데, 일주일에 백은 생각도 못 해. 돈을 못 내니까 이자에 이자가 붙어. 그래서 커틀러와 애트우드한테 받은 칠천은 벌써 사라졌어, 친구. 그 남자에게서 영원히 벗어나려고 육천이 좀 안 되는 돈을 갚고, 다른 빚들도 갚았더니 지갑에 이백 달러 남았어. 남은 게 그거야." 그가 어깨를 으쓱했다. "쉽게 들어온 돈은 쉽게 나간다, 맞지?"

담배를 입에 물고 불을 붙이려고 하는 스킵의 라이터를 든 손이 떨렸다. 그는 라이터를 떨어뜨렸고, 그것을 주우려고 손을 뻗다가 뜻하지 않게 걷어찬 라이터가 책상 밑으로 들어갔다. 카사비안이 그를 진정시키려고 그의 어깨에 손을 올렸고, 성냥을 켜서 그에게 담뱃불을 붙여 주었다. 빌리 키건이 바닥에 몸을 대고 책상 밑을 둘러보며 라이터를 찾았다.

스킵이 말했다. "나한테 얼마 빚진 줄 알아?"

"너에게 이만. 존에게 삼만."

"넌 우리한테 이만오천씩 빚졌어. 난 존에게 오천을 빚졌고, 난 곧 갚을 거야."

"네가 그렇다면야."

"넌 칠천을 벌려고 우리에게 오만의 손해를 끼친 거야. 내가 무슨 말을 하는지 알아? 너 편해지는 데 우리가 오만을 낸 거라고."

"난 장사에 대한 머리가 없다고 했잖아."

"넌 아예 머리가 없어, 보비. 돈이 필요했다면 넌 팀 팻 모리시에게 만 달러를 받고 네 친구들을 팔 수도 있었어. 그게 팀 팻이 내건 보상금이고, 그건 놈들이 너에게 준 것보다 삼천이나 많아."

"난 걔들을 배신할 생각 없었어."

"물론 그렇겠지. 나와 존은 배신하면서?"

보비가 어깨를 으쓱했다.

스킵이 바닥에 던진 담배를 발로 비벼 껐다. "돈이 필요했다면," 그가 말했다. "왜 나한테 와서 부탁하지 않은 거야? 설명 좀 해 줄래? 고리대금업자에게 가기 전에 나한테 올 수도 있었어. 아니면 널 압박하는 고리대금업자 때문에 돈이 필요했다면 그때 나한테 올 수도 있었어."

"너한테 돈을 부탁하고 싶지 않았어."

"나한테 돈을 부탁하고 싶지 않았구나. 나한테서 그걸 훔치는 건 괜찮지만 나한테 그걸 부탁하고 싶진 않았구나."

보비가 머리를 뒤로 젖혔다. "그래, 맞아, 아–아–아–서. 난 너한테 그걸 부탁하고 싶지 않았어."

"내가 네 부탁 거절한 적 있어?"

"아니."

"내가 너한테 굽실거리게 한 적 있어?"

"그래."

"언제?"

"늘. 한동안 배우한테 바텐더를 시켰잖아. 그 배우한테 카운터는 맡기면서 가게는 말아먹지 않길 바랐잖아. 내 연기는 너한테 장난일 뿐이야. 난 네 작은 태엽 장난감이고, 빌어먹을 애완용 배우지."

"내가 네 연기를 진지하게 받아들이지 않는다고 생각하는 거야?"

"당연히 넌 안 그래."

"내가 이 말을 듣고 있다는 걸 믿을 수가 없군. 염병할 스트린드베린지 뭔지 이 번가에서 네가 한 거지 같은 연극에 내가 사람을 얼마나 데려갔는지 알아? 극장에 있던 스물다섯 명 중 스무 명을 내가 데려갔어."

"네 애완용 배우를 보여 주려고 말이지. '네가 한 거지 같은 연극.' 그게 내 연기를 진지하게 받아들이는 거군, 스키피 꼬마 새끼야. 그게 진짜 후원이고말고."

"난 이 염병할 상황을 믿을 수가 없어." 스킵이 말했다. "넌 날 싫어해." 그가 방 안을 둘러보았다. "얜 날 싫어해."

보비는 그를 볼 뿐이었다.

"넌 날 엿 먹이려고 이런 짓을 한 거야. 그게 다야."

"난 돈 때문에 그랬어."

"난 너한테 그 염병할 돈을 줬을 거야!"

"너한테 그걸 받고 싶지 않았어."

"나한테 그걸 받고 싶지 않았단 말이지. 그게 어디서 나왔다고 생각하는데, 이 염병할 새끼야? 그게 하느님한테서 나왔다고 생각하는 거야? 하늘에서 비처럼 내렸다고 생각하는 거냐고?"

"난 그걸 번 거라고 생각해."

"네가 어떻게 생각한다고?"

보비가 어깨를 으쓱했다. "말했잖아. 번 거라고 생각한다고. 난 그걸 위해 일했어. 장부를 훔치고 나서, 난 몇 번인지는 모르겠지만 너와 같이 있었어. 차 타고 나간 월요일 밤에도 있었고, 교환 현장에도 있었어. 그런데도 넌 조금도 의심하지 않았지. 내 연기도 나쁘지만은 않은 거야."

"그냥 연기란 말이군."

"그렇게 볼 수도 있지."

"유다의 연기도 꽤 좋았어. 오스카 후보감이었지만 시상식엔 참석할 수 없었지."

"네 예수 역은 웃겨, 아서. 그 역에 적합하지도 않지만."

스킵이 그를 노려보았다. "이해가 안 되는군." 그가 말했다. "부끄러움도 모르는 녀석이야."

"그러면 행복할 것 같아? 내가 좀 부끄러워하는 모습을 보이면?"

"넌 그 짓이 괜찮다고 생각하는구나, 그래? 네 가장 친한 친구를 엿 먹여서 많은 돈을 잃게 한 게? 친구한테 훔친 게?"

"넌 절대 훔치지 않지, 그렇지, 아서?"

"무슨 말을 하는 거야?"

"넌 이만을 어떻게 모았지, 아서? 뭘 해서? 점심값을 아껴서?"

"세금을 빼돌렸지. 그건 대단한 비밀도 아니야. 내가 그걸 나라에서 훔쳤다는 뜻이야? 그렇게 안 하는 현금 장사가 있다면 말해 봐."

"그리고 넌 술집을 열 돈을 어떻게 마련했지? 너와 존은 어떻게 시작했어? 넌 그것도 훔쳤나? 신고하지 않은 팁?"

"그래서?"

"개소리! 잭 볼킨의 술집에서 바텐더로 일했을 때 넌 그 손으로 훔칠 만큼 훔쳤어. 넌 빈 병을 가게에 가져가 돈으로 바꾸는 거 빼곤 뭐라도 했어. 잭이 가게를 접지 않은 게 이상할 정도로 그에게서 많은 걸 훔쳤어."

"그는 많은 돈을 벌었어."

"그래, 너도 그랬고. 넌 훔쳤어. 조니도 일하던 데서 훔쳤고. 자, 보시라. 너희 둘은 너희 가게를 열기에 충분할 만큼 훔쳤어. 아메리칸드림에 관해 얘기하자면 아메리칸드림은 이거야. 가게를 열어서 사장과 경쟁할 수 있게 될 때까지 사장한테 훔치는 거."

스킵이 무언가 중얼거렸다.

"뭐라고? 안 들려, 아서."

"바텐더는 원래 훔치는 자들이라고 했다. 누구나 예상하는 거야."

"정직하게 말이지, 그래?"

"난 볼킨을 엿 먹이지 않았어. 난 그에게 돈을 벌어 줬어. 비꼬고 싶으면 얼마든지 비꽈, 보비. 네가 한 짓과 비교하지 마."

"안 해. 넌 염병할 성자니까, 아서."

"맙소사." 스킵이 말했다. "어떻게 해야 할지 모르겠군. 내가 뭘 해야 할지 모르겠어."

"난 알아. 넌 아무것도 하지 마."

"아무것도 하지 말라고?"

보비가 머리를 저었다. "뭘 할 건데? 바 뒤에서 총을 갖고 와서 그걸로 날 쏠 거야? 넌 그렇게 못 해."

"그래야겠어."

"그래, 하지만 그럴 일은 없을 거야. 날 쏘고 싶어? 더 이상 화도 안 나잖아, 아서. 넌 네가 화가 났다고 생각하겠지만 넌 그런 기분이 아니야. 넌 어떤 기분도 아니야."

"난……,"

"이봐, 난 완전히 지쳤어." 보비가 말했다. "아무도 반대하지 않는다면 난 일찍 가서 자고 싶어. 이봐, 친구들. 조만간 그 돈을 돌려놓을 거야. 오만 모두. 내가 스타가 되면, 알지? 난 그럴 자질이 있어."

"보비……,"

"또 보자고." 그가 말했다.

그 후 우리 셋은 길모퉁이에서 스킵과 작별 인사를 나누었고, 카사비안은 택시를 잡아타고 시내로 향했다. 길모퉁이에서 빌리 키건과 서 있던 나는 그에게 내가 실수한 것 같다고, 내가 알아낸 것을 스킵에게 말하지 말았어야 했다고 말했다.

"아니야." 그가 말했다. "넌 그랬어야 해."

"이제 스킵은 가장 친한 친구가 자길 싫어한다는 걸 알았어." 나는 고개를 돌려 파르크 벵돔을 올려다보았다. "스킵은 저 건물 높은 층에 살아." 내가 말했다. "그 친구가 창문에서 뛰어내리지 않길 바라."

"갠 그런 타입이 아니야."

"나도 그렇게 생각해."

"넌 걔한테 말했어야 했어." 빌리 키건이 말했다. "스킵이 보비가 자신의 가장 친한 친구라고 생각하게 둘 셈이었어? 그런 무지는 축복이 아니야. 네가 한 일은 그 친구를 위해 종기를 째 준 거야. 지금 당장은 더럽게 아프겠지만 나을 거야. 네가 내버려 뒀다면 더 나빠졌을 뿐이야."

"그렇겠지."

"분명해. 만약 보비가 이번 일을 잘 해냈다면 또 그랬을 거야. 스킵을 엿 먹이는 걸로 충분치 않아서 스킵이 눈치챌 때까지 계속. 보비는 그러면서 스킵이 싫다는 걸 자신에게 계속 상기시켰을 거야. 무슨 말인지 알겠어?"

"그래."

"내 말이 맞겠지?"

"아마. 빌리? 난 그 음악이 듣고 싶어."

"응?"

“그 성스러운 술집. 머릿속에서 계속 맴돌아. 네가 나한테 틀어 준 노래.”

“〈라스트 콜〉.”

“그래도 돼?”

“헤이, 얼른 가자. 한잔해야지.”

우리는 그리 많이 마시지 않았다. 나는 그를 따라 그의 아파트로 갔고, 그는 나를 위해 그 노래를 대여섯 번 틀었다. 우리는 별말 없이 거의 그 레코드만 들었다. 내가 떠날 때 그는 내가 보비 루슬랜더가 범인이라고 폭로한 건 잘한 짓이었다고 다시 한번 말했다. 나는 여전히 그의 말이 맞는지 확신이 들지 않았다.

24

나는 다음 날 늦게까지 잤다. 밤에는 대니 보이 벨과 그의 시 외곽 친구 둘과 퀸스의 서니사이드 가든스에 갔다. 대니 보이의 친구들이 후원하는 베드포드스투이베산트 출신의 권투 선수가 나오는 미들급 시합이 있었다. 그는 손쉽게 이겼지만 나는 그가 모든 걸 보여 줬다고 생각하지 않았다.

그다음 날은 금요일이었고, 암스트롱에서 늦은 점심을 먹고 있을 때 스킵이 들어와 내 테이블에서 나와 맥주를 마셨다. 그는 헬스장에서 온 참이었고, 목이 말라 있었다.

"젠장, 난 오늘 무게를 올렸어." 그가 말했다. "모든 분노가 근육으로 쏠렸나 봐. 체육관 지붕도 들어 올렸을 거야. 맷, 내가 녀석을 깔보는 태도로 대했어?"

"무슨 말이야?"

"내가 그 자식을 내 애완용 배우로 대했다는 그 똥 같은 말. 내가 그랬어?"

"내 생각에 녀석은 자기가 한 짓을 정당화할 방법을 찾고 있었던 것뿐이야."

"모르겠어." 그가 말했다. "어쩌면 녀석의 말대로인지도 모르지. 내가 네 외상 장부를 갚았을 때 네가 기분이 안 좋았던 거 기억나?"

"근데?"

"어쩌면 내가 녀석에게 그랬는지도 모르지. 더 심하게." 그는 담뱃불을 붙이고 기침을 심하게 했다. 기침이 잠잠해지자 그가 말했다. "젠장, 그놈은 쓰레기야. 그거야. 잊어버려야지."

"달리 어쩌겠어?"

"어쩔 게 있다면 나도 알고 싶다. 녀석이 유명해져서 부자가 되면 갚겠다고 한 말은 마음에 들었어. 다른 두 쓰레기한테 돈을 돌려받을 방법이 있을까? 놈들이 누군지 알잖아."

"놈들을 어떻게 협박할 건데?"

"몰라. 방법이 없는 것 같아. 요전 날 밤 넌 작전 회의를 위해 모두를 모았지만 그건 그 무대를 준비한 거였지? 보비가 범인이란 걸 모두에게 확실히 알리는."

"좋은 생각이었던 것 같진 않아."

"그래. 하지만 그게 작전 회의였든 뭐든, 그 배우 놈들을 두들겨서 돈을 뱉어 내게 할 방법을 알아낼……,"

"모르겠어."

"그래, 나도 그래. 내가 하려는 게 강도를 터는 짓일까? 사실 내 스타일은 아니야. 게다가 그건 그냥 돈일 뿐이지. 내 말은 정말 그뿐이라고. 난 은행에 그 돈을 넣어 뒀지만 그걸로 아무것도 얻은 게 없었고, 이제 난 그걸 갖고 있지 않아. 그런다고 내 인생에 무슨 차이가 있겠어? 무슨 말인지 알겠어?"

"알 것 같아."

"이제 잊어버리고 싶을 뿐이야." 그가 말했다. "하지만 머릿속에서 떠나지 않아. 그냥 확실히 잊어버리고 싶을 뿐이야."

그 주말을 두 아들과 보냈다. 녀석들이 캠프로 떠나기 전 우리의 마지막 주말이었다. 나는 토요일 아침 기차역으로 녀석들을 마중 나가 일요일 밤에 녀석들을 기차에 태워 보냈다. 내 기억에 우리는 영화를 보았다. 월스트리트와 풀턴 어시장을 탐험하며 일요일 오전을 보낸 것도 같은데, 어쩌면 그것은 다른 주말이었는지도 모른다. 그런 것들을 확실히 기억해 두는 것은 쉽지 않은 일이다.

나는 일요일 밤을 빌리지에서 보냈고, 거의 동이 틀 때까지 호텔로 돌아오지 않았었다. 전화벨이 불쾌한 꿈에서 나를 깨웠다. 고소공포증에 시달리는 어떤 꿈. 좁고 위험한 공중의 좁은 발판에서 내려오려고 애썼지만 발이 땅에 닿지 않았다.

나는 수화기를 들었다. 걸걸한 목소리가 말했다. "뭐, 내가 생각한 방식은 아니지만 적어도 우린 법정에서 질 걱정은 안 해도 되겠군."

"누구십니까?"

"잭 디볼드. 무슨 일 있나? 잠이 덜 깬 목소린데."

"지금 일어났어." 내가 말했다. "그게 무슨 말이야?"

"신문 못 봤나?"

"자고 있었어. 대체……,"

"지금이 몇 신 줄 아나? 거의 정오야. 포주가 따로 없군. 팔자 좋은 친구야."

"맙소사." 내가 말했다.

"신문을 보게." 그가 말했다. "한 시간 내로 전화할 테니까."

신문 1면에 그 기사가 실려 있었다. '**피의자, 감옥에서 목매달아 자살**'이라는 제목이 달린, 세 페이지에 걸친 기사였다.

미겔리토 크루스는 옷을 길게 찢어 그것을 엮은 다음 옆으로 세운 철제 침대 틀 위로 기어올라 직접 만든 로프를 목에 걸고 천장의 파이프에 그 로프를 건 뒤 뛰어내려 저승으로 갔다.

잭 디볼드는 다시 전화하지 않았지만 TV 저녁 6시 뉴스에 자세한 이야기가 나왔다. 친구의 죽음 소식을 들은 그의 친구 앙헬 에레라는 자신의 주장을 철회하고 자신과 크루스가 틸러리 강도 살해를 계획하고 실행했다고 인정했다. 위층에서 난 소리를 듣고 부엌칼을 들고 위층을 살피러 간 사람은 미겔리토였다. 그는 에레라가 공포에 질려 지켜보는 동안 여자를 찔러 죽였다. 미겔리토가 항상 성격이 급했다고 에레라는 증언하면서 자신들은 친구 사이를 넘어 사촌 간이었고, 미겔리토를 감싸기 위해 이야기를 지어냈었다고 했다. 하지만 이제 미겔리토는 죽었고, 에레라는 진짜 있었던 일을 인정할 수 있었다.

왠지 나는 선셋 파크에 가 보고 싶었다. 그 사건은 나에게도, 모두에게도 일단락되었지만 4번가의 바들을 돌며 거기에 있는 여자들에게 럼을 사고 플랜틴칩을 먹어야 할 것처럼 느껴졌다.

물론 나는 거기에 가지 않았다. 진지하게 고려하지도 않았다. 해야 할 무언가가 있다고 느꼈을 뿐이었다.

그날 밤 나는 암스트롱에 있었다. 특별히 많이 마시거나 빨리 마시지 않았지만 꾸준히 마시고 있었다. 10시 반이나 11시쯤 문이 열렸고, 나는 돌아보기도 전에 들어온 사람이 누구인지 알았다. 정장을 차려입고 막 이발을 한 토미 틸러리가 아내가 살해된 후 처음으로 암스트롱에 모습을 드러냈다.

"이보게들, 누가 왔는지 보라고." 그가 만면에 미소를 띠고 큰 소리로 말했다. 사람들이 그와 악수하려고 몰려들었다. 빌리는 바 뒤에 있었는데, 그가 우리의 영웅을 위해 한 잔 사겠다고 말함과 동시에 토미가 바에 있는 사람들에게 한 잔씩 돌리라고 말했다. 가게 안에는 마흔 명에 가까운 사람이 있었기 때문에 그것은 비싼 제스처였지만 가게에 4백 명에 가까운 사람이 있었다고 하더라도 그가 개의치 않았으리라는 생각이 들었다.

나는 그를 또 다른 군중에게 맡겨 두고 내 자리에 머물러 있었지만 그는 사람들을 헤치고 나에게 다가와 내 어깨에 팔을 둘렀다. "이 친구라고." 그가 선언했다. "이 터무니없이 유능한 탐정이 신발이 닳도록 뛰어 준 덕분이지. 오늘 밤 이 친구 돈은," 그가 빌리에게 말했다. "한 푼도 받지 말게. 술값이든 커피값이든. 내가 여기 마지막으로 온 이후에 화장실이 유료로 바뀌었다면 이 친구에게 십 센트도 받지 말라고."

"화장실은 여전히 공짜지만," 빌리가 말했다. "지미에겐 아무 말

마요."

"오, 설마 그가 그걸 생각 안 했을라고." 토미가 말했다. "맷, 이 친구, 내 사랑하는 친구. 내가 난처한 처지에 몰렸을 때, 세상이 내 위로 떨어지려 할 때 자네가 내 앞에 나타났지."

대체 내가 뭘 했다고? 나는 미겔리토 크루스의 목을 매달지도, 자백을 받아내려고 앙헬 에레라를 구슬리지도 않았다. 난 두 사내를 만나 본 적도 없었다. 나는 그의 돈을 그냥 받은 셈이었다. 그리고 지금은 내가 그에게 내 술을 사게 하는 것처럼 보였다.

우리가 거기에 얼마나 오래 있었는지 모른다. 이상하게도, 토미가 잔을 집어 드는 속도는 빠른데도 내 술은 느리게 줄었다. 나는 그가 왜 캐럴린을 데려오지 않았는지 궁금했다. 사건이 영원히 종료된 이상 세간의 눈을 신경 쓰지 않아도 되는데도. 그녀가 걸어 들어올지 궁금했다. 어쨌든 이곳은 그녀의 동네에 있는 바였고, 그녀는 혼자서 오기도 했으니까.

잠시 후 토미가 나를 암스트롱 밖으로 떠밀었기에, 캐럴린이 나타날지도 모른다고 생각한 사람이 나 혼자만은 아닌 듯했다. "지금은 축하할 때야." 그가 나에게 말했다. "한 장소에 뿌리 박고 싶진 않아. 나가서 좀 돌자고."

그는 리비에라가 주차된 곳으로 갔고, 나는 그의 차를 타고 따라다녔을 뿐이었다. 우리는 몇몇 술집을 들렀다. 이스트사이드에 시끌벅적한 그리스 술집이 있었는데, 그곳 웨이터들은 사람을 패는 마피아처럼 보였다. 당시 유행했던 독신자 전용 술집도 몇 군데 들렀다. 그 중에는 스킵이 미스 키티를 열기에 충분한 돈을 훔쳤다는, 잭 볼킨이 소유한 술집도 있었다. 마지막으로 빌리지의 맥주 냄새가 짙게 밴 동굴 같은 술집에 안착했다. 잠시 뒤 나는 이 술집이 선셋 파크에 있는 노르웨이풍 바인 피오르를 떠올리게 한다는 사실을 깨달았다. 최근 빌리지에 있는 바들을 꽤 많이 알게 되었지만 이곳은 처음이었고, 다시 이곳을 찾을 수 있을 것 같지는 않았다. 어쩌면 빌리지가 아니라 첼시 어딘가일지도 몰랐다. 운전을 그가 했기에 나는 지리에 그다지 관심을 기울지 않았다.

장소가 어디든 조용해서 대화가 가능한 술집이었다. 나는 엉겁결에 그런 찬사를 받을 만큼 내가 한 일이 무엇인지 물었다. 한 사람은 자살했고 한 사람은 자백했는데, 그 두 건에 내가 한 역할이 뭐지?

"자네가 알아낸 덕분이야." 그가 말했다.

"뭘 말입니까? 난 그들의 손톱이라도 가져와야 했습니다. 당신이 그걸로 그들에게 부두교 의식을 할 수 있게 말입니다."

"크루스와 호모들의 관계 말일세."

"그는 살인 혐의를 받고 있었습니다. 그가 불량 청소년이었을 때 호모를 팬 걸로 추궁당할까 봐 두려워서 자살한 게 아닙니다."

토미는 스카치를 한 모금 마셨다. 그가 말했다. "며칠 전 급식 줄에 서 있는 크루스에게 흑인이 다가왔어. 시그램 빌딩만 한 거대한 깜둥이가. '그린 헤이븐뉴욕의 가장 큰 교도소에서 기다리마.' 그가 그에게 말했지. '거기서 멋진 친구들이 널 여자 친구로 맞을 거야. 거기서 나갈 땐 의사가 너한테 새로운 똥구멍을 뚫어 줘야 할걸.'"

나는 아무 말도 하지 않았다.

"캐플런이," 그가 말했다. "누군가에게 말하고, 그 누군가가 누군가에게 말해서 그렇게 된 거지. 크루스는 수감자 반의 거시기에 구멍을 대 주는 걸 곰곰이 생각했고, 그다음엔 자네도 알다시피 그 쪼그만 살인자 새끼는 목을 매달았지. 놈이 사라져서 속이 시원해."

숨이 쉬어지지 않았다. 토미가 바에 한 잔 더 가지러 간 동안 호흡을 가다듬었다. 나는 내 술을 건드리지도 않았지만 그가 내 것도 사게 내버려 두었다.

그가 돌아왔을 때 내가 말했다. "에레라는."

"자신의 주장을 바꿨지. 전부 자백했네."

"살인을 크루스에게 덮어씌우고."

"안 될 게 뭔가? 크루스는 불평할 수도 없는데. 진짜 크루스가 한 짓인지도 모르지만 진짜 어떤 놈이 그랬는지 누가 알 거며, 그 문제에 누가 신경이나 쓰겠나? 중요한 건 자네가 우리에게 조종간을 줬다는 거야."

"크루스가," 내가 말했다. "자살하도록."

"그리고 에레라에 관해서는. 푸에르토리코에 있는 놈의 자식들도. 드루가 에레라의 변호사에게 전하고 에레라의 변호사가 에레라에게 전한 메시지는 이런 거였네. 네가 무슨 일을 저질렀든 강도죄를 져야 한다. 어쩌면 살인죄도. 하지만 네가 자백하면 형기가 짧아질 거다. 게다가 친절한 틸러리 씨는 지난 일은 지난 일로 잊어버리고 매달 산투르세 고향 집에 있는 네 아내와 아이들에게 상당한 액수의 수표를 보낼 거다."

바에서 두 노인이 루이스와 쉬멜링의 시합에 관한 옛이야기에 빠져 있었다. 루이스가 독일 챔피언을 신중하게 상대해 이긴 두 번째 경기에 대해. 한 노인이 허공에 주먹을 크게 휘두르며 시합을 재현하고 있었다.

내가 말했다. "당신 아내를 누가 죽였습니까?"

"둘 중 하나지. 돈을 걸어야 한다면 난 크루스에게 걸겠네. 놈의 교활하게 반짝이는 작은 눈을 가까이에서 본다면 놈이 살인자라는 걸 알 걸세."

"언제 그를 가까이에서 봤습니까?"

"녀석들이 집에 왔을 때. 처음 녀석들이 지하실과 다락방을 치웠을 때. 놈들이 우리 집에서 쓰레기를 치웠다고 내가 말하지 않았나?"

"그랬죠."

"우리 집을 말끔하게 청소했던," 그가 말했다. "두 번째 왔을 때가 아니라."

그의 미소가 커졌지만 나는 그 미소가 불분명해질 때까지 그를 쳐다보고 있었다. "집 청소를 도운 건 에레라였고," 내가 말했다. "당신은 크루스를 만난 적 없습니다."

"크루스도 왔어. 그를 도우러."

"전에는 그렇게 말하지 않았는데요."

"그랬어, 맷. 아니면 내가 빠뜨렸거나. 대체 그게 어쨌다는 거야?"

"크루스는 육체노동을 좋아하지 않았습니다." 내가 말했다. "그가 쓰레기를 치우는 일을 도우러 왔다고는 생각할 수 없는데요. 그의 눈을 언제 봤습니까?"

"맙소사. 신문에 난 사진을 봤는지도 모르지. 실제로 보지 않았는데도 그런 기분이 드는지도. 그 정도로 해 두겠나? 그놈 눈이 어떻든 더 이상 아무것도 못 보니까."

"누가 그녀를 죽였습니까, 토미?"

"이봐, 그 정도로 해 두라고 했잖아?"

"대답해요."

"이미 대답했어."

"당신이 그녀를 죽인 거 아닙니까?"

"자네 뭐야, 미쳤나? 목소리 낮춰, 맙소사. 듣는 귀가 있어."

"당신이 아내를 죽였군."

"크루스가 아내를 죽였고, 에레라가 맹세했네. 자네에겐 그걸로 충분하지 않나? 그리고 자네의 빌어먹을 경찰 친구들이 내 알리바이를 이 잡듯이 뒤졌어. 내가 아내를 죽일 수 있을 리 없잖아."

"그럴 수도 있습니다."

"뭐?"

아울스 헤드 공원을 향해 놓인 자수 커버를 씌운 의자. 그 먼지 냄새와 먼지 냄새에 섞인 작은 하얀 꽃 향수 냄새.

"은-방-울-꽃." 내가 말했다.

"뭐?"

"그게 당신이 쓴 방법이지."

"무슨 말을 하는 건가?"

"삼 층에 있는 그녀의 이모가 썼던 방. 난 거기서 당신 아내의 향수 냄새를 맡았어. 난 먼저 당신 아내의 침실에 들렀기 때문에 그 냄새가 내 코에 머물러 있던 거라고 생각했지만, 아니었지. 당신 아내는 거기에 있었어. 내가 맡은 건 그 잔향이었어. 그게 내가 그 방에 끌린 이유였어. 난 거기서 그녀의 존재를 감지했어. 그 방이 내게 뭔가를 말하려 했지만 난 알아차릴 수 없었지."

"자네가 무슨 말을 하고 있는지 모르겠군. 자네가 뭐라도 되는 줄 아나, 맷? 자넨 주정뱅이일 뿐이야. 내일 술이 깨면……,"

"당신은 회사가 끝나자 서둘러 베이 리지의 집으로 가서 아내를 삼 층에 가뒀어. 어떻게 했지, 약이라도 먹였나? 아마 약에 수면제라도 타서 먹이고 삼 층의 그 방 안에 묶어 뒀겠지. 묶여서 재갈이 물리고 의식이 없는 채로. 그런 다음 잽싸게 맨해튼으로 돌아와 캐럴린과 저녁 먹으러 나갔어."

"이 똥 같은 얘긴 듣지 않겠네."

"당신이 계획한 대로 크루스와 에레라는 자정쯤 나타났지. 그들은 자기들이 빈집을 턴다고 생각했어. 당신 아내는 재갈이 물려 삼 층에 치워져 있었고, 그들은 거기에 올라갈 이유가 없었어. 어쩌면 확실히 하기 위해서 그 문을 노크했는지도 모르지. 그들은 일을 마치고 그토록 쉽고 안전한 도둑질은 없을 거라고 생각하면서 집으로 돌아갔고."

나는 내 잔을 들었다. 이내 그가 그 술을 샀다는 것을 기억해 내고 다시 내려놓았다. 그게 터무니없다는 생각이 들었다. 돈이 주인을 모르듯, 위스키도 돈을 낸 사람을 기억하지 못한다.

나는 술을 마셨다.

내가 말했다. "그리고 몇 시간 뒤 당신은 차에 올라타 부리나케 베이 리지로 돌아왔어. 아마 여자 친구의 정신이 들지 않도록 술에 뭘 탔겠지. 당신이 해야 한 건 한 시간이나 한 시간 반을 버는 것이었지. 당신 알리바이에 구십 분 정도의 구멍이 없는 건 아니야. 그 시간에는 운전해서 가는 데 오래 걸리지 않았겠지. 집에 돌아온 모습이 누구의 눈에 띌 염려도 없었어. 당신은 삼 층으로 가서 아내를 아래층으로 끌고 내려와 칼로 찔러 죽이고 칼을 없앤 다음 시내로 돌아오기만 하면 됐어. 그게 당신이 한 방법이지, 토미. 아닌가?"

"자넨 자네가 터무니없는 말을 하고 있다는 걸 아나?"

"아내를 죽이지 않았다고 말해 봐."

"말했잖아."

"다시 말해 봐."

"난 아내를 죽이지 않았어, 맷. 난 누구도 죽이지 않았어."

"다시."

"대체 왜 그래? 난 그녀를 죽이지 않았어. 맙소사, 자넨 그걸 증명하는 걸 돕더니 이젠 그걸 나에게 덮어씌우려 하는군. 하늘에 맹세코 난 아낼 죽이지 않았어."

"못 믿겠는데."

바에 있는 남자가 로키 마르시아노에 대해 떠들고 있었다. 남자는 로키야말로 지금까지 최고의 권투 선수라고 말했다. 잘생기지도, 화려하지도 않았지만 묘하게도 시합이 끝났을 때 두 발로 서 있는 선수는 늘 그였고, 상대는 그렇지 않았다고.

"오, 맙소사." 토미가 말했다.

그는 눈을 감고 손에 얼굴을 묻었다. 그는 한숨을 쉬더니 고개를 들고 말했다. "내 이상한 점이 뭔지 아나? 전화상으로는, 마르시아노가 좋은 선수였던 것만큼이나 나도 좋은 세일즈맨이네. 생각할 수 있는 최고의 세일즈맨이지. 난 내가 아랍에서 모래를 팔고 겨울에 얼음을 팔 수 있다고 자신하지만 얼굴을 마주하면 전혀 안 먹혀. 전화가 아니었다면 먹고살기도 힘들었을 거야. 왜 그렇다고 생각하나?"

"모르겠는데."

"나도 몰라. 내 얼굴 때문이라고 생각했지. 눈매나 입매나. 어딘지는 몰라도. 전화로는 아주 쉬워. 낯선 사람과 말이야. 상대가 누군지도 모르고 어떻게 생겼는지도 모르는데. 그리고 상대방은 날 보지 않아. 아주 쉽지. 누군가와 얼굴을 마주하면, 그건 아주 다른 얘기야." 그는 내 눈을 마주치지 않고 나를 보았다. "우리가 이 얘길 전화상으로 하고 있다면 자넨 내가 하는 말을 믿었을 걸세."

"그럴지도."

"그건 빌어먹게 분명해. 말 그대로 자넨 내 말을 믿었을 거야. 맷, 내가 말다툼 끝에 아내를 죽였다고 말했다고 가정해 본다면 말이야. 그건 사고였고, 우발적이었고, 우리 둘 다 도둑이 들어 흥분한 상태였고, 난 취해 있었고……,"

"모든 계획을 세워 놨군, 토미. 모든 게 준비돼서 실행됐군."

"자네가 어떤 말을 해도, 자네가 그걸 알아낸다 해도 자넨 그걸 증명할 방법이 없어."

나는 아무 말도 하지 않았다.

"그리고 자넨 날 도왔어. 그 점을 잊지 말게."

"잊을 리가 있나."

"그리고 자네의 도움이 있었든 없었든 난 사형대에 오르지 않았을 걸세, 맷. 법정으로 가지도 않았을 테고, 갔더라도 이겼을 거야. 결국 자네가 일을 간단하게 해 줬어. 그리고 그거 아나?"

"뭘?"

"우리가 오늘 밤에 한 얘긴 모두 술에 취해서 한 얘기라는 거. 자네 술과 내 술, 위스키 두 병이 한 얘기지. 그거야. 내일 아침이면 오늘 밤 여기서 한 얘긴 모두 잊어버릴 수 있네. 난 아무도 죽이지 않았고, 자네도 날 의심하지 않았어. 아무 문제 없는 거야. 우린 아직 친구고. 그렇지? 그렇지?"

나는 그를 보고만 있었다.

25

월요일 밤이었다. 잭 디볼드와 이야기를 나누었을 때가 정확히 언제였는지 기억이 나지 않지만 화요일이나 수요일이었을 터였다. 형사반으로 연락해 그와 통화하려고 애쓴 끝에 결국 집에 있는 그와 연락이 닿았다. 몇 마디 농담을 주고받다가 내가 말했다. "그가 어떻게 해냈는지 알 것 같네."

"자네 화성에라도 있었나? 한 놈은 죽었고, 한 놈은 자백했어. 이제 지나간 일이야."

"알아." 내가 말했다. "하지만 내 말을 들어 봐." 나는 토미 틸러리가 어떻게 아내를 죽였는지 응용 논리학 연습처럼 설명했다. 나는 그것을 파악하기 전에 몇 번 검토했어야 했다. 그리고 그는 내 말에 열광하지 않았다.

"모르겠군." 그가 말했다. "꽤 복잡하게 들리는데. 그녀가 그 다락방에 갇혀 있었단 얘긴데, 얼마나? 여덟 시간? 열 시간? 감시하는 사람 없이 그 시간은 너무 길어. 만약 그녀의 의식이 돌아와 거기서 탈출한다면? 그럼 녀석은 궁지에 몰리는 거 아닌가?"

"그게 살인은 아니잖아. 그녀는 자신을 묶은 걸 신고할 순 있지만 그런 걸로 남편이 감옥에 간 게 마지막으로 언제지?"

"그래, 아내를 죽일 때까진 그렇게 위험을 감수한 게 아니고, 위험을 감수했을 땐 아내가 죽었겠지. 자네가 말하는 걸 알겠네. 그렇더라도 맷, 그건 꽤 설득력이 없다고 생각하지 않나?"

"뭐, 그랬을 수도 있다고 생각해 본 것뿐이야."

"그런 건 현실에선 일어나지 않아."

"그렇겠지."

"설사 그랬다고 해도 그걸로 할 수 있는 일은 없어. 자네가 내게 설명한 걸 생각해 보게. 그리고 난 현역이야. 짜증 나는 변호사가 삼십 초마다 이의를 제기할 재판으로 그걸 가져가고 싶나? 배심원이 좋아하는 건 기름을 발라 넘긴 머리에 올리브색 피부에 한 손에 칼을 들고 셔츠가 피투성이인 녀석이 범인인 사건이야. 그게 배심원이 좋아하는 사건이지."

"그래."

"어쨌든 다 끝난 일이야. 내가 지금 어떤 사건을 맡았는지 아나? 버러 파크 가족 건이야. 신문을 봤나?"

"그 정통파 유대교도 사건?"

"정통파 유대교도가 셋이지. 엄마, 아빠, 아들. 아버지는 수염을 길렀고, 아들은 구레나룻을 기른. 셋 모두 저녁 식탁에 앉은 채 뒤통수에 총을 맞았네. 그게 내가 맡은 사건이지. 토미 틸러리에 관해서라면, 그가 콕 로빈과 케네디 형제를 죽였더라도 당장은 신경 쓸 수 없네."

"뭐, 난 그런 생각이 들었을 뿐이야." 내가 말했다.

"매력적인 생각이란 건 인정해 주지. 하지만 아주 비현실적이고, 설사 사실이더라도 누가 거기에 시간을 내겠나? 아는 사람 있어?"

술에 취할 때라는 것을 알았다. 비록 찜찜한 결말일지라도 두 사건은 매듭지어졌다. 아들 녀석들은 캠프에 갔다. 호텔 방값은 지불되었고, 외상 장부도 해결되었다. 그리고 은행에 몇 달러가 남아 있었다. 나에겐 일주일쯤 체크아웃하고 술에 취해 있어야 할 이유가 있어 보였다.

하지만 내 몸이 아직 모든 게 끝나지 않았다는 걸 아는 것 같았다. 어떻게든 술에 취하지 않은 멀쩡한 상태로 있었던 건 아니지만 대놓고 진탕 마시지도 않았다. 하루 이틀 뒤 암스트롱의 내 테이블에서 버번을 탄 커피가 든 잔을 감싸 쥐고 있을 때 스킵 디보가 들어왔다.

그는 문을 열고 들어오며 내게 고개를 끄덕였다. 그리고 바로 가술을 시키더니 선 채로 한 잔 마셨다. 이내 그는 내가 앉은 테이블로 다가와 의자를 빼고 거기에 털썩 앉았다.

"자." 그가 그렇게 말하며 우리 사이 테이블 위에 갈색 마닐라 봉투를 놓았다. 은행에서 주는 종류의 작은 봉투.

내가 말했다. "이게 뭐야?"

"네 거야."

나는 봉투를 개봉했다. 돈이 가득 들어 있었다. 나는 꺼낸 돈다발을 펼쳐 보았다.

“맙소사.” 그가 말했다. “뭐 하는 짓이야. 사람들이 집까지 따라오게 하고 싶어? 주머니에 넣어 두고 집에 가서 세.”

“이게 뭐야?”

“네 몫. 주머니에 넣어 줄래?”

“내 몫이라니?”

그는 초조해하며 한숨을 쉬었다. 그리고 피우던 담배를 거칠게 비벼 끄고 내뿜는 연기가 내 얼굴에 닿지 않게 하려고 머리를 돌렸다. “만 달러 중 네 몫.” 그가 말했다. “반은 네 거야. 만의 반은 오천이고, 오천이 그 봉투에 든 거야. 그리고 너와 나의 안전을 위해 그걸 후딱 치워 줄래?”

“무슨 내 몫, 스킵?”

“보상금.”

“무슨 보상?”

그가 나를 도전적으로 쳐다보았다. “내가 내 걸 좀 되찾아도 괜찮지? 난 이제 그 쓰레기들한테 빚진 게 없어. 안 그래?”

“대체 무슨 말인지 모르겠는데.”

“애트우드와 커틀러.” 그가 말했다. “내가 놈들을 팀 팻 모리시에게 넘겼어. 보상금을 받으려고.”

나는 그를 보았다.

“놈들에게 가서 돈을 내놓으라고 할 순 없었어. 염병할 루슬랜더에겐 한 푼도 받을 수 없고. 녀석은 이미 그걸 다 썼어. 난 팀 팻을 찾아가서 그와 마주 앉아 그와 그의 형제들이 아직도 보상금을 지불할 의

향이 있는지 물었어. 그의 눈이 환해지더라고. 그에게 이름과 주소를 알려 줬지. 난 그가 나한테 키스하려는 줄 알았어."

나는 우리 사이 테이블 위에 그 갈색 봉투를 놓았다. 그것을 그에게 밀었고, 그가 되밀었다. 내가 말했다. "이건 내 게 아니야, 스킵."

"아니, 네 거야. 난 이미 팀 팻에게 그 반은 네 거라고 말했어. 네가 모든 일을 했다고. 받아."

"받고 싶지 않아. 난 이미 내가 한 일에 보수를 받았어. 그 정보는 네 거였어. 네가 그걸 산 거야. 네가 그걸 팀 팻에게 팔았다면 보상금은 네 거야."

그가 담뱃갑에서 담배를 꺼냈다. "난 이미 카사비안한테 그 반을 줬어. 내가 걔한테 빚진 오천. 녀석도 그걸 받고 싶어 하지 않더군. 녀석한테 말했지. 네가 이걸 받으면 우린 서로에게 빚진 게 없는 거라고. 녀석은 받았어. 그리고 여기 있는 이건 네 거야."

"내키지 않아."

"이건 돈이야. 대체 왜 그래?"

나는 아무 말도 하지 않았다.

"이봐," 그가 말했다. "그냥 받아, 알겠어? 그걸 갖고 싶지 않으면 갖지 마. 태우거나 버리거나 누구에게 줘 버려. 네가 그걸로 뭘 하든 난 상관없으니까. 난 그걸 가질 수 없어. 난 그렇게 못 해. 알겠어?"

"왜?"

"오, 젠장. 오, 빌어먹을. 나도 내가 왜 그랬는지 몰라."

"무슨 말이야?"

"하지만 그런 일이 또 있다면, 다시 그렇게 했을 거야. 미친 짓이지. 그거 때문에 짜증 나지만 또 그래야 한다면 그럴 거야.”

“뭘 그래야 해?”

그가 나를 보았다. “팀 팻한테 세 이름을 알려 줘어.” 그가 말했다. “세 주소하고.”

그가 엄지와 검지 사이에 든 담배를 응시했다. “이런 건 너한테 보이고 싶지 않지만.” 그가 그렇게 말하고 내 커피 잔에 담배꽁초를 던졌다. 곧 그가 말했다. “오, 맙소사, 내가 무슨 짓을 한 거지? 아직 커피가 반이나 남았는데. 그게 내 잔이라고 생각했어. 난 커피도 안 마셨는데. 내 머리가 어떻게 됐나? 미안, 내가 한 잔 살게.”

“커피는 됐어.”

“아무 생각 없이 반사적으로. 내가……,”

“스킵, 커피는 됐어. 앉아.”

“정말 안 마셔도 괜찮……,”

“커피는 됐어.”

“그래, 알았어.” 그가 말했다. 그가 새 담배를 꺼내 그것을 팔목에 톡톡 쳤다.

내가 말했다. “팀 팻에게 세 이름을 줬다고.”

“그래.”

“애트우드, 커틀러 그리고……,”

“그리고 보비.” 그가 말했다. “내가 보비 루슬랜더를 팔았어.”

그는 담배를 입에 물고 라이터를 꺼내 불을 붙였다. 연기가 들어가지 않게 하려고 눈을 가늘게 뜨고 그가 말했다. “난 녀석을 버렸어, 맷. 이제 친구도 아니지만 가장 친했던 친구를. 그리고 지금 가서 녀석을 버리고 왔어. 난 팀 팻에게 보비가 내부자였고, 어떻게 그 일을 계획했는지 말했어." 그가 나를 보았다. "날 개자식이라고 생각해?"

"난 아무 생각도 안 해."

"그래야 했어."

"알았어."

"그러니 내가 그 돈을 가질 수 없다는 걸 알겠지."

"그래, 알 것 같아."

"알겠지만 녀석은 바닥에서 벗어날 수 있을 거야. 녀석은 곤경에서 잘 벗어나니까. 요전 날 밤, 맙소사, 녀석은 자기가 주인인 것처럼 우리 술집 사무실에서 유유히 걸어 나갔잖아. 녀석은 배우야. 녀석이 이번 일에서 어떻게 벗어나는지 보자고, 응?"

나는 아무 말도 하지 않았다.

"그럴 거야. 녀석은 잘 빠져나갈 거야."

"그러겠지."

그는 손등으로 눈을 문질렀다. "난 녀석을 좋아했어." 그가 말했다. "난, 난 녀석도 날 좋아하는 줄 알았지 뭐야." 그는 숨을 깊이 들이마셨다가 내뱉었다. "이제," 그가 말했다. "난 아무도 좋아하지 않아." 그가 자리에서 일어섰다. "어쨌든 녀석은 승산이 있어. 아마 이번 일에서 벗어날 거야."

"어쩌면."

하지만 그는 그러지 못했다. 셋 중 아무도 그러지 못했다. 주말쯤 그들 모두 기사에 등장했다. 게리 마이클 애트우드, 리 데이비드 커틀러, 로버트 조엘 루슬랜더. 셋 모두 도시의 각각 다른 곳에서 검은 두건으로 머리가 싸인 채, 양손이 등 뒤로 철사에 묶인 채, 뒤통수에 25구경 자동 권총 총알 자국이 난 채 발견되었다. 리타 도네지안도 똑같이 두건을 뒤집어쓰고 철사에 묶이고 총을 맞은 채로 커틀러와 함께 발견되었다. 그녀가 뭔가 방해가 된 것 같았다.

그 기사를 읽고 있었을 때 돈은 여전히 갈색 은행 봉투에 들어 있었다. 나는 아직 그것으로 뭘 할지 결정하지 못했다. 내가 제대로 된 결정을 내린 적이 있는지 모르지만 다음 날 나는 세인트폴 성당의 헌금 함에 십일조로 5백 달러를 넣었다. 어쨌든 나는 켜야 할 촛불이 많았다. 그리고 남은 돈 일부는 애니타에게 보냈고, 일부는 은행에 넣었다. 어느 선에서 그 돈은 피 묻은 돈에서, 뭐 그냥 돈이 되었다.

나는 그것으로 끝났다고 생각했다. 그렇게 생각하려고 했지만 틀린 생각이었다.

한밤중에 전화가 왔다. 두 시간째 자는 중이었지만 전화가 나를 깨웠고, 나는 전화를 찾아 더듬었다. 상대방의 목소리를 알아채는 데 시간이 걸렸다.

캐럴린 치텀이었다.

"당신한테 전화해야 했어요." 그녀가 말했다. "당신이 버번을 마시는 신사라서요. 당신에게 전화한 걸로 난 당신에게 빚진 거예요."

"무슨 일입니까?"

"우리 둘 다 아는 친구가 날 찼어요." 그녀가 말했다. "게다가 그가 날 태너힐 앤드 컴퍼니에서 쫓아내서 그는 날 회사에서 안 봐도 되죠. 필요가 없으니까 우리의 끈을 끊은 거예요. 그리고 그가 이 모든 걸 전화로 한 거 알아요?"

"캐럴린……,"

"모든 걸 적었어요." 그녀가 말했다. "난 유서를 남기는 중이에요."

"이봐요, 아직 아무것도 하지 마요." 내가 말했다. 나는 침대에서 나와 옷을 찾아 더듬거렸다. "내가 바로 갈게요. 앉아서 그에 관해 얘기합시다."

"날 말릴 순 없어요, 매슈."

"당신을 말리지 않을 겁니다. 일단 얘길 좀 나누고 뭘 하든 당신이 하고 싶은 걸 해요."

전화가 찰칵 소리를 내며 끊겼다.

옷을 걸치고 자살 도구가 시간이 걸리는 약이길 바라며 급히 그녀의 집으로 향했다. 나는 아래층 문에 있는 작은 유리창을 깨고 안으로 들어간 다음 못 쓰는 신용카드로 스프링 자물쇠를 열었다. 그녀가 열쇠로 열리는 자물쇠를 설치했다면 문을 걷어차야 했겠지만 그녀가 그러지 않아서 일이 수월했다.

문이 열리기도 전에 화약 냄새가 났다. 그 냄새는 거실 안쪽에서 났다. 그녀는 머리를 한쪽으로 기울인 채 소파에 널브러져 있었다. 옆구리께에 늘어진 손에는 총이 쥐여 있었고, 이마에는 검게 화약 자국이 남은 구멍이 있었다.

스프링 노트에서 찢은 한 페이지짜리 유서가 커피 테이블에 메이커스 마크 버번 빈 병으로 고정되어 있었다. 빈 병 옆에는 빈 글라스가 있었다. 술을 진탕 마셨다는 게 필적에 드러났고, 유서의 음울한

표현에도 드러나 있었다.

유서를 읽었다. 나는 잠시 그 자리에 서 있었다. 아주 오래는 아니었다. 이내 부엌에서 행주를 가져와 병과 글라스를 닦았다. 테이블에 놓인 잔과 한 쌍인 잔을 꺼내 물로 헹군 다음 행주로 닦고 그것을 접시 건조대 위에 올려놓았다.

유서는 주머니에 쑤셔 넣었다. 나는 그녀의 손가락을 벌리고 작은 총을 빼낸 다음 혹시 몰라 맥박을 체크한 뒤 총성을 막기 위해 총구에 소파의 쿠션을 댔다.

나는 흉곽 아래 부드러운 연조직에 한 방, 벌어진 입안에 한 방 쏘았다.

나는 주머니에 총을 넣고 거기서 나왔다.

경찰은 콜로니얼가 토미 틸러리의 집 거실 소파 쿠션 틈새에서 그 총을 발견했다. 총의 외면에는 지문이 깨끗이 닦여 있었지만 안쪽과 탄창에는 식별이 가능한 지문이 남아 있었고, 그것은 토미의 지문으로 드러났다.

탄도 검사 결과도 정확히 일치했다. 총알이 뼈에 부딪히면 조각이 나지만 그녀의 복부를 뚫은 총알은 어떤 뼈도 건드리지 않았고, 손상되지 않은 상태로 회수되었다.

그 기사가 신문에 난 뒤 나는 수화기를 들고 드루 캐플런에게 전화했다. "이해가 안 되는군요." 내가 말했다. "자유의 몸으로 풀려난 그가 대체 왜 그녀를 찾아가 죽였을까요?"

"직접 물어보십시오." 캐플런이 말했다. 기분이 썩 좋지 않은 목소리였다. "내 의견을 묻는다면 그는 미친놈입니다. 솔직히 그가 그런 자인 줄 몰랐습니다. 아내에 관해서는 그가 아내를 죽였는지 어땠는지는 잘 몰랐습니다. 그를 재판하는 건 내 일이 아니니까요, 아닙니까? 하지만 살인광 개자식이라고는 생각하지 못했습니다."

"그가 그녀를 죽인 건 의문의 여지가 없습니까?"

"내가 아는 한 의문의 여지는 없습니다. 그 총은 아주 강력한 증겁니다. 연기 나는 총을 들고 있다 들킨 거나 다름없죠. 그게 토미의 소파에 있었습니다. 멍청한 자식."

"그가 그걸 갖고 있었다니 이상하군요."

"쏘고 싶은 또 다른 사람이 있었는지도 모르죠. 미친놈을 어떻게 이해하겠습니까. 총뿐 아니라 전화 제보도 있었습니다. 총성을 들은 어떤 사람이 한 남자가 건물 밖으로 뛰쳐나가는 걸 봤다는. 인상착의가 그의 복장 이상으로 토미와 맞아떨어집니다. 물론 그의 복장도 맞아떨어지고요. 옛날 브루클린 파라마운트 극장의 좌석 안내원처럼 보이게 하는 그 빨간 블레이저를 입고 있었답니다."

"빠져나가기 어렵겠군요."

"뭐, 누군가가 시도해 보겠죠." 캐플런이 말했다. "난 그에게 이번 건은 변호하지 않겠다고 했습니다. 알아서 하겠죠. 난 그에게서 손 뗐습니다."

며칠 전 앙헬 에레라가 출소했다는 소식을 듣고 이 모든 게 생각났다. 그는 밖에서만큼이나 안에서도 문제를 일으키는 데 능했기 때문에 5년에서 10년형을 10년 꽉 채워 출소했다.

토미 틸러리는 과실치사죄로 2년 3개월을 복역하고 출소한 뒤 누군가에게 사제 칼을 맞고 죽었다. 그때 나는 에레라가 어떤 식으로든 복수를 한 게 아닐지 궁금했지만 영원히 알 수 없을 터였다. 어쩌면 산투르세로 가는 수표가 끊긴 것을 에레라가 기분 나쁘게 받아들였는지도 몰랐다. 아니면 토미가 어느 성질 나쁜 사람에게 잘못된 말을 했는데, 전화상이 아니라 얼굴을 보고 했는지도 몰랐다.

너무 많은 것이 바뀌었고, 너무 많은 사람이 죽었다.

길모퉁이에 있던 안타레스 앤드 스피로라는 그리스 술집은 없어졌다. 그 자리에는 지금 한국 과일 가게가 들어섰다. 지저분한 폴리스 케이지는 이제 세련된 카페57로 바뀌었다. 붉은색 벽지와 앵무새 모양의 네온사인은 없어진 지 오래였다. 레드 플레임은 블루 제이로 바뀌었다. 맥고번이 있던 자리는 데즈먼즈라는 스테이크 하우스가 들어섰다. 미스 키티네는 그들이 장부를 되산 1년 반쯤 후에 문을 닫았다. 존과 스킵은 권리금을 받고 가게를 접었다. 새 주인은 키드 글로브스라는 게이 클럽을 열었는데, 2년 뒤에 나가고 다른 가게가 들어왔다.

스킵이 랫머신으로 운동하는 모습을 내가 지켜보았던 헬스장은 그때 1년을 못 넘기고 폐업했다. 댄스 스튜디오가 그 건물을 인수했는데, 2년 전 건물이 허물리고 새 건물이 올라갔다. 나란히 있던 두 프랑스 레스토랑 중 하나는 내가 프랜과 저녁을 먹으러 갔던 곳이었는데, 화려한 인도 레스토랑으로 바뀌었다. 다른 하나는 여전히 그 자리에 있지만 나는 아직도 거기서 식사한 적이 없다.

너무 많은 것이 바뀌었다.

잭 디볼드는 죽었다. 심장마비로. 나는 그가 죽고 6개월이나 지나 그 소식을 들었는데, 우리는 틸러리 사건 이후로 그다지 많이 연락하지 않았다.

존 카사비안은, 그와 스킵이 미스 키티네를 판 뒤 뉴욕을 떠났다. 그는 햄프턴스에서 미스 키티네와 비슷한 술집을 열었고, 나는 그가 결혼했다고 들었다.

모리시네는 1977년 말에 폐쇄되었다. 팀 팻은 총기 밀매 혐의로 보석 중에 행방을 감추었고, 그의 형제들도 사라졌다. 묘하게도 1층의 극단은 여전히 운영 중이다.

스킵은 죽었다. 그는 미스 키티네를 접은 후 잠시 방황하다 아파트에서 혼자 점점 많은 시간을 보내게 되었다. 그러던 어느 날 급성 췌장염에 걸려 루스벨트 병원 수술대에서 죽었다.

빌리 키건은, 내 기억이 맞다면 1976년 초에 암스트롱을 그만두었다. 암스트롱을 그만두고 뉴욕에서도 떠났다. 최근에 듣기로 그는 술을 완전히 끊고 샌프란시스코 북쪽에서 양초인지 조화造花인지, 그가 그 일을 하리라고 생각지 못한 그 비슷한 무언가를 만들며 살고 있었다. 한 달쯤 전에는 5번가 아래쪽, 요가와 강신론과 전인적 치료에 관한 이상한 책들로 가득 찬 서점에서 데니스와 우연히 마주쳤다.

에디 콜러는 몇 년 전 NYPD를 그만두었다. 그 뒤 두 번쯤 플로리다의 작은 어촌 마을에서 그가 보낸 크리스마스카드를 받았다. 작년에는 받지 못했다. 아마 그의 카드 발송 리스트에서 내가 빠진 것을 의미하는 것일 터였다. 답장을 보내지 않는 사람들에게 일어나는 일이었다.

맙소사, 10년이 어디로 간 걸까? 지금 아들 한 녀석은 대학에 다니고, 한 녀석은 군대에 있다. 우리가 마지막으로 야구 경기를 보러 간 게 언제인지 기억도 나지 않는다. 박물관은 말할 것도 없고.

애니타는 재혼했다. 그녀는 여전히 사요싯에 살지만 나는 더 이상 거기로 돈을 보내지 않는다.

물이 바위를 때리듯 조금씩 갉아 먹힌 세상은 너무 많은 것이 바뀌었다. 맙소사, 작년 여름에 성스러운 술집이 문을 닫았다. 굳이 그곳을 그렇게 부르자면. 암스트롱의 임차 계약을 갱신할 때가 되었을 때 지미는 재계약하지 않았고, 오래된 술집이었던 그 자리에는 지금 변변찮은 또 하나의 중국 음식점이 들어서 있었다. 지미 암스트롱은 서쪽으로 한 블록 떨어진 57번가와 10번가의 모퉁이에 암스트롱을 다시 열었지만 요즘 나는 그곳에 가지 않는다.

여러 의미에서. 내가 더 이상 술을 마시지 않기 때문에. 한 방울도. 그래서 그곳이 성스러운 곳이든 불경한 곳이든 술집에서 용무가 없었다. 나는 촛불을 켜며 보내는 시간이 준 대신 교회 지하실에서 보내는 시간은 늘었고, 거기서 스티로폼 컵으로 버번을 타지 않은 커피를 마신다.

지난 10년간을 돌이켜 보면, 내가 지금과는 다른 삶을 살고 있을 공산이 크리라고 말할 수도 있을 테지만 이제 모든 것이 달라졌다. 모든 게. 모두 변했고, 완전히 변했다. 나는 같은 호텔에 살고, 같은 거리를 걸으며, 예전 그대로 권투 경기나 야구 시합을 보러 가지만 10년 전 나는 늘 술을 마시고 있었고, 이제 나는 전혀 마시지 않는다. 지금까지 마셔 온 술을 후회하지 않지만 다시 술을 마시게 되지 않길 바랄 뿐이다.

아시다시피, 그게 내가 요즘 발견한, 아직 가지 못한 길이고, 그게 모든 것을 변화시켰기 때문이다. 모든 것을.

편집자의 말

미스터리 문학과 관련한 수많은 상을 받은 로런스 블록은 1984년에 발표한 「새벽의 빛 속에By the Dawn's Early Light」라는 단편으로 1985년에 에드거상과 셰이머스상 최우수 단편 부문 상을 받았다. 사연 많아 보이는 듯한 이야기를 솜씨 좋게 압축한 이 단편은 강한 인상을 남기는 결말이 일품이다. 2년 뒤 작가는 이 단편을 토대로 토미 틸러리의 아내 살인 사건이라는 기본 골격에 술집 강도 사건과 장부 도난 사건이라는 살을 붙인 『성스러운 술집이 문 닫을 때』라는 장편을 발표한다. 기초가 된 원작을 전혀 손상하지 않고 원작을 뛰어넘는 재미라는 살을 붙인 이 장편은 미국 하드보일드 동호회가 설립한 몰타의 매 협회의 일본 지부에서 주관하는 팰컨상을 수상했고, 앤서니상, 셰이머스상, 매커비티상 후보에 올랐으며, 미스터리 독립 서점 협회가 뽑은 20세기 100대 미스터리에 선정되었다.

주인공이 10년 전인 1975년을 회고하는 내용의 이 작품은 매슈 스커더 시리즈 전체의 프리퀄이다. 미스터리로서의 재미도 물론 흠 잡을 데 없지만 강도를 체포하는 과정에서 사고로 어린아이를 쏘아 죽인 죄책감에서 헤어나지 못해 사람들에게 호의를 베풀고 받은 돈으로 하루하루 쏟아붓듯 술을 마시는 매슈 스커더의 허무한 감성과 1970년대 뉴욕의 분위기가 데이브 반 론크의 포크 음악 감성과 절묘하게 어우러지며 짙은 감동을 남긴다.

성스러운 술집이 문 닫을 때

초판 1쇄 발행 2024년 6월 10일

지은이 로런스 블록 | **옮긴이** 박진세
발행인 박세진
독자 모니터링 양은희, 최윤희
표지 디자인 허은정 | **용지** 두송지업 | **인쇄** 대덕문화사 | **제본** 바다제책사

펴낸 곳 피니스아프리카에 | **출판 등록** 2010년 10월 12일 제25100-2010-000041호
주소 03958 서울시 마포구 망원동 419-3 참존 1차 501호
전화 02-3436-8813 | **팩스** 02-6442-8814
블로그 blog.naver.com/finisaf | **메일** finisaf@naver.com

책값은 뒤표지에 있습니다.
파본은 구입하신 곳에서 교환해 드립니다.